全能女夫子

下

文創風 1096

滄海月明 著

風 文創
1096

目錄

第十八章 …… 005
第十九章 …… 023
第二十章 …… 039
第二十一章 …… 059
第二十二章 …… 079
第二十三章 …… 101
第二十四章 …… 123
第二十五章 …… 145
第二十六章 …… 159
第二十七章 …… 181
第二十八章 …… 197
第二十九章 …… 217
第三十章 …… 235
第三十一章 …… 255
第三十二章 …… 275
番外 青山書院 …… 299

第十八章

蘇家出城不久，朝廷公廚中，官員們剛剛下值吃午飯。

兵部尚書看到戶部尚書縮在一個角落吃飯，馬上端著盤子走上前。「戶部尚書大人，需要發往邊城的那一批軍服，什麼時候可以準備好呀？你不會延誤軍需吧？」

戶部尚書叫苦不已，他已經躲著吃飯了，怎麼還能遇到這幫兵痞子。

須知，上任戶部尚書因為拖延軍需，結果掉腦袋，繼任戶部尚書已經夾起腦袋做人了。

誰料，怕什麼就來什麼，只得苦著臉解釋說：「將軍，戶部已經盡力準備了，只是這新式棉布過於細軟，不適合軍裝，老式麻衣你們又嫌棄，我們戶部也等著工部研究新材料呢，你們找工部去吧。」

工部尚書正在吃飯，一口黑鍋甩下來，飯都來不及嚥下去，立刻要把鍋甩開。「什麼等我們工部研發新材料，我們工部就那麼幾人，能幹什麼事，一直喊著增員，選拔優秀人才，結果呢，雞毛都沒有見到一根。找吏部去，人手到位了，我們馬上研發。」

吏部尚書不服了。「什麼叫我們吏部不肯增員，有編制嗎？戶部天天哭窮，我們拿什麼養官員？」

眼看一口鍋回到了戶部頭上，旁邊兵部尚書已經想要拿托盤當武器了，戶部尚書一口氣都喘不上來。

就在此時，旁邊一個斯斯文文的翰林突然小聲插話。「說起來，新科榜眼蘇順他閨女，好像就是發明了孝順織布機，織出新式棉布的那一位啊。你們怎麼不找她看看呢？」

幾位大官兩兩對視，天無絕人之路啊，就她了。

「那榜眼住在何處？」

「哦，他回老家去了，新科進士都有三個月的探親假。好像是才出發的吧。」這個翰林斯斯文文的說：「你們可以等他三個月後回來問問。」

三個月，黃花菜都涼了。而且三個月，他會不會帶著閨女回京上任誰能說得準。幾個官員對視一眼，飯都不吃了，立刻拔腿往皇宮裡面跑。

「所以說，這次軍裝的準備，卡在了布料上？」皇帝淡淡的問。下頭幾部尚書對視一眼，戶部尚書點頭道：「是的，皇上。」

「你們想把新科翰林蘇順的閨女，召回來給你們研究新材料？」

「是的，皇上。」工部尚書出來。

這孝順織布機和新式棉布，皇帝還真有印象。先皇還在世時，每個皇子都被賞賜過幾疋孝順織布機織出來的棉布，皇子們何時穿過這種粗布棉衣，但為了表示自己孝順，不得已，只能天天穿著。皇帝倒也不討厭棉布，他就討厭被逼。當然，如今也沒有誰可以逼自己了。

一陣沈默過後，皇帝大發慈悲的下令。「陳公公，擬旨，派人出城，令新科翰林蘇順帶女兒先返回京城。探親假過後再補。」

「謝皇上恩典。」

「如果這次還是做不出來，就說明你們的辦事能力不行，統統官降一品，讓位給年輕人吧。」皇帝用最漫不經心的語氣，說著令各部尚書最恐懼的事情。

京城約莫二十里地外，幾輛馬車正緩緩在道路上行駛，正是蘇明月等人。跟來京城時一路緊張的緊趕慢趕不一樣，這回去老家的路上，心情完全不一樣了。衣錦還鄉啊。

馬車內，幾人正聊著天，猜想著老家有沒有接到喜報了，蘇祖父該如何的歡喜。沈氏又在念叨著光哥兒，沒料到一下子離開光哥兒幾個月，不知道光哥兒還記得爹、娘、姊姊不？劉章有一搭沒一搭的聽著，間或插上兩句，心裡則在思量著，什麼時候請章氏上門，確定成婚的日子。

忽然，一陣急促的馬蹄聲從遠及近響起，是疾行趕路的奔馬。蘇家車夫忙駛向路邊，萬一撞上了就不好。誰料那奔馬一路跑來，停在蘇家馬車前。

「可是回鄉探親的新科翰林蘇順？」馬上騎士著急的問。

「正是。」蘇順迎出來回答，疑惑道：「不知找在下什麼事？」

「皇上有令，命新科翰林攜女，馬上返回京城至工部報到，協助研究新款軍用衣料。」

蘇家人只能匆匆返回，準備換過衣服之後，蘇順陪同蘇明月一起趕去工部。

沈氏一邊幫蘇明月整理衣裳，一邊憂心的說：「也不知道皇上怎麼想到妳了，朝廷上那麼多大人都想不到法子，萬一妳也想不到怎麼辦？會不會罰妳？」

「娘，不會的，罰我就是打那些大人的臉。」蘇明月安慰沈氏說：「我就是過去幫忙看看。行不行，再說。」蘇明月就當是去做個技術顧問。

「萬一那些官人工匠為難妳呢？」沈氏還是不放心。

「娘，爹陪著我呢。」

「妳放心吧，我會把月姐兒好好帶回來的。」蘇順插話道。

沈氏這才無話可說，眼含憂慮，目送父女兩人出門。

蘇順和蘇明月兩父女趕到工部，沈氏擔心的為難沒有發生。工部尚書親自出來迎接，滿臉平易近人的笑容。「這就是蘇翰林和令嬡吧。」

蘇順作揖回禮。「尚書大人。」

蘇明月跟著福了福身回禮。「尚書大人。」

「無須多禮。」工部尚書連連擺手，笑容更加親切了。「我們工部可是聽聞蘇姑娘名聲已久。如今這軍用衣料，正準備用新式織布機織出來，所以需要蘇姑娘多費心。」

工部尚書笑容滿面，心裡卻在發狠。他還不想降品級給年輕人讓路，他政治生涯還是當打之年，還想更進一步。所以，這位蘇姑娘，必須要好好招呼，這次只能成功不能失敗。

「來，蘇姑娘，我帶妳去參觀一下我們工部的工作間。」工部尚書親自帶路，絲毫不覺得自己一部尚書大材小用，也就是蘇順這個官場新丁和蘇明月這個沒有官場等級意識的人，才不覺得當中不合常理。

「麻煩尚書大人了。」蘇明月跟在工部尚書身後。

工部的工作間很像後世工廠和實驗室的綜合體，反正就是各種機器、耗材、半成品、成品，亂糟糟的，所有人都在忙著手上的事。尚書進來，也只是一個人上來迎接，介紹情況，其他人動也不動，繼續幹自己手上的工作。

蘇明月看到這邊已經有織布機被拆解和重新組裝，也看到了織出來的布疋。

「蘇姑娘改良的織布機和軋棉機出來之後，效率大大提高了，因為軍衣並不需要花紋和鮮豔的花色，所以成本跟之前麻布也差不多。但是，有一個問題，新式棉衣過於綿軟了，日常穿著當然是最好的，但就不是很符合兵部那邊的要求。」工部尚書說。

「來，蘇姑娘請看，這是我們的成果。」工部尚書指著一堆雜亂的成品、半成品對著蘇明月說。

蘇明月伸手拿出幾件成衣來細細查看，面料手感軟滑，是新式織布機織出來的布沒錯，沒有花紋，沒有染色，看起來就軟塌塌、灰濛濛，不好看。

蘇明月正想著怎麼辦，又有人進來報，兵部尚書大人來了。

未等通報，兵部尚書已經自己走進來了。從外表來看，兵部尚書身形壯碩，絕對對得起他兵部尚書的稱號。他進來也不理工部尚書，直接走向蘇明月說：「蘇姑娘，可真是久仰大名啊。」

蘇明月只好福身回禮。「尚書大人過於讚譽。」

「什麼過於讚譽，我說是就是。」兵部尚書大人大剌剌的說：「工部這幫人折騰了這麼久都沒有折騰出來，我們這些大頭兵就看蘇姑娘妳的了。」兵部尚書大人深諳拉踩這一門技術，蘇明月被架到檯子上，回答什麼都不是。

不過兵部尚書也不等蘇明月回答，直接提要求。「蘇姑娘，我們大頭兵的衣服，首要就是要堅韌實用，不能一場仗下來，人沒事，衣服散了；然後能保暖就行，其他那些花稍的不需要，不實用。妳明白嗎？」

他這一頓噼哩啪啦的，蘇明月只能點頭。

見蘇明月點頭，兵部尚書放下心來。「那行，就按照這個方向來，我先走了。」說完又無視工部尚書，自己走了。

蘇明月目瞪口呆，終於明白為什麼當初會是五部尚書一起買書，單單漏了一個兵部了。這個人太沒有同僚愛了，他來去匆匆，招呼都不打，還不覺得有問題，可蘇明月就有點替旁邊的工部尚書尷尬了。

不過工部尚書也不知道是了解兵部尚書的性格，還是當官的臉皮都厚，不當一回事。也不見工部尚書被無視而尷尬，反而接著說：「蘇姑娘，兵部尚書這個人，就是這個性格，妳不要有太大的壓力。不過，他有件事情說得對，這個軍服，首要就是堅韌、耐用、保暖。」

工部尚書邊說，邊帶著蘇明月往前走。「蘇姑娘，這是工匠們的工作間。」

兵部尚書向工匠們介紹了蘇明月，織布機前的工匠停下手來，他們都已經聽說這是發明孝順織布機的蘇姑娘，但是對於這姑娘能不能解決衣料問題，工匠們並不抱希望。尤其前面幾個大工匠，迫於工部尚書的壓力，頭低垂，但是在私底下眼神相互交流中，只看得見不贊同、質疑、看好戲等，未見一人歡喜。

蘇明月對這些私底下的暗流只當不存在，她停下，坐在織布機前，面前這臺織布機雖然被工部改裝過，但是蘇明月對織布機了解之深，當世她說第二無人敢說第一，稍加動作，織布機便在她手上運作起來。

試完織布機，蘇明月又站起來，用手細細的撚了撚棉線，感受一下棉線的質感。許是因為戰爭剛剛結束不久，餘悸猶存，加之前任戶部尚書拖延軍需被砍頭一事，工部這次並沒有偷工減料，用料都是中等偏上的。

但是，這用料就是太好了。

蘇明月沈思了一會兒。「拿點麻線來，換掉織布機上的豎棉線。」

有幾名工匠的眼神噌的一下亮了。響鼓不用重錘，內行人一聽，就知道幾分。

工部尚書不是很懂，但是不影響他從工匠的眼神裡看出這是一個新的方向。麻線很快被替換上，一個工匠自動坐在織布機前，唰唰唰，棉麻混紡布開始被織出來。

蘇明月下手認真拉扯織出來的棉麻混織布，不行，這兩種材質粗細相差太大，很鬆散，一扯就散。

「換橫線。」蘇明月又吩咐道。

又有小工再次換上橫線，結果還是不行，眾人有點洩氣了。

「豎線棉麻線間隔著來！」蘇明月又說，這次的成果比單純更換橫線或者更換豎線好，但仍然是不符合要求。

蘇明月皺著眉頭，暫時想不到其他方法。剛剛工匠間被稍稍按壓下的暗流，又重新開始抬頭。

實驗到這兒，天色已晚，大家都要散值了。

「蘇姑娘，妳覺得怎樣？」工部尚書送蘇順父女出衙門，問道。

「有點思路，但現在這個結果不行。」蘇明月擰著眉頭說，臉上一片凝重之色。

「有思路就行，有思路就行。」工部尚書聽到這話卻鬆了一口氣，有思路就不是完全絕路。「這件事情都卡了好久了，有思路就是一個重大突破。蘇姑娘，妳回去慢慢想一想。蘇翰林啊，明天還是得麻煩你送蘇姑娘過來，如果你不得閒，我派人過去接也是可以的。」

「尚書大人，明天早上我會準時送小女過來的。」開什麼玩笑，他現在本身就在假期中，翰林院那邊根本就沒有給他安排活兒，這不送閨女，讓閨女一個人進入這個滿是男人的衙門，他放心得下嗎？

於是，蘇順開始早晚接送女兒兼職。

回到家裡，沈氏和劉章已經等候多時。見到蘇順和蘇明月，兩人忙迎上來，沈氏擔心的問：「怎麼樣？找妳是什麼事情？」

「沒有什麼大事，就是工部設計軍服遇到一點問題，可能是想著我之前改良過織布機，想要我去幫忙看看。」蘇明月解釋說。

「這工部這麼多工匠都解決不了的問題，找妳去，萬一完成不了，不會問罪吧？」沈氏擔心道。又看了一眼劉章，這工部都是一些大男人，女婿會不會介意？沈氏並不希望女兒女婿因此而生出嫌隙。

「娘，現在說這些為時尚早呢。」蘇明月轉移話題。「娘，我餓了。」

「餓了吧，這真是的，匆匆忙忙把人從路上叫回來，飯也吃不好。我馬上讓人上菜。」

沈氏在旁邊張羅，劉章也說不上一句話，蘇明月抽空給他一個安撫的眼神，劉章方才稍稍放下心來。

晚飯上來得很快，沈氏計算著時間，預估兩人也快回來了，早就吩咐廚房準備好了。大家吃完飯，飯後，沈氏識趣的讓劉章跟蘇明月獨處一會兒，說一會兒話。

「你有沒有什麼要問的？」蘇明月見劉章欲言又止，先開口道。

劉章撓撓頭，問了一句。「妳覺得開心嗎？」

「我覺得，還挺開心的。」蘇明月看了劉章一眼，解釋說：「就是有事幹，我也想幹出成果來。」

「那就行。」月光下，劉章笑了。「那我支持妳。」

蘇明月看著劉章真摯的笑容，忍不住問：「你不會覺得我這樣太過拋頭露面嗎？不會希望我安安靜靜的在家，做個賢妻良母嗎？」

「月姐兒，妳以前曾經告訴我，妳不希望被男人拯救，妳自己就可以拯救自己。」

劉章認真的看著蘇明月，鄭重的說：「那個時候，我就知道，妳跟世間大多數的人不一樣。妳並不需要依附其他人，在妳自己的世界裡，妳有自己的心靈支柱。妳的才華、妳的思想，並不會因為妳遇到的何種境遇離妳而去。那麼，我希望，妳以後也不用因為我而改變自己。做妳自己，妳是最好的。」

「好。」半晌後，蘇明月笑著說：「謝謝你。」

第二天，蘇明月穿著一身男裝去工部了，女裝畢竟太顯眼，而且也不太適合幹活。

這次她換了一個思路，準備將棉麻兩種材料先混合絞成線，再織布。

這可不是一個容易的活兒，兩種纖維材質不一樣，這個時空裡還沒有人試過棉麻混紡。蘇明月也是想到後世各式各樣的混紡布料，才有這個想法。她細細向工匠們解釋了嘗試混紡的思考方向後，工匠們略帶遲疑的開始工作。

蘇明月看他們各自分開，單獨埋頭苦幹，取材非常隨意，這次不行，就多放點麻，下次不行，就多放點棉，完全沒有計劃，沒有條理，只憑個人經驗。而且，每個人都不會跟其他人交流，可能反反覆覆的做同一個實驗。有些人還怕其他人偷窺，躲在角落裡幹活。

這樣的做法，完全沒有合作精神，效率太差，成功就只能靠運氣了。

蘇明月眉頭皺得緊緊的，過了一會兒，蘇明月對蘇順說：「爹，您幫我找尚書大人，問一下他有沒有空，我有點事要找他。」

工部尚書昨天能抽空介紹情況已經是很重視的了，不可能時時刻刻陪著。不過，蘇明月說有事，尚書大人當然要抽出時間來。

「蘇姑娘，怎樣，是不是有突破？」工部尚書樂呵呵的問，心存幻想，說不定蘇姑娘就是自己的貴人呢。

「沒有。」蘇明月出聲打破工部尚書的幻想。「我找大人，是需要大人給我分配一個人手，協助我管理。」

「什麼管理？」工部尚書疑惑不解。

「我覺得現在工匠的管理太過混亂了，沒有條理又沒有效率。我需要將所有工匠，不管大工匠還是小工匠，全都按照需要試做的內容分組，按計劃工作。」蘇明月想要按照實驗室分組的方式，安排工匠們的工作。

工部尚書畢竟是一部尚書，想了想工作間裡亂糟糟的現場，明白蘇明月的需求，大力給她撥了一名姓譚的工部員外郎。別小看只是一名工部員外郎，管一群工匠，一個員外郎就已經綽綽有餘。

有了員外郎的協助，蘇明月的分組作業很順利的進行。

「我會將所有的人按照名單分為三組，每組工作的內容都不一樣。」蘇明月對著眾多工匠宣布。

「一組，趙大、錢二……負責紡線，將棉麻按照一比一、二比一、三比一、四比一、五比一，正反混紡。完成的混紡線，要從長度、堅韌度、柔軟度分別評等級記錄。

「二組，孫三、李四……負責絞線，將一組所紡單線，兩兩組合、三三組合，絞成股，同樣的，成品要從鬆散度、堅韌度和柔軟度評等級記錄。

「三組，周五、鄭六……負責織布，將二組的成品絞線，分別橫豎組合，織出來的棉麻混紡，要從堅韌度、硬挺度、保暖度評等級記錄。

「詳細的分組名單貼在後面，大家可以過去看看。如果有不同意見，比如想要調換組別的，可以跟我或者譚工部說。」

「蘇姑娘，這樣分組出來，最後的成果算誰的？」工匠群中，有人大聲問。

「最後成果是一個組的成果，其實大家都是一個團隊，分組是為了更容易安排工作。」蘇明月解釋。

工匠們低聲議論紛紛。

「這麼辦，那算誰做的功夫？分組我只做紡線呀，最後織出來的布算不算我的功勞？」
「有人偷懶怎麼辦？萬一那些懶鬼拖累我呢？」
「哎呀，我跟趙大關係不好，怎麼把我倆分到一組了呢?!不行呀！」
「我家跟李四離得近，我想跟他一個組好有個照應呀，老李對不對？」
「要我說，你們都說錯了。趙大雖然脾氣不好，但他手藝好呀，跟他分同一組，咱們可以少幹一點活。」
一時之間，工匠們七嘴八舌的，亂得像個菜市場。蘇明月第一次知道，原來男人多嘴起來是這樣子。
不得已之下，蘇明月只能示意譚工部，譚工部明白蘇明月的意思，大聲嚴肅的喊道：「肅靜，肅靜！不要私下交談，有意見或者有問題的找我說。」
譚工部想著蘇明月一個小姑娘，估計招架不住這些工匠們，因此體貼的把這個活攬身上了。畢竟，工部尚書特地吩咐過他要好好配合蘇姑娘的工作，不然，就要他給年輕人讓位。
譚工部可不想讓位啊。
譚工部此話一出，亂得像菜市場的工作間漸漸安靜下來。剛剛彷彿很多意見、很多想法的眾人，好像一個想法都沒有了，沒有人上前說有疑問要換組，好像剛剛的話都不是他們說出來的。
譚工部了解這些人，大聲說：「沒有意見就開始幹活。」

工匠們四散開來，看似很配合。

但是，也不是所有的工匠一開始就很活躍的發表意見。幾個年紀比較大的工匠，從分組開始臉色就沈下來了，只是沒有將話說出口。蘇明月此舉，已經直接衝擊大工匠的地位，以往大工匠們一直都是憑藉優越的技術和資深的履歷，得到的成果最多、獎勵最好。如今大家幹一樣的活，製作分了幾道流程，做出來的成品到底算誰的成果？沒有成果，怎樣區分大工匠和小工匠的重要性？

胡鬧！亂來！

幾個大工匠對視一眼，開始心有默契的磨蹭。有譚工部在，工匠們並不能直接頂撞蘇明月，但是幾個大工匠拖拉不幹活之後，漸漸的整個氛圍開始變了。而且沒有大工匠的帶領，其他小工匠的確是難做出成果了。

一天下來，進度比昨天還慢。蘇明月有點急了，不知道為什麼，明明分組管理應該可以擺脫昨天混亂的局面，更快速、更有條理的完成計劃的工作呀，為什麼進度更慢了？

她的眉頭擰成了麻繩狀。

蘇順看不懂這些工作，但是從這些人的神情和行為中，他隱隱約約的感覺到，這些人不歡迎他的女兒，敵視他的女兒。

意識到這一點，蘇順既生氣又擔心。但他對此也沒有辦法，只能暫時按下心焦，在旁靜候。

很快，又到散值的時候了。

今天，工匠們散值走得都特別早，大工匠們沈著臉，小工匠們心慌慌。一夥人，亂哄哄的，瞬間就散了。

約小半個時辰功夫，出了工部衙門，往工匠聚居處那條路上，工部好幾個資深工匠，默契而又自然的遇見了。

「老錢，今天姓蘇的丫頭這樣做，你也看見了。咱們怎麼辦？」一名工匠問。

姓錢的工匠是個急性子。「什麼怎麼辦，就按今天這樣辦！簡直是亂來，分組之後誰知道誰幹的活。我就拖著，我看到時出不來成果，這個小丫頭片子怎麼辦？」

「對，絕不能按著分組的方法來。咱們幹了這麼多年，可不是想跟毛頭小子們混回一起的。說起來都丟臉，一把年紀都活到狗身上了。」又有一名工匠憤怒附和道。

「行。那咱們幾個老傢伙可得一條心，明天就這麼拖著不幹活！」最初出聲的工匠沈聲說：「就讓那丫頭片子看看，哪怕她能造出孝順織布機，沒了咱們也不行。到了咱們這地界，就得按咱們的規矩走。」

「行！」其餘幾人齊聲附和。然後，又默契的分散，各自回家，好像什麼事都沒有發生過。

而此時，蘇明月跟蘇順正走在回家的路上。

蘇順一直小心翼翼的看著蘇明月，蘇明月一直皺著眉頭，邊思索邊低頭走路。

「小心，月姐兒，路上有石頭。」眼見蘇明月一腳踩在石頭上，差點站不穩，蘇順趕緊扶了蘇明月一把，囑咐道。

「爹，謝謝。」蘇明月順著蘇順的力道站穩，鬆了一口氣說。

「有問題，慢慢想，不要著急。」蘇順勸說道。

「嗯，爹，我知道了。」

回到家，沈氏已經準備好飯菜。

蘇明月匆匆吃了幾口飯，就準備起身離開去書房了。

「哎，月姐兒，怎麼吃這麼少？多吃一點。」沈氏見蘇明月只吃了一點，就急著起身不吃了，忙勸說道。

「娘，我吃飽了，您慢慢吃，我去查點資料。」蘇明月笑著對沈氏說，動作也不停，馬上站起來要去書房。

旁邊劉章見此，三口併作兩口，硬生生把小半碗飯塞完，放下碗筷對著沈氏說：「順叔，嬸子，我也吃完了。我去看看月姐兒。」說完也不等沈氏回話，嗖的一下跑出去，追上蘇明月。

「哎，這兩個孩子……」沈氏舉著筷子，無奈的說。

這邊，劉章追上蘇明月後，從懷裡抽出幾本書，遞給蘇明月。

「給我的？什麼書？」

「嗯，給妳的，我覺得妳應該會需要。」

蘇明月接過來，翻了翻，是一些紡織類的書籍，有幾本特別破舊，也沒有什麼字樣，只有圖畫，估計是一些匠人家裡代代相傳的秘笈。這年頭，一門技術可是不傳之秘呢。不知道劉章找這個，花了多少的精力和金錢，蘇明月捧著幾本破書，卻像捧著一堆金銀珠寶，臉上露出喜悅的笑容。「找了很久吧？剛好我很需要，也很喜歡。謝謝。」

「之前看妳挺喜歡這些，後來吩咐各地掌櫃看到就都蒐集回來。這次剛好送到了，能幫上妳的忙就好！」劉章臉色微紅，幸虧天色已晚，也看不出來。「不用謝。」

昏黃的燈籠在前頭散發著亮光，月光下，兩人的剪影越拉越長，越走越近。

寂靜間蘇明月微微赧然道：「那個，我有件事情問你。」

第十九章

「妳是說，妳看到工部工匠間管理很混亂，沒有條理，就將他們分組工作。但是不知道為什麼，分組之後覺得他們排斥這件事情？很不配合？」劉章向蘇明月確認她剛剛所說的情況。

「嗯，是的，我覺得不應該呀。」蘇明月很困惑。「我明明是為了幫助他們更有效的完成工作，完成不了，受朝廷懲罰的不是他們嗎？」

「月姐兒，妳站在妳的角度是對的，但是妳有沒有站在工匠們的角度來看呢？」

劉章直白的指出其中問題。「妳可能不知道，工部的工匠都是世襲的，法不責眾，沒有完成這次的任務，對他們的影響其實不會很大，畢竟只是兵部衣料，完成不了，就用舊方法好了。其次，他們工匠間有默認的規矩，資歷深淺、能力好壞，本是論資排輩的，妳分組，完全打破了他們的規則，他們會服從妳才怪。」

蘇明月瞪著好看的桃花眼，驚訝的看著劉章，不敢相信自己竟然犯了這樣低級的錯誤。

劉章看著蘇明月此時難得的犯傻，不知道為什麼，覺得月姐兒傻得可愛。不過他的求生欲不允許他說出這種話，靈光一閃，貼心的安慰說：「不怪妳，妳只是不了解工部的情況，所以才會這樣。」

劉章這樣說，蘇明月臉更紅了，半晌才赧然道：「劉大哥，你別安慰我了，都怪我沒事前準備，想得太理所當然了。」

日子過得順了，難免犯了一些穿越女的過錯，以為自己有著進步的眼光和觀念，所有問題都可以迎刃而解。卻不知道，每個朝代都有每個朝代的規則，人與人之間的關係，才是最複雜的。

過了半盞茶的功夫，蘇明月才鎮定下來，問道：「劉大哥，你剛剛說，這些工匠間的規矩都是默認的，官府裡面沒有規定嗎？」

「據我所知沒有，工匠的地位其實比較低，官府也只是統一劃分，內部的等級一直是工匠間自我管理。」

慘呀，這換到現代，大部分大工匠都可以成為職人或大師，現在卻只能作為一個匠人，連出頭機會都沒有。

不過，這也許是一個機會呢？蘇明月心想。

與此同時，沈氏和蘇順也在交流。

「今天，月姐兒是不是遇到了什麼困難？」知女莫若母，蘇明月這番，自然瞞不過沈氏雙眼。

蘇順猶豫半刻，將今日工部匠人對蘇明月的態度講給沈氏聽，也是期望沈氏也許有解決方法，畢竟沈氏將家裡管理得井井有條的。

不料沈氏聽完，並沒有解決方法，也不樂觀。「沒有這些人的賣身契，月姐兒也壓不住這些匠人啊。」在沈氏的管理觀念裡，掌握著下人賣身契這個生死大權，再用鞭子加糖的手段管理，不是難事。

但是，現在難就難在，蘇明月什麼都沒有。

兩夫妻皺起了眉頭，想不到破解之法，憂心得連飯都沒有胃口吃了。

「要是最後實在不行，我去向上官求情，說月姐兒年輕見識淺，實在沒辦法，料想應該不會罰得很重，妳也別擔心。」蘇順安慰道。

「到最後迫不得已的時候再說吧，我看月姐兒挺願意做這件事情的。」沈氏說。

次日一早，沈氏準備了豐盛的早飯，小心勸慰蘇明月說：「月姐兒，別著急，飯都是一口一口吃下來的。慢慢想，總會有辦法的。實在不行，爹娘都在呢，我們給妳撐腰。」

蘇明月聽完，大受感動。「嗯，娘，我知道的。我今天再找尚書大人說說，試試其他法子。」

「好。先吃早飯，吃完早飯才有力氣幹活。」

吃完早飯後，蘇明月早早來到工部，今天不用早朝，工部尚書已經在當值。聽聞蘇明月求見，忙命人請蘇明月進來。

「蘇姑娘，找我有什麼事？」工部尚書問。

「尚書大人，我需要大人給我一部分的權力，便於我管理。」蘇明月直接說。

「什麼權力？」工部尚書好奇的問。

「第一，我需要在工匠之中選拔三個小組長，一個大組長，需要大人承認我選出來的組長之位，並且在日常管理、待遇中給予重視和區分。其實這也方便了大人，尚書大人不覺得現在工匠之間管理混亂嗎？」

既然她無意中打破了工匠間的潛規則，那就重新制定新規則。世間追求的，無非是名與利，只要能給出更有誘因的獎賞，有大把的人願意爭著出頭。

管理混亂嗎？工部尚書心裡覺得還行，畢竟從前就是這樣管理的，工匠麼，不值得過於費心。不過蘇明月如此要求，工部尚書覺得無可無不可，便點頭同意了。

蘇明月見工部尚書點頭，接著說：「第二，我希望這件事情，尚書大人能申請一筆銀子獎勵，按照我所設定的組長和小組長，事成之後，組長占兩成，小組長占兩成，其餘六成由全部成員分。」

「這沒有問題，我申請二百兩紋銀作為獎賞。蘇姑娘，妳也是一樣的。」工部尚書大方說：「這事情我還是有決定權的。蘇姑娘妳放心，只希望儘快聽到蘇姑娘的好消息了。」只要能完成任務，不用讓位給後進，這些都不算什麼。

「那就先謝謝尚書大人了，小女子自當盡力而為。」

蘇明月跟工部尚書溝通完，得到想要的結果之後，便退出官衙。

蘇順早已在門外等候。

「爹，走吧。」

兩人走出衙門外，蘇順擔憂的說：「月姐兒，我看昨天那些匠人都不服妳呀。妳跟尚書大人這麼說，行不行？如果不行，咱就辭了，爹給妳擔著。」

「爹，您不用擔心。我覺得會有效果的。」

「真的？」蘇順仍然擔心。

「真的！爹，您就放心吧，女兒保證，如果有問題，一定會第一時間跟您說，到時候您幫我說情好不好？」

「好。如果妳有問題，一定要跟爹說。」

回到工作間，蘇明月協同譚工部，宣布了一個消息。

「經過工部同意，紡線一組提拔羅大柱為小組長。」

羅大柱是一個沈默不語的中年漢子，平常不顯山不露水，挺木訥的一個人，但這次蘇明月吩咐下來的任務，他勤勤懇懇的做了，還做得很不錯。

聽到自己被提拔為小組長，平日裡不顯眼的中年漢子腰都直了，眼裡瞬間有了光。

其他工匠低聲討論，一時之間，群情湧動。這個時候，譚工部的作用就出來了，還是那一句話，管一群工匠，一個工部員外郎就已經綽綽有餘了。

當譚工部表示，官府承認蘇明月所選的小組長，並給了相應的待遇和地位之後，工匠之中彷彿熱油滴入冷水，沸騰起來了。

「安靜下來。」蘇明月說道：「每個小組都會選一名最優秀的作為小組長，小組長不是不變的，其他人若自認比小組長更優秀，可以有良性競爭。

「小組長之間會選出一名組長，統管所有小組長。

「工部尚書大人已經同意，這次新布料的研發若成事，會發下二百兩紋銀作為獎賞，組長占兩成，小組長占兩成，其餘六成，由全部成員均分。」

蘇明月說完，也不管自己所說的話在工匠之間引起多大的騷動，拍拍手。「還有沒有不明白的？沒有了吧？那就開始幹活！」

這一天，名與利的小鉤子在前面吊著，工匠們一反前兩天的消極，瞬間迸發出無與倫比的熱情。

幾個大工匠還想掙扎一番，但是他們本身結盟也不牢固，本來，只是工匠間憑著年齡和技術被默認稱為大工匠，官府不承認的。如今官府承認組長和小組長，誰不想爭一爭呢？他們這些大工匠，本身就是競選小組長、組長的最有力人選，也是相互之間最強的競爭對手。

於是，一天不到，同伴變對手。

當天散值後，還是那條熟悉的道路。

「老錢，大家不是說好了，一起對抗那個丫頭片子的嗎？怎麼你今天這麼積極？」一名心急的工匠怒氣沖沖的發問了。

「我積極？別以為我沒有看到，你趁無人注意的時候老在那丫頭片子面前轉悠。你是什麼心思？還有你老趙，咱倆一個組的，你是不是想競爭小組長之位？」

「我是想競爭怎麼樣，就那老羅，平日哪裡比得上咱們。就憑著聽蘇姑娘的話，被提拔成小組長了，員外郎眼裡掛上號了。我直接說了，我家裡小子快要說人家了，我當爹的必須為他打算打算。我不僅要競爭小組長，我還要競爭組長。是兄弟的，就照顧一下你姪子，支持我，我保證以後不讓大家吃虧。」

「老趙，這就是你不對了，就你家小子要成親，你要錢要名，咱們就得讓著你?! 你以為普天之下就你是爹呀！咱們這些人難道沒有閨女兒子了？我老娘都六十了，我還想讓她開心開心呢。」

「平常說得好聽，你不也是想當組長。那就憑本事說話。」

「憑本事就憑本事，誰怕誰！」

幾人一言不合吵起來，誰也說服不了誰，不歡而散。

一天而已，聯盟瞬間瓦解。果然沒有永遠的友誼，只有永遠的利益。

第四天，眾多工匠合力，開始有了成果。小組長和組長的競爭，開始白熱化，畢竟誰不想升職加薪，邁入人生巔峰呢？

第五天，有進步，但進步不大。

第六天的時候——

「蘇姑娘。」一名工匠在無人的角落，偷偷叫住了蘇明月，拿出一捆棉麻混紡線。「蘇姑娘，妳看我這個混紡線。我加了少量的羊毛，雖然有點粗糙，但是更堅韌更保暖了。」

蘇明月認得這名工匠，叫趙大，是紡線組的一名大工匠。

蘇明月接過趙大手中的混紡線，用力拉扯、揉搓，的確堅韌和不易鬆散。「我知道了，我再仔細看看。」

「好的，好的，蘇姑娘，我是紡線組的，我叫趙大。」趙大樸實一笑，乍看就是一個老實到不能再老實的手藝人，完全想像不到傳聞他脾氣有多不好。所以說，恃才傲物，其實只是給的誘因還看不上。

下午。

「根據最新的成果，趙大憑藉著優質的棉麻羊毛混紡，成為紡線組的小組長。」譚工部宣布。這是蘇明月跟譚工部溝通之後決定的，由工部的人來宣布，更加增加小組長和組長職位的權威性。

譚工部此話一出，原本紡線組小組長羅大柱眼睛都紅了，惡狠狠的盯著趙大。這趙大，肯定是背著自己去找蘇姑娘獻寶邀功。

工匠裡面炸開了鍋，有幸災樂禍的，也有羨慕不已的。

「此外，原紡線組小組長羅大柱，因小組功勞，平調到織布組當小組長。我們鼓勵良性競爭，也支持小組長管理工作。」譚工部停頓一下說：「組長人選日後會從小組長裡面選出，擔任過多組小組長的更為加分，畢竟，我們希望組長具有更多的經驗。」
此話一出，羅大柱眼睛不紅了，臉上驟然從驚愕變驚喜。現在，羅大柱就是競爭組長最有力的人選了，畢竟他已經領先兩步。想通這一點，羅大柱看趙大的目光，從仇人變兄弟般火熱。
趙大的目光則是變幻不定，最終定格在喜悅這一檔，不管怎樣，他已經上位了，比起剩下的其他人，他已經具備了領先一步的優勢。
而剩下的工匠，則更有緊迫感，小組長名額已經被占掉了兩個，剩下的位置不多。這羅大柱就憑一個運氣好，而這趙大肯定是晚上在家偷偷下工夫了，太狡詐。
晚上，譚工部向工部尚書匯報了今日之事。
「這蘇姑娘，不簡單啊。」工部尚書聽完後，沈吟道：「你看出什麼了沒有？」
譚工部也算是工部尚書看重的部下了，不然如此重視之事，不會派譚工部去盯著。
「有直擊問題核心的能力，打破舊規矩的決心和力量，還有洞察人心的技能，以名與利做鉤，樹立新規矩的執行力。」譚工部說出這幾天觀察所得。
「不僅如此，你說的是一方面，但蘇姑娘最難得的，是已識乾坤大，猶憐草木青，明知人心惡，尤向善中行啊。」工部尚書感嘆一句。「如果是普通做法，那趙大做出重大成果後，就要把羅大柱替換下來。但是，這樣羅大柱必然不服，以後各個小組長都會把下屬當對手防範，時日若久，風氣漸壞，大家都困於內耗。」

「現如今趙大上位，羅大柱平調，甚至可說隱形升職，那麼以後小組長必然會鼓勵、協助下面的工匠做出成果，因為組員的功勞就是自己的功勞，這風氣就逆轉了。」工部尚書停頓一下，感嘆說：「蘇姑娘明明知道工匠不服她，給她碰釘子，這件事完成之後，她也不會留在工部。但是她仍然願意以此舉，建立良好的秩序和制度，給了一個善的開始。這才是她最值得欽佩的地方。」

人心都是嚮往光明，而不喜黑暗，如果可以坦坦蕩蕩的走在陽光下，誰又願意撕拉爭搶得滿身污穢。

「好了，你回去吧。」工部尚書感嘆完，對著譚工部說：「這件事也不用多說，你自己記住就行了。」

「是，尚書大人。」

晚上，工部尚書回到家，臉色端凝。尚書夫人見此，心急問道：「是不是因那衣料的事情，皇上罰你了。」多年老夫妻了，尚書夫人對尚書的工作也稍有理解，尤其這件事，萬一受罰定影響全家，尚書夫人便特別在意。

「沒有，衣料的事情還在進展中。」工部尚書解釋。

「你可別騙我，看你這臉色，萬一出了什麼事，我們母子糊裡糊塗的，如何是好？」尚書夫人不相信。

「不是那件事。」工部尚書解釋道：「我只是感慨，現在後生可畏啊。」

「什麼後生可畏？」尚書夫人好奇問。

工部尚書不敵夫人的追根究柢，於是將蘇明月所做之事以及自己的感嘆說給夫人聽，這也不是什麼需要向夫人保密的事情，他的年紀已經可以當蘇明月的爹了。

誰料，尚書夫人聽完後，認真問道：「真有你說的這麼好？」

「手段和良心都不缺，妳說好不好？」

「那你覺得，那個蘇姑娘配咱們老大怎麼樣？」

這話題轉得也太快了吧，工部尚書一時反應不過來。「怎麼這麼說？」

「你這整日忙工作的，如何能顧上家裡的事情。咱們家四個兒子，老大的媳婦可是長媳加宗婦，這但凡選的能力差一點，如何鎮得住妯娌和家族；萬一心性差一點，咱們家可就要從根子上壞掉，咱倆一輩子奔波到頭，最後可就一場空。我日日為這事煩心，如果那個蘇姑娘真像你說的那麼好，她爹是今科榜眼，這不是天上掉下來，正正好的人選？」

「嗯。妳說得對。」工部尚書點點頭。「老大的媳婦是得慎重。也不著急，我再觀察觀察。」

「那你可得好好看看，不要忘了。」尚書夫人叮囑，看來的確是為選兒媳婦操碎了心。

「忘不了。等我忙完這件事情，剛剛好。」工部尚書打包票，信心十足。

對於自己被列入工部尚書兒媳婦候選人，蘇明月是毫無察覺，即使知道，也只能多謝厚愛。

現在，蘇明月整個心神都放在新式衣料的實驗上面。趙大的棉麻羊毛混紡，的確是一個好的法子和方向，但還是得多試試。

而此事之後，由於工匠間的良性競爭，效率提升很多，大家對蘇明月，現在是又敬重又討好。

就連譚工部，不知道為什麼，都對自己多了三分善意。蘇明月百思不解，只能歸功於工作有成果了，譚工部對她感到滿意。卻不知，那只是譚工部對一個好人的敬重。畢竟，誰不想跟一個好人共事呢？尤其這個好人能力很好，跟自己又沒有競爭關係的時候。

第十三天。

「尚書大人，這是連日來嘗試過，我覺得可以列為常用的六種布料，樣布、成分配比、做法、特性我都標記在裡面了。」蘇明月遞給工部尚書一本厚本子。

工部尚書感動的接過本子。保住了，保住了，蘇姑娘果然是自己的貴人，自己不必為年輕人讓路了。

遞過本子後，蘇明月又遞過三套成衣。「這是這次用六種布料做成的三套樣衣，根據兵部尚書大人的要求，我個人認為，第一套樣衣是最經濟實惠的，第二套樣衣最耐磨保暖，第三套樣衣最挺拔。」

太棒了，這種下屬真的是太得人心了。不僅可以解決問題，還可以提供多種方案給上官選擇，給上官留足了充分發揮的空間。

最後，蘇明月又拿出一本小冊子，工部尚書都驚呆了，還有？

蘇明月見工部尚書如此，笑了笑說：「這是我根據這次布料的各種特性，給尚書大人的不成熟建議。畢竟南北氣候不一樣，夏裝和冬裝也不一致，尚書大人如果有需要，可以用這本小冊子作為參考。」

招人，招人，必須讓吏部馬上招人，就按照蘇姑娘這樣的標準來招！工部尚書心中發出吶喊。

無奈，這些話都只能在心中說一說，畢竟，尚書大人也明白，這世間，也只有一個蘇明月。

內心感慨惋惜一番之後，工部尚書方回過神說：「蘇姑娘，真是太感謝妳了。我明天就找戶部和兵部商議，確定成本和效果之後，再決定使用那一套。麻煩蘇姑娘再等一等，在方案定下來之前，萬一有問題，可能還需要蘇姑娘解答。」

「沒有問題。」蘇明月應承道：「那我明天便不過來了。麻煩尚書大人決定之後，派人通知我們，畢竟家父的探親假期，還需要跟翰林院那邊溝通處理。」

「好的，這是我們應該做的。」工部尚書答應得很爽快。「還是要感謝蘇姑娘。在這方面，蘇姑娘果然是天賦過人啊。」不能進工部，真的太可惜了。

「尚書大人謬讚了。」蘇明月福身回禮。

突然，工部尚書轉移話題，非常突兀的轉身對蘇順說道：「蘇翰林，不知蘇姑娘訂親了沒有？家中犬子年方十八，長得一表人才……」

工部尚書大人想到夫人的叮囑，如此優秀的姑娘，不能成為部下，但是可以為兒子娶回家當兒媳婦啊。能娶到蘇姑娘這樣能幹的兒媳婦，家族以後想必和睦，欣欣向榮。

暢想一番未來，工部尚書覺得自己真是太棒了，內心深深的為自己的識人之明和知人善任感到驕傲。

蘇明月和蘇順聞言像被雷劈過一樣。

「尚書大人，小女已經在老家訂過親了，我們對未來親家非常滿意，那個、那個，謝謝尚書大人厚愛。我們先走了。」蘇順過了好一會兒才反應過來，慌慌張張的解釋一遍，兩人火燒屁股一樣離開工部。

這太讓人無語了，就做個兼職，結果卻被提親。莫非，這就是優秀的人在哪裡都會發光嗎？

蘇順和蘇明月藉機遁走，離開了這尷尬的場面，只剩下工部尚書一人在原地炸裂。

拋開私人情緒，工部尚書找到戶部尚書和兵部尚書。

兵部尚書讓人試穿了三件樣衣，當場耍了一套拳，耍得大汗淋漓的。

「我們就要第二套這樣子了。」第一套各項都差一點點，第三套穿起來英姿煥發，但又不是娶媳婦，上戰場沒啥用。

戶部尚書當場撥弄算盤珠子，越盤算越緊張，越緊張越流汗，最後頂著兵部尚書吃人的目光，壯著膽子說：「這第二款，超出預算了，戶部沒有這個預算啊。就第一款吧，第一款，馬上可以撥款準備了。」

「你這個算盤精，你什麼意思？你是說我們這些大頭兵只能穿次等的嗎？」兵部尚書舉起缽大的拳頭，威脅道。

戶部尚書很想威武不能屈，但還是弱弱的解釋說：「將軍，我不是這個意思。只是，這個戰爭剛剛結束，國庫真的沒有錢呀。要不，先穿第一款，等日後有錢了，再穿第二款。」

「我不管，國庫有沒有錢，那是你戶部尚書的事，我們就要第二款。」兵部尚書梗著脖子說道，充分演示了蠻不講理。

「這沒錢就真的沒錢，戶部也不能憑空把錢變出來呀！」

工部尚書眼見勢頭不妙，想遁走。「這個，材料我們工部已經提供了，剩下的你們商量著辦吧。我的任務完成了，還有一攤子的事要忙呢。」

「別走！」戶部尚書眼見工部尚書不僅見死不救，還想藉機脫身，立馬反應過來。「你走了我就跟皇上投訴你的材料不及格。」

「對！」剛剛還跟戶部尚書對壘的兵部尚書，立刻轉頭來共同攻擊工部尚書。立場，什麼是立場？能為大頭兵們爭取到利益，才是兵部尚書的立場。

不得已，工部尚書只能留在這個戰場。

「第二款。」

「沒錢。」

「不管，第二款。」

「沒錢，變不出來。」

無限循環，工部尚書道：「要不，你們先吵出一個結果來，我再回來。」

「你把成本降下來！」剛剛還在吵得要死要活的人，一致對準工部尚書。

啊，就不該多嘴插話！工部尚書心裡狂搧自己嘴巴。

第二十章

劉家宅子，蘇明月一家，外加劉章俱在。

「工部尚書請我回去，有事商議？」蘇明月問來人。「什麼事情？」

材料不是已經提報上去了嗎？蘇明月自認已經挺好的了。

「說是因為成本太高了，戶部撥不出這筆錢，麻煩蘇姑娘看看，能不能把成本降低。」

因為短時間內解決了軍服衣料問題，工部的人都挺尊敬蘇明月的，來人仔細向蘇明月解釋。

這成本問題呀，有點難辦。蘇明月頭疼，一百步就差這最後一步了，蘇明月也想把這件事情順順利利完成。

「劉大哥，你有空嗎？能不能跟我們去一趟戶部呀，這計算成本的事情，我們也不太熟悉，還是想麻煩你走一趟。」順便宣告一下，她已經是有主的人了，避免工部尚書替子提親這種烏龍再發生。

「我有空呀，我可以。」劉章以為蘇明月想要幫忙算數，對於喜歡的姑娘求助，怎麼會拒絕呢。恨不得這個成本問題越複雜越難計算才好，最好一展自己的長處。

只有知情人蘇順和沈氏，露出難解的複雜神色。去吧，去吧，最好是一起去了。

來到工部衙門，工部尚書已經等候多時了。

「蘇姑娘。」工部尚書首先招呼蘇明月，然後向蘇順點頭示意。「蘇翰林。」最後，看見劉章，疑惑的問：「這位是？」

咳，咳，蘇順手握拳頭，放在嘴邊，輕咳兩聲，解釋說：「呃，這位是我家未來女婿，叫他來主要是為了，看有沒有什麼可以幫得上忙的。」

工部尚書的臉僵了一下，但隨即展現了一個成熟政客的良好素養，不管什麼時候什麼情況，都能面不改色的說出口不對心的客套話。「啊，恭喜蘇翰林，劉公子看起來一表人才，跟蘇姑娘是郎才女貌，天造一雙地設一對，最般配不過了。」

得益於工部尚書的厚臉皮，蘇順和蘇明月的尷尬緩解過來了，蘇順客套的說：「謝謝尚書大人的誇讚了。你們先談正事。」這個話題快點過去吧。

「正是如此。」工部尚書點頭贊同，得先把眼前的麻煩解決了。「蘇姑娘，這邊請。現在是兵部尚書想要用第二款，但是戶部預算不夠，只夠選第一款。我們請蘇姑娘過來，是想問問蘇姑娘，有沒有辦法把第二款的成本降下來。」

工部尚書向前帶路，邊走邊說出自己的要求，最好是又便宜又好用，兩個都要。

「不可能的，這幾種材料已經是我們連日來多次試驗的最好結果了，單件成本降不下來的，除非看看批量生產。」蘇明月出聲打斷工部尚書魚與熊掌兼得的幻想。

談話間，幾人進入工部衙門。

衙門裡，戶部尚書在滿頭大汗的打著算盤，嘴裡嘀嘀咕咕的算著帳。兵部尚書在旁邊瞪著牛眼盯著戶部尚書，感覺就是戶部尚書再說出一個不來，他馬上給戶部尚書一個拳頭。

眼見工部尚書帶著蘇明月進來，戶部尚書的算數正在關鍵時刻，停不下來，兵部尚書則迎上來，說：「蘇姑娘，我就說過，工部不行，還是得蘇姑娘妳來，我這果然沒有說錯。」

兵部尚書一開口就給蘇明月戴了一頂高帽子，蘇明月但凡蠢笨點，都要被架到臺上下不來。

「尚書大人，我之前已經說過了，第二款，單件成本降不下來，要降下來就是第一款。這又要便宜又要好用，是不可能的。」可惜蘇明月完全不吃這招，直接拒絕。「現在唯一能看的是，批量生產之後，能不能把總成本降下來。」

這邊戶部尚書剛好算完一筆數，聞言出聲。「批量生產，初步的成本我們已經算過了。首次的目標是五萬件，用料的價格加上商家的人工費用，成本要二萬四千兩。」

幾乎在戶部尚書說話的同時，劉章對著蘇明月小聲說出了總數。「兩萬四。」

戶部尚書略帶驚訝的看了劉章一眼，不曉得這小子是誰？不過也許蘇姑娘對此人說過這件事情，不足為奇。

「還有運輸到邊城的成本，最後加起來大概要到三萬。」

話音剛落，劉章同步給出了數字。「要超出三萬了。」

說完，還不忘對著蘇明月笑，整個人好像在說，我厲害吧，我很有用吧。

戶部尚書驚訝的看著劉章，這個人不會是偷窺他算數了吧。

蘇明月對劉章孔雀開屏的行為十分無語，對戶部尚書解釋說：「尚書大人勿怪，這是劉章，我喊過來幫忙的。」然後又對著劉章示意，請他安靜。

兵部尚書在旁涼涼的說：「這人很像算盤精你戶部的嘛。」

於是大家都知道戶部尚書外號是算盤精了。

戶部尚書大為尷尬，但是有什麼辦法呢？打又打不過，告狀也告不贏，只能轉移話題。

「既然是來幫忙的那就最好了。再看看，哪個環節可以把這個成本縮減下來。」

說完，攤開本子，把所有的環節和成本，算一遍給眾人看。

劉章從懷裡掏出一個小巧的算盤，跟著戶部尚書的帳本，手裡飛快的打著算盤，都快要打出殘影了。

但是，經過又一輪的計算之後，結果仍然是一樣的。

「要不然，算盤精你再撥點預算？」兵部尚書悄悄的問。

「不行，戰事剛過，國庫空虛。其他的銀子要分派給戰後民眾休養生息，重整家園。」戶部尚書嚴厲拒絕。

這個理由，真的是很正當了。

「既然按現在的計算方式，成本降不下來，那要不，換一批皇商？」劉章試探說。

幾部尚書的目光如閃電般掃過來。

「你是衣被商人？」戶部尚書問。怪不得這麼熟練，戶部尚書自認為得到了正確答案。

「你真不是算盤精他們一夥的？」兵部尚書問，這換商人供貨的手段，真的很熟悉啊。

「不是，我是書商。」

欸？一個書商湊什麼熱鬧。不過，這個建議，好像可以考慮考慮。戶部尚書皺眉。

朝廷需要更換衣料供應商人的消息一出，天下商人震動。這個時代，商人的最高追求是什麼，是成為一名皇商啊。到這種程度，錢已經不是最重要的了，最重要的，是獲得權力和名譽。

因此，大把大把的商人，願意不計成本，先取得皇商資格。

一旦決定招商，朝廷自然會有相關的流程，蘇明月只要等一個結果就行。

其實蘇明月不等也行，但工部、戶部、兵部就是不肯放蘇明月走。這萬一有個什麼技術上的問題，沒有蘇姑娘在怎麼辦呢？所以，蘇明月必須等到所有事都塵埃落定後才能返鄉。

沈氏正在縫光哥兒的小衣裳，嘴裡念叨著。「不知道家裡怎樣了？雖然已經回信說家裡一切安好，但是看不到人，總是心不安。」

過了一會兒，沈氏縫完，抖一抖小衣裳。「也不知道光哥兒會站了沒？幾個月不見，這做的衣服合不合適心裡都沒底，小孩子見風就長。」過了半晌，嘆息道：「也不知道還認不認得娘？」

「娘，您就放心吧。哪還有兒認不得娘的，這親生的，您回去帶幾天，就跟您好了。」

蘇明月安慰說。

沈氏笑笑。「妳就是年輕，等妳當娘後就知道了。這當娘的心啊，豈是那麼容易就放下的？」

又說起另一個兒子。「還有亮哥兒，這爹娘都不在家，我琢磨著妳祖父、祖母太寵了，玩得心都野了。」

「娘，您怕什麼，有姊姊在呢。我來的時候，姊姊天天盯著亮哥兒的功課。」

「也是，妳姊我是放心的。」沈氏笑道。「媚姐兒的嫁衣也不知道繡成怎樣了？」

「我姊那手藝，您還擔心。」

兩人正說笑間，有下人來稟報。「夫人，親家老爺來了。」

親家老爺？沈父？蘇明月和沈氏略想一想，便知道沈父是為皇商之事來的，忙命人將沈父請進來。

「爹，大弟、二弟。」沈氏見沈父一行風塵僕僕，忙迎上前，又命丫鬟送上茶水點心。

沈父等人估計真是趕路累了，一口乾了茶水，才說：「聽聞朝廷要招皇商，我們一收到消息就趕來了。這一路啊，差點顛壞我這把老骨頭。」

「爹，您就讓大弟、二弟先過來，何必如此趕路，小心身體。」沈氏勸說。

「不行，此事關係重大，我必須親自趕來壓陣才行。」沈父說道。

蘇明月見外祖父和舅舅一行人行色匆匆，想必路上休息和吃喝都不好，向外祖父和兩個舅舅打過招呼後，便命廚下儘快安排飯食，又讓人去書房將蘇順和劉章請過來。
吃完晚飯後，蘇明月和劉章先告退，將空間留給沈氏和沈父這些大人們。
「元娘啊，我聽聞，這次幫工部研製出新型衣料的是月姐兒。」沈父先開口了。
「爹，月姐兒只是過去幫忙研製新衣料的，皇商的事情，她插不上口。」
沈父嘆一口氣，沈重的說：「元娘啊，我們沈家，現在就是懸崖上走鋼索，岌岌可危。這新式棉布，比我們預想的還要暢銷，賺得比預想的要多。現在沈家就是家財萬貫，但是沒有靠山，如小兒抱金於鬧市。現在安然無事，是還有我這一把老骨頭強撐著，他日我一旦退下，必定被其他商家圍攻。」
沈氏沈默不語，沈父見此，繼續說：「月姐兒雖然管不了皇商之事，但畢竟跟管事的各位大人相熟。我們沈氏現在不需要在這個交易裡掙錢，我們就貼錢，要這個名，給朝廷上一張投名狀。」沈父說得老眼中淚光閃爍，聞者皆為這一位老父親心酸。
「爹，月姐兒只是一個小姑娘，朝廷的事如何插得上嘴，諸位大人如何會聽。」沈氏苦笑。「不過，我問問月姐兒，看能不能打聽到什麼消息。」
沈氏無視沈父希冀的眼光。「爹，要實在不行，您就把這片家業捨下一點吧，畢竟，錢是賺不夠的，人平安最重要。」
沈父險些被沈氏的話噎住了，不過老狐狸馬上就鎮定下來。「我也知道月姐兒為難，只能捨下這一張老臉了。真到那時候，也只能如此了。也不知能不能安全脫身，沈氏一族全繫於這一次。」

說完，沈父深深吸口氣，踉踉蹌蹌的站起來。「一把老骨頭，奔波好幾天，我也先去睡了。」

沈氏看沈父如此神態，十分無語，命丫鬟給沈父等人安排房間。

待沈父出了房間，蘇順方遲疑的說：「元娘，岳父這……」

「別管我爹，他就是裝的，想要我同情幫他。事情沒到這個程度，也就是個兆頭吧，我爹想掙錢的時候，聽三分就行了。」知父莫若女，沈氏肯定的說：「不過，我爹肯定是打上皇商這個主意了，待會兒我去問問月姐兒吧。」

而此時，被丫鬟帶到客房的沈父，等丫鬟離開之後，立刻腰也不駝了，腿也有力了。沈家兩兄弟看著頗為無語。「爹，我們家沒到這種程度吧，您想姊姊幫忙，直說就行了，何必這樣？」

沈父端起桌上茶盞，給自己倒了一杯茶水，一口喝盡。「你們懂什麼？你姊從小就聰明，我不把情況說得嚴重一點，她怎麼捨得讓她的寶貝女兒為我出面。」

說罷，沈父再給自己倒一杯茶。「我生了你們三姊弟，論做生意這方面，其實你姊手段最像我。就是太沒有野心，老是想著小富即安，還叫我捨部分家業，這一部分家業是這麼容易捨的嗎？牆倒眾人推，我捨三分，就要給五分出去。也不想想，多少夥計工人靠著我們沈家吃飯，沈家倒了，我們是抽身而出了，可靠沈家吃飯的人怎麼辦？船大難掉頭啊，現在，最好是能靠上朝廷這個港灣了。」

「爹，那也可以直接跟姊說，不用這樣。」

「不用說了，你姊肯定也看出來了。」沈父再嘆一口。「說得我好像個惡人似的。如果不是你們倆不爭氣，我需要這樣奔波勞累。」

「爹，不是您自己說您還想再幹三十年的嗎？」沈家大郎毫不留情的說，不肯背這個黑鍋。

「你……」

在這邊沈家「父子相殘」的時候，沈氏端著一盅燉湯來到蘇明月房間。

輕輕放下燉盅，沈氏說：「月姐兒，妳還在看書呀，有空不，先喝點湯，娘有點事跟妳說。」

蘇明月放下書本，問道：「娘，是不是外祖父的事情？」

「妳猜到了。」沈氏笑道。「也是，我們月姐兒這麼聰明。」

笑罷，沈氏將沈父的的一番話刪刪減減跟蘇明月說了一遍。「妳外祖父估計是想要皇商這個名頭，虧本生意也做得。娘也不要求妳做啥，妳年紀小，這事哪裡是妳可以干涉的。娘就是問問，按照妳對這事的理解，覺得妳外祖父的成功機會有多少，我好提醒妳外祖父做準備。」畢竟是親爹，沈氏也是左右為難。

「娘，外祖父這件事情，您讓他按正常成本加半成利潤報價，匯報的時候，儘量把情況按實際寫，越詳細越好。我估計著，有八分的機會能成。」蘇明月沈思說。

「如何這樣說？不是說朝廷缺錢了嗎？」沈氏驚訝道：「我估摸著這些衣被商家都收到消息了，妳外祖父也是，都計劃著貼錢拿資格呢。」

「娘，那是先皇時期的做法了。先貼錢進去，取得皇商的資格之後，後面再賺回來。就是因為這樣，這衣料的成本才一直降不下來。」蘇明月解釋道：「我看戶部那邊的意思，還有現在皇上的行事風格，不是很吃先皇那一套。而且這次只是先做五萬件，後面還要繼續呢，朝廷會長遠計較的。」

沈氏聽罷，沈思半晌，蘇明月也不打擾她，端起燉湯先喝完。

十六、七歲的年紀，還在長身體呢，蘇明月可不欣賞那種弱柳扶風之美，這年頭，健康的身體才是一切的保證。且沈氏吩咐人做的燉湯不油膩，清清淡淡的，正好填個三分飽。

「行。我就這樣告訴妳外祖父。」沈氏下定決心說。

看蘇明月把燉湯喝完，問道：「晚上腿腳還抽筋不？我再給妳買點河蝦補補？」

「不抽了。」蘇明月答道。「不過這時候的河蝦正嫩著，好吃。」

「好。」沈氏拿回空了的燉盅，說道：「娘先出去了，早點睡。」

「嗯，謝謝娘。」

第二天，沈氏將蘇明月的話跟沈父說了。

「月姐兒真這樣說的？」沈父疑惑不已，這跟以往做法不一樣啊。行不行啊？

「爹，您那套是老法子了。您想想，今上登基以來，風格是不是跟先皇很不一樣？」沈氏說道：「遠的不說，您看您女婿這次科舉，就是文風變了。」

科舉這事沈父也聽說了，畢竟未來外孫女婿書店打的招牌就是這個。而且，琢磨朝廷風向，本來就是這些商人常常幹的事情。

「不過，這麼幹風險太大了吧？」沈父摸著下巴，猶豫不決，他還是很想要這個皇商的牌子的。

其實沈父也是一個有目標的商人，陶朱公、范蠡和呂不韋就是他的目標。當然，目前這個目標看起來是不可能的了。不過如果能把沈家帶上皇商之位，沈父覺得，自己也可以在沈家族譜寫下濃墨重彩的一筆了。

「消息我幫您打聽了，聽不聽您自己決定。您可不許去找月姐兒，您輩分大，她人小，您要去我就要翻臉了。」沈氏說道。

臭丫頭，生個女兒來討債的。沈父心中嘀咕道，他還真想再找月姐兒問問，多了解一點心裡多點底氣啊，如今看來是不行了。

「爹，您想想，按照先前的法子，您貼錢，能貼得過其他大商家嗎？」沈氏發出致命反問。

「不行。」沈父很有自知之明，沈家雖然在衣被行業扎根頗深，但是抵不過那種頂尖大商家，也就是借新式棉布的先機，沈父才摸到一點皇商資格的邊。

「那不就結了嗎？反正按以前的法子也沒有機會。」沈氏說完，施施然走了。

留下沈父一人，獨自思索。

過了半盞茶功夫之後，沈父緊握拳頭，決定拚了。這次不成，他還可以再幹三十年，把沈家穩穩過渡；如果這次成了，他就再幹三十年，把沈家帶起來。

朝廷招商那天，沈父穿得十分樸實就去了，跟其他滿身綾羅綢緞珠光寶氣，立意展現自己財大氣粗的商人特別不一樣。

「爹，咱這樣行嗎？」沈氏兄弟低頭打量自己的樸實打扮，總覺得氣勢就弱了三分，壓著嗓門悄悄問。

「就這樣。你看比家底，咱們比得過那些大商人嗎？不行，那就另闢蹊徑。」沈父訓誡兩個兒子說：「給我裝得老實點。」

沈氏兩兄弟看看周邊眾人，乖巧的裝出一副樸實相。沒辦法，拚了。

沈氏父子就這樣頂著眾人注視的目光，樸實的參加了戶部的皇商招商。

三天後，蘇明月回衙門交代最後的工作。

「蘇姑娘，聽說這次中標的三家中，有一家沈氏，是妳的外祖家。」戶部尚書問。

「是的。有什麼問題？沈氏出的價太高，還是太低？還是他們做不出來？交不了貨？」

蘇明月反問。

「都沒有，就是他們都是剛剛好呀。」好得就像他自己睡夢中說出來一樣，統統猜中他心頭所想。這戶部尚書有疑問了。

「那有什麼問題，要真做不出來，尚書大人找他們就行了。」蘇明月反問。「莫非戶部懷疑我做了什麼？我跟戶部沒有多大接觸呀，整個招商流程我都沒有參與過吧。」

「倒沒有懷疑蘇姑娘的意思，我們戶部一直是公平、公正、公開的。」懷疑她不就是懷疑戶部自己，傻子才幹這種事。

不過，蘇姑娘這隻小狐狸，可不能小看。戶部尚書暗暗的想。

蘇明月懶得搭理戶部尚書這個老狐狸，轉過頭對工部尚書說道：「大人，這軍服衣料研發已經完成了，剩下的事情我也幫不上忙了。麻煩大人跟翰林院那邊說一聲，明天我們就要歸家了。」還是搞技術的人實在。

「好的。沒有問題，十分感謝蘇姑娘。」工部尚書招一招手，有下屬遞上一個信封。「這是給蘇姑娘的，怎麼也不能少了蘇姑娘的二百兩。」

看，就說搞技術的實在吧。蘇明月爽快接過，心裡樂呵呵，又收入一筆，果然到哪裡都餓不死手藝人。「謝謝尚書大人，小女子告辭了。」

第二天，早朝後君臣小會議。

「這是完成了？」皇帝坐在皇座上淡淡的問。

「是的，皇上，一共產出六種新式布料，樣衣已經做出來了。」工部尚書上前答道，認為雖然任務很難，但是工部仍然完成得十分漂亮。

「兵部可滿意？」皇帝又問。

「皇上，找人試穿過了，操練起來，比以前方便耐操，也舒服。」兵部尚書滿意極了，這比以前純麻衣好多了，得虧他堅持，堅持到了就是勝利。

「戶部能撥出這筆錢不？」皇帝又問。

「皇上，戶部已經找了新的供貨商，核算過成本，在預算內，戶部可以即刻撥出這份現銀。」不容易啊，居然在有限的銀子裡，做到讓兵部那些兵痞子滿意，真是太難了，我這個戶部尚書真是太能幹了。

「看來大家都很滿意啊。」皇帝輕扯嘴角，冷笑一聲，目視眾人來一句。「困擾了朝廷這麼久的問題，最後居然靠一個小姑娘解決了。諸位愛卿，不覺得自己需要反省反省嗎？」

一片寂靜。

皇帝說完，也不需要下面各位尚書的回應，直接起身，擺駕回後宮。

「皇上退朝。」身後太監揮著拂塵，急急忙忙念一聲退朝，小跑跟上已經疾步而走的皇帝。

剩下幾部尚書，留在空蕩的大殿中，你看我，我看你，面面相覷，無人發話，最後有默契的一起退出了金鑾殿。

在官場混，被皇帝罵幾句又怎麼了，不傷筋不動骨的，罵就罵了，沒被皇帝罵過都不算被皇帝記住。反正吧，只要不讓路給下頭的人，什麼都可以。眾位尚書心裡安慰自己。

至於兵部尚書，則是完全無感，皇帝又不是罵他。什麼，跟其他尚書關係不好？兵部尚書跟其他尚書關係不好才正常，兵部尚書跟其他尚書關係好了，皇帝就要睡不著了。

這時的劉家宅子。

「元娘啊，女婿啊，這就回去了，代我向親家問好啊。」沈父此刻笑得真正像個樸實的老農民。

這養個女兒，真好啊，嫁個讀書人，有了個進士女婿，然後靠著外孫女的幫忙，攀上了朝廷做了皇商。沈父作夢都要笑醒。

「嗯。爹，我們走了。您跟大弟、二弟好好的。」

「放心，我好著呢。」沈父保證，還能再幹三十年。

「嗯嗯。」沈氏的兩個弟弟反而叮囑道：「姊，姊夫，路上小心。」

「岳父，那我們就先走了。」蘇順朝岳父大人告別，又向兩個小舅子示意。「我們會小心的。」

蘇明月也向外祖父和兩個舅舅告別，一行人離開了京城。

不容易呀，其他進士都到家了，就他們才剛從京城出發。

出了京城二十里，蘇家一行人再次走在回鄉的路上。這次，應該沒有人再來攔路了吧？蘇家眾人心裡想。

但是，正所謂白天不能說人，晚上不能說鬼。

「前邊的馬車，停下！」後方傳來一聲粗喝，一名騎士快馬疾馳而來。

蘇順掀開車簾，探頭問道：「這位壯士，可是有什麼事？」

「前邊可是新科翰林蘇順一家？」

「正是下官。」

「皇上駕到，蘇翰林迎駕。」

一聽皇上要來，蘇順等人連忙下車。沈氏手忙腳亂的幫大家整理衣裳，這皇上突然就來了，大家穿得都挺家常的，也不知道見皇上會不會失禮，皇上會不會怪罪？沈氏內心忐忑的想。

「皇上駕到！」太監尖利的聲音響起，馬蹄聲、疾行腳步聲由遠及近，壓力洶湧而至。

蘇家眾人低頭迎駕，不敢直視天顏。

一行急騎在蘇家人面前停下，蘇家眾人低頭只能看到走動的馬蹄。一個男子帶著壓迫和威嚴的聲音在頭上響起。「都平身吧，不必多禮。」

這就是皇帝了，蘇明月心裡暗暗的想。

蘇家眾人站起來，仍然是低垂著頭，以示恭敬。

「蘇卿家，你是先皇時考中的秀才，今年恩科一路舉人、進士、榜眼登科？」皇帝騎在馬上，明知故問。

「是的，皇上，蒙皇上恩典。」蘇順回答。

「今年恩科，劉家書店所出的文風分析文集是你所出？」

蘇家眾人心裡一咯噔，皇上不會現在才說介意吧？怎麼辦？之前一直賣得挺好的，也沒見朝廷有什麼反應呀。這難道不是沈默就是默許，而是等到秋後算帳？

「回皇上，是的。」蘇順不知道皇帝問這個是什麼意思，但一力承擔下了。

皇帝在馬上哼笑一聲，哼得眾人心慌慌。「你如果有這個分析文風的能力，就不會多年前一直止步於一個秀才了。」不等蘇家眾人解釋，又說：「蘇姑娘，聽聞工部新型布料是妳研究出來的？」

「皇上，是工部眾位大人的功勞，臣女只不過是在眾位大人的基礎上，總結了一下。」

蘇明月這個時候十分謙虛了。

「妳也不必如此說，工部尚書這個人，才能平平，但是勝在還有幾分自知之明，他已經全都說了。」

尚書大人，你為何如此實在啊！這都是你領導的功勞啊！蘇明月心裡暗暗叫苦，這個皇帝，這麼一番話下來，到底是想要幹啥？自己又不能給他去做官。

「蘇姑娘如此聰明，又善解人意，不知道對入宮有沒有興趣。朕的後宮，正缺一朵能幹的解語花。」

劉章低垂的頭猛地抬起，怒視皇帝。

「大膽，竟敢直視天顏！」太監大聲呵斥。

劉章垂下頭去，左手卻伸出去，牽住旁邊蘇明月的右手。

「大膽！」太監斥道，劉章卻沒有放手。

皇帝輕輕哼笑一聲，這一聲，明明很小很輕，卻猶如泰山壓頂一樣，將蘇家眾人壓在山峰之下。

劉章感覺自己之前做的種種心理準備，想要對皇帝表明自己情比金堅之類的決心統統忘光了。他只覺得千萬山峰壓在頭上，把他壓得喘不過氣來，又像溺水之人，無法呼吸。腦中唯一一點清明，是硬挺著不放手。

另一邊，蘇明月也感覺到了這種沈重天威，原來這就是生死被人所掌握的無力感，她清晰的知道，自己的命運，不過是帝王隨意一念間。

但有時候，人就是要逆天而行，蘇明月緊緊回握劉章的手。

不知過了多久，也許才過了那麼一瞬間，但蘇明月覺得時間被無限拉長，清晰的感覺自己的心劇烈的跳動，喉嚨發乾發苦，但她還是低聲回答道：「回皇上，臣女容顏醜陋，言語粗鄙，實在配不上皇上天人之姿。望皇上收回笑談，臣女惶恐。」

「蘇姑娘，妳不後悔？」

「皇上，臣女絕不後悔。」

「罷了，這蘇家的姑娘都一樣。」皇帝淡淡的說，也難辨其喜怒。「也是呢，好姑娘誰喜歡這宮牆。」

皇帝不知道在說誰。「曾經，有個姑娘跟我說過，想要選擇的權利。那，蘇姑娘，我賜妳『善織夫人』美名，賜妳選擇的權利。從此，妳可以選擇將這個名譽留在蘇家，也可以帶著出嫁，妳在哪裡，牌匾就在哪裡。妳百年之後，這牌匾要怎麼傳家，都由妳選擇。」

「謝皇上恩典。」蘇明月謝恩。

皇帝卻不再回覆，好像他來這一趟，有事，又不是這件事。一切都好像是他隨心而至，隨手而為。

「起駕！」皇帝一行人疾騎而去，來也匆匆，去也匆匆。

皇帝走後，蘇家眾人才感覺壓在頭上那無形的壓力消散開來。

劉章試著鬆開蘇明月的手掌，卻發現兩人的手太過用力，已經僵硬到不能動了。雙雙對視，苦笑一下，竟有死裡逃生之感。

蘇明月、劉章二人直迎帝威，沈氏、蘇順壓力也不小。

想不到皇帝居然看上自家閨女，更想不到自己閨女居然有膽拒絕。蘇順、沈氏又是慶幸又不敢喘大氣，好不容易等皇帝走了，才手軟腳軟，相互扶持著爬上馬車。

第二十一章

過了好一會兒，蘇明月拿起水囊，咕嚕咕嚕吞下好大一口水，然後問道：「爹，皇上說給我一個稱號，還有牌匾。現在沒有給就走了，之後會有人送過來吧？」

虧大了，既要跪地請安，又被恐嚇要到宮裡做宮妃，也不想想，宮鬥，自己能活過三集嗎？真是的，幸虧還有一塊牌匾，當利息收回來了。

蘇順整個人腦袋還是懵的，被蘇明月的問題，從皇上居然開口要他女兒入宮，拉回到皇上會不會欠帳，半晌後才不確定的說：「這、這我也不知道，應該會有人送過來吧？」

氣氛仍然凝重，但開始往奇怪的方向歪。

過了一會兒，蘇明月又出聲。「娘，我感覺皇帝把我當作另一個姑娘了，而且，那姑娘跟我一樣姓蘇，不然他怎麼會說，這姓蘇的姑娘都一樣。」坑爹呀，居然天降橫禍，被當成別人的替身。

「快住口，如何能說皇上閒話。」沈氏義正詞嚴的斥責道，眼裡卻閃著八卦的光芒。也是，哪個女人不喜歡說兩句八卦，尤其這八卦牽涉到皇上，真的是又驚險又刺激。

蘇明月不搭理沈氏，繼續說：「而且，這姑娘是不是拒絕了皇上？沒聽說過宮裡有受寵又姓蘇的娘娘，皇上還說，好姑娘誰喜歡這宮牆。」蘇明月一拊掌，得出一個結論。「肯定是了，皇上被拒絕了。」天啊，天啊，這絕對是天下第一八卦了，說出去都沒有人敢相信啊。

「要死了，這妳都能說。」沈氏用力拍一下蘇明月大腿。「給我住嘴。」嘴裡雖然這樣說著，沈氏心裡卻暗暗贊同。從一個母親看女婿的角度，皇帝完全不及格好嗎？首先，權勢太大了，被欺負也不能打上門；其次，三宮六院，佳麗三千，太花心。哦，現在發現，皇上居然想拿她女兒當替身，簡直不可忍。

劉章在一旁聽著，暗暗點頭，皇上又怎麼樣，還不是一樣被拒絕。

「月姐兒，我心裡妳永遠是第一的。」劉章這個時候很機靈了，乘機表白。

「我知道。」不然你這個傻子也不敢頂撞天顏。蘇明月悄悄說：「我也是一樣。」

劉章笑得像個傻瓜，值了，值了。

被這麼一打岔，大家從面見皇帝的餘威中醒過來。

就連蘇順這個封建君子，也覺得皇上此舉實在太不穩重。身為君上，如何能跟臣下開這種玩笑。

對皇帝曾經來過，並露出了點失意男人的八卦之後，大家都心裡吐槽一番，表面偽裝若無其事，繼續趕路回家。

不過這件事的後遺症是，劉章跟蘇明月跟得更緊了，恨不得趕緊回家成親去。

一行人繼續前行，果然不久皇帝派人送來牌匾。對於這個牌匾，沈氏倒是欣喜接受，擦了又擦，看了又看。這牌匾可真氣派，這字也好看，沈氏喜歡得不行，找出一個包袱皮緊緊蓋住，萬不能在路上落了灰塵。皇上再發瘋，也不影響這個牌匾的重要性。

路途漫漫，歸心似箭。

平山縣。

「是說今天中午會到的吧？」蘇祖父拄著枴杖，站在門口，遙望前方說。

「爹，是的，大哥派人送信回來了，就是今天中午。」蘇姑媽也回來了。

其實何止蘇姑媽，蘇姑父、飛哥兒、翔哥兒，全都來了，如果不是差著輩分，蘇姑媽的公公、婆婆也想要來看一看、迎一迎榜眼大人的，奈何差著輩分，就只有派兒子媳婦孫子作為代表來了。還再三叮囑飛哥兒、翔哥兒。「好好親近你們舅舅，以舅舅為榜樣啊。」

但凡孫子像舅舅三分，簡直作夢都要笑醒。

蘇族長也來了，蘇順現在可是全族的驕傲，他身為族長怎能不來。還得跟蘇榜眼再商量一下，到時候進士及第的石碑，不要只立在蘇家所在的巷子裡，最好是立在蘇氏家族的祠堂邊。這是蘇氏一族的榮耀，當然是立在祠堂這兒最合適了，這條巷子住的又不全是蘇家人。

還有左鄰右舍，紛紛出門想看看新出爐的榜眼，多稀罕啊，平山縣出個舉人都是稀奇，進士也就只有那麼幾個，活的榜眼從來沒有見過好嗎？至於蘇祖父常說的蘇家曾經一門三進士，父子兩探花的話，這都過去多少年了，最多就是過年翻族譜的時候見過名字。鄰里中，如果當爹娘的，一定要帶著自家孩子多親近，最好能沾點榜眼的文氣。實在不行，在榜眼面前混個眼熟也行，這不是說，一人得道雞犬升天嗎？

一眾人等懷著千百種心思，就等著圍觀新出爐的榜眼蘇順。

「到了，到了。榜眼的馬車到巷子口了。」前方有人驚喜大喊，圍觀的人潮開始湧動，有那在後方的，不得不踮起腳尖。

蘇順聽到窗外人聲鼎沸，探頭出去看個究竟，結果被嚇了一跳。為什麼這麼多人？

「是新科榜眼，是新科榜眼！我看到了，長得可真文氣。」大哥，你可真扯，這又不是一天、兩天長這樣的，都住了幾十年，一考上榜眼就長得文氣了？

「榜眼你好呀，我是你鄰居，南門二栓子啊。」忘記了，你誰呀？

「榜眼你好呀，我是你家叔祖公的二兒子的小舅子。」這位更不認識了。

「榜眼你好呀，我是你前門巷子大牛，我們小時候還一起玩耍過，追過前門的狗的。」黑歷史，絕對的黑歷史，求放過。

蘇順臉都僵住了，面對熱情問好的眾人，極其緩慢而生硬的扯出一個笑容，揮一揮手，嗖的一聲，馬上縮回車廂中。

車內眾人面面相覷。寂靜間，蘇明月噗哧一笑。「爹，您這是再一次招搖過市了。」就是感覺不是很適應啊。

在人潮的歡迎中，馬車行到蘇家門口，蘇順再不能縮在馬車中，只能鼓起勇氣，壯著膽子下了馬車。

「爹。」

「祖父。」

「好，好，回來就好！」蘇祖父拍拍兒子的肩膀，這個老古板眼含熱淚。一輩子復興家族的願望，終於被兒子實現了，真到這時候，蘇祖父除了一個好，居然說不出其他話來了。

蘇順被蘇祖父這番肯定激得心潮澎湃，雖然蘇順也曾經年少叛逆過，但是當他真正走上科舉這條路之後，才明白當年父親的壓力和期望。蘇祖父心中固然有復興家族的夢想，蘇順心中難道就一點感覺都沒有嗎？他有的，只是未曾外道。如今得到了來自父親的肯定，蘇順身為人父，卻彷彿再回當年那個小少年，得到來自父親的讚揚。

「爹。」蘇順喊一聲爹，心頭千言萬語，竟無法說出來。深吸一口氣，轉頭對圍觀的眾人說道：「各位鄉親，各位親朋好友，旅途勞頓，待我回家休整休整，改日設宴，請大家一定要登門喝一杯酒水。」

「應該的，應該的。等你的進士宴，可一定不要忘了我們啊。」

「一定一定。」蘇順抱拳道。

告別圍觀眾人，蘇家一行人轉身回到家。

「瘦了，瘦了。」蘇祖母看著蘇順，說出所有母親都會說的那一句話，轉而又笑道：「瘦了也是值得的。」

一家人親熱的說笑一會兒，又見過媚姐兒、亮哥兒、光哥兒。光哥兒果然不記得爹娘了，在蘇祖母懷裡，睜著骨碌碌的大眼睛好奇的看著眾人。沈氏見此，眼淚又掉下來了，幸而光哥兒不排斥她，沈氏抱著光哥兒不撒手，過了一會兒，光哥兒不知道是喜歡這個新懷抱，還是回憶起沈氏的味道，便又開始黏著沈氏了。

蘇順在旁，摸摸亮哥兒的頭頂，細細問亮哥兒這段時間有沒有聽話，功課有沒有認真完成。亮哥兒板著一張小臉，跟父親報告自己這些時間又學了哪些功課，在蘇祖父的課堂上，獲得了多好多好的名次。如今蘇順考上榜眼，在念書的亮哥兒眼裡，父親就是自己學習的榜樣。父親的提問，一定是要認真對待的。

蘇明媚、蘇明月在旁，兩姊妹相視一笑。回到家了，一家人團圓在一起，可真好。

待早早吃過晚飯，一行人去洗漱休息了。這段日子又是趕路又是科舉，科舉完之後蘇明月又去工部幫忙，就沒有放鬆的時候。臨到回家前，還被皇帝嚇了一嚇，也就是回到家才能放鬆下來，安安心心、平平靜靜的睡一頓好覺。

說要休息，但第二天蘇家就忙開了。

三個月的探親假聽起來很多，但首先要排除掉在路上的時間，蘇順要拜訪老師、當地的父母官，要設宴邀請客人，還有，蘇明媚的婚事不能等了，文書家是當地人，必須要在蘇順赴任前成親，赴任之後，蘇順恐怕請不到假趕不回來參加婚禮。至於蘇明月，劉家在京城也有宅子和書店，可以到京城再辦親事。

這麼一攤子的事，蘇家人口本來就少，只能全家動員起來。

首先第一件就是設宴，有些賓客需要蘇順親自上門拜訪邀請，比如李進士，比如縣太爺；沈氏統計賓客人數，安排座次；好在蘇姑父家是開酒樓的，蘇姑媽便負責席面；蘇明娟、蘇明月也齊齊出來幫忙，姑娘們管家理事，就是這樣一點一滴學起來的。

蘇家的宴席籌備了五天，因著要宴請的賓客太多，還分三天來擺宴。不過歷來也有這樣的慣例，遠的不說，近的幾年前許進士家設宴，也是這樣做的。

第一天，宴請的都是比較重要或者親近的客人，比如縣太爺、李進士、縣城各大族的族長、府衙的各位官吏老爺等。

以前蘇順見縣太爺，還需作揖為禮的，如今蘇順高中榜眼，便不必行禮了，兩人平輩相交。

要說，縣太爺比蘇順考中進士更早，也是官場的前輩了，但是雖同是進士，含金量還是不一樣的。蘇順可是榜眼，入的是翰林，論職業前景，縣太爺一個普通二甲進士是遠遠比不上的，蘇順這是後進趕先進了。

不過縣太爺完全不介意，滿臉樂呵呵，親熱得就跟蘇順是親兄弟一樣。不，這可是比同父同母親兄弟還親啊，因為縣城出了蘇順這個榜眼，算是縣令的一大政績，再加上之前蘇明月獻上新式織布機，縣太爺考評得了一個上等。總的來說，蘇家就是縣太爺的貴人。因為蘇家，縣太爺升遷已經是板上釘釘。這在官迷縣太爺眼裡，就是比親兄弟還要親的關係了。

現在，活生生的政績擺在眼前，縣太爺笑得眼睛都看不見了，毫無一縣父母官的威嚴，還主動搭話。「蘇賢弟，你的文章我已是見了。果然是言之有物，字字珠璣，不同凡響啊。」

蘇順回道：「大人言重了，如何比得上大人管理一方，造福百姓。日後大家就是同僚，望有緣一起共事啊。」

縣太爺笑得更歡了。「好說，好說，我也盼著有這樣的機會呀。」跟翰林一起共事，可不得是高升到京城嗎？哎喲，這真是，誰不希望呢。這寫文章的水準越高，說話就是越能說到人的心坎裡。

兩人又客套幾句，就得辦正事了。縣太爺可不只是來吃席，還帶著重要任務來的，主要是為了給蘇家掛進士及第牌匾和豎進士及第碑。

時辰到，兩個衙差抬著黑底金字頂上大紅綢的牌匾，在隆隆鞭炮聲中，將牌匾掛到蘇家大門上方。恩科以來，蘇家的鞭炮是隔三差五的放呀，但是，最響亮的就是今天了。

蘇祖父拄著枴杖，抬頭注視衙差掛匾，竟然不知不覺間雙目微微濕潤，待牌匾掛好，大聲叫道：「好！好！」

圍觀眾人在一旁熱烈鼓掌，深深覺得長了見識，可不是，平山縣這個縣城多少年沒有過一甲了。如今一個榜眼，足夠眾人津津有味，說上許多年。

有那機靈的看見蘇祖父如此激動，忙不迭的拍馬屁說：「蘇老先生好福氣！教導出一個好兒子啊！」

是的，蘇順考中榜眼，蘇祖父已經是縣城無可置疑的蘇老先生。所謂三十年前子看父，三十年後父靠子，蘇順中進士，蘇祖父連連升等，這個時代的人生傳承，就是如此了。

而進士及第石碑，則在蘇族長的強烈懇求下，豎在蘇家巷子不遠處，蘇家祠堂旁邊。

蘇族長笑出了牙花子，與蘇祖父、蘇順一起，一起為石碑鏤上第一鏤土。在可以看見的將來，整個縣城裡面，還有哪個家族能與蘇氏家族爭鋒。蘇族長一想到這裡，內心就火熱熱的一股豪情。這都是他整肅風氣、教育有功呀，以後要再接再厲，爭取把蘇氏家族培養成耕讀傳家的百年家族。

其他陳、劉、馮氏族長妒忌到眼睛都綠了，怎麼這個老小子這麼好福氣，族中居然出了一個榜眼，以後各大家族豈不是要以蘇氏家族為首？不行，回去要馬上盯牢族中教育，這一代可能追趕不上了，下一代不能落後，教育要從小娃娃時抓起。

其餘眾人沒有察覺到平山縣幾大族長之間的暗中較勁，但圍觀了掛牌、立碑過程，都深深覺得這會兒值了，自己可以在親朋好友面前炫耀好一陣子了，一時心滿意足。可以預見，接下來平山縣的話題是蘇家無疑。

待掛了牌匾，豎了石碑，蘇家的宴席熱熱鬧鬧的開始了。蘇姑父作為蘇家女婿，大舅子中舉，自然是安排得妥妥貼貼、風風光光的。這年頭，親戚間的關係何等親密，一榮俱榮一損俱損，沒有人會嫌棄親戚太過上進的。

再說，如果沒有這層關係，蘇姑父的酒樓還不一定有資格承辦這榜眼宴席呢，大把的大酒樓老字號，倒貼都願意操持這宴席，畢竟多大的榮耀和宣傳機會啊。想到這機會能落到自己頭上，蘇姑父笑得眼睛瞇瞇，更是盡心盡力。

蘇姑父盡心盡力，前面的賓客便吃得愉快了。男人說一說科舉的榮耀，新皇登基風氣的變化。女人則聊一聊京城的見聞，沈氏說了，蘇明月獲得御賜牌匾，過幾天請大家再來聚一次。一時之間，空氣中充滿了快樂的氣氛。

第四天，蘇順的宴席辦完，蘇家又請了親近人家、縣中望族，設一天的酒席，將蘇明月那塊御賜的「善織夫人」牌匾掛上中堂大門。

這次縣太爺沒有來，不過縣太爺夫人來了，縣城有頭有臉的夫人太太都來了。這可是前所未有的奇事呢，族譜往前翻幾頁，各個大家族總能找出那麼幾個舉人進士，可再往前翻，從來沒聽說過女子有御賜牌匾的。因著這個，眾位夫人太太，對蘇明月是讚了又讚，稱她為女人開了一個先河。

到了正午，鞭炮聲中，黑底、紅字、大紅綢布的「善織夫人」牌匾掛在蘇家堂屋正門。

也不知道從何時開始，熱鬧的人群悄悄靜了下來，眾人看著這牌匾，一時感慨無言。半晌後，一個手拄枴杖、滿頭銀髮梳得整整齊齊的老太太感慨說：「我們女人，也有這樣一塊匾。值了！」

人聲漸漸起來，不知道誰附和。「可不是。我們女人，終於不是只有貞節牌坊了。」

蘇明月一瞬間覺得淚盈於眶。

眾人方回過神，戀戀不捨的多看幾眼牌匾，方才歡聲笑語的交際開來。

「小時候看月姐兒小小的一團，那時候，我還參加過滿月宴呢。這一眨眼，就變成大姑娘了。」人群中有一位夫人笑著說，都是本縣人，大家也算是看著蘇明月長大的。

「可不是，哈哈哈，小時候月姐兒還跟小子們打過架，我記得還打贏了，可見從小就不輸男兒。」又有一個太太附和，這是住在旁邊的鄰居了。這就是小地方的壞處，什麼黑歷史都瞞不過人。

「這女人呀，就得強一點。男人、女人不都是人嘛。」一位太太大聲說，看她亮堂的嗓門，在家裡話事權應該也不小。

「可不是嘛！哈哈哈哈。」人群中爆發出一陣響亮的笑聲、附和聲。

「要我說，還是得有女兒，像蘇夫人，兩個女兒養得好，多貼心。」又有人恭喜沈氏，養了兩個好女兒。

「怎麼著，羨慕呀，我看妳現在生也來得及。」沈氏調侃道。

「不行了，不行了，年紀大了，我現在就等著娶媳婦進門，這樣也算添了半個女兒。」說話的太太連連擺手。

「要說娶媳婦，我就羨慕劉姊姊和章姊姊。怎麼？妳們就關係好，媚姐兒、月姐兒妳們一人一個搶去了。」

「哈哈哈，承讓了，承讓了。」文書太太劉氏狀似謙虛的說，章氏在一旁點頭附和。

沈氏這邊都是年輕的當家主母，熱鬧，蘇祖母那裡，也圍著一群德高望重的老太太。

蘇明月今天是主角，沈氏便不讓她忙碌，只讓她跟著蘇祖母。

因為蘇明月已經跟劉章訂親了，眾老太太心中惋惜不已，自己家大孫子、小兒子也很般配啊，奈何事已定局，只能含笑的紛紛卸下鐲子、戒指、玉珮作為賀禮。

蘇明月平日少跟這些老太太打交道，看看蘇祖母，見蘇祖母點頭，便將禮物收起來。

「這樣才對。」一個老太太稱讚道，又轉頭對蘇祖母笑說：「老妹子，妳養了一個好孫女。」

蘇祖母自得一笑。「這句話我就不害羞的承認了。」

「又不是誇妳，妳害羞什麼，一把年紀了。」

「要我說，還是她們年輕人厲害。」

「可不是，要一代比一代好才對。」

一時之間，蘇家充滿著女人的笑聲，老老少少夾雜，彷彿比往日更加亮堂，更加響亮，更加快活。

熱熱鬧鬧的宴席過後，也算是完成一件大事了。

只是，餘波卻一直影響著眾人生活。

蘇順這邊就不說了，宴席之後，求教的、拜訪的文人同窗絡繹不絕，蘇家書房時常在招待客人，現在也可以算是「談笑有鴻儒，往來無白丁」了。

但蘇明月這邊也不寂寞，三不五時的，平山縣的婦女們，攜老扶幼過來看看善織夫人牌匾。

蘇明月對看牌匾沒有意見，但是看完牌匾還要看一遍她，就不好意思了。尤其嬸子們，還都要拉著她說一通，她還不能表現出不耐煩。最後，只能蘇祖母出面，表示她害羞，在家裡準備繡嫁妝呢，方才避過這過分的社交。

隨著宴席辦完，蘇明媚成親事宜已經是近在眼前了，而忙完蘇明媚，不就輪到蘇明月了，這繡嫁衣，可不是一時半刻的事情。

要沈氏說，是真捨不得蘇明媚嫁出去，以前覺得文書家也在縣城，離得近，誰料到蘇順竟然能考中榜眼，全家要搬遷到京城了。

但是這不結又不行，蘇明媚年紀已到，不能再留了，蘇家絕不是高中發達了，就背信棄義之輩。沈氏只能安慰自己，丈夫高中，料想文書家絕不敢看低蘇明媚，且蘇姑媽在縣城，也有個相互照應。方才放下心，跟文書家準備商議婚禮之事。

文書家等著成親已經等了好久，這親家一躍從秀才到榜眼，文書家的聘禮也跟著提了好幾倍。只不過，蘇明媚嫁的畢竟是二公子，不好越過大嫂去。就這樣，文書家太太如今對這個未來二兒媳婦也是滿意到不行。

這成婚可不是一時半會兒可以處理完的，兩家當家主母齊齊陷入忙碌之中。

在成親之前，還有添妝禮，蘇家在縣城扎根多年，蘇順又剛剛中了榜眼，相識的人都願意為這件喜事添一份喜氣。加之沈氏早已經把蘇明媚的嫁妝準備得七七八八，故而這添妝禮走得是頗為熱鬧。

其中，沈氏自京城採購回來的首飾又讓眾人好一番見識，這京城的首飾，就是比縣城的來得精巧、好看。

添妝禮過後，便是成親了。

到了成親那天一早，蘇明月在蘇明媚房裡陪著說話，余嬷嬷端進來一碗湯圓，說道：「先墊墊肚子，一會兒族長夫人就來了。」

族長夫人這次是帶著任務來的，她是給蘇明媚梳頭的全福人。這人選可不是隨便選的，必須要四角俱全、兒女雙全的婦女。

蘇明月對古代的梳妝儀式大開眼界，從梳頭的時辰必須要吉時，到開臉的絲線和梳頭的桃木梳也要在佛前供奉過，還有身上掛的黃曆，也要在祖先面前燒過三炷香。

族長夫人五更天後來了，先吃過一碗湯圓，又盛讚了一番蘇明媚，方才開始工作。

梳完頭之後，蘇明月在房裡陪著蘇明媚，只聽聞外面鬧哄哄，喜氣一片。

「姊，別緊張。」蘇明月見蘇明媚手腳僵硬，神色緊張，忙安慰說。

「嗯。」蘇明媚轉過臉，露出一個僵硬的微笑。

蘇明月忍俊不禁，蘇明媚瞪她一眼，表示妳敢笑我！蘇明月忙舉手投降。「我偷偷出去看看，現在到哪個環節了。」說完，打開房門，偷偷溜出去，還不忘把房門關上。
過了半晌，蘇明月偷偷摸摸的溜回來。「新郎還沒到，要到黃昏呢。」
蘇明媚偷偷鬆了一口氣，蘇明月故意調笑道：「姊夫肯定心急得不得了。姊，妳這到底是想要快一點，還是慢一點？」
「妳敢調笑我。」蘇明媚嗔道：「等輪到妳成親就知道了。我這心蹦蹦蹦的快要跳出來了。」
兩姊妹說說笑笑，待到下午，外面人聲突然大了起來，大娘子、小嬸子的調笑聲清晰可聞，蘇明月嗖的一下竄出去。「我去看看。」
一會兒之後。
「來了，來了，新郎官來了。姊，快準備好。」
蘇明媚連忙手忙腳亂的端坐好。
果然，人潮聲越來越近，蘇明月緊閉房門。
幾個年輕男子齊聲喊：「新婦子，催出來。」
蘇明月把著門紋絲不動，這門，豈是那麼容易開的？
門外有人喊催妝詩，過了半盞茶功夫，門外一男子大聲念道：「昔年將去玉京游，第一仙人許狀頭。今日幸為秦晉會，早教鸞鳳下妝樓。」（注）

注：唐・盧儲〈催妝〉

蘇明月捂嘴偷笑，大聲喊：「再來。」

門外又有人念道：「傳聞燭下調紅粉，明鏡臺前別作春。不須面上渾妝卻，留著雙眉待畫人。」（注）

蘇明月裝模作樣的點點頭，這才把門打開，呼啦啦的一群人湧上來，其中以一名紅衣男子為首，自然就是今日的男主角新郎官了。

新郎官今日特別的一表人才，進來後，先朝著蘇祖父、蘇祖母行禮，再朝著蘇順、沈氏行禮，最後對著蘇明媚行了一個禮。

然後，偕同新娘子，兩人走到蘇順、沈氏面前，沈氏將一塊紅色蓋頭蓋到蘇明媚頭上，蘇順握住新郎官的手，說道：「同心同德，好好過日子。」說完語帶哽咽。

沈氏也是，緊緊握住蘇明媚的手，笑中帶淚，說道：「孝順公婆，夫妻恩愛。」

「謝父親、母親教導。」新郎新娘齊聲叩謝說。

蘇明月瞧見蘇明媚蓋頭下的地板，有淚珠滴落，留下淡淡水印，竟也不禁淚盈於睫。時間過得好快啊，當初那個小小的姊姊，她打架後說著再也不與其他人玩了，她們是一國的姊姊，一直溫柔懂事讓著自己的姊姊，現在要出嫁了。

待禮畢，喜婆喊著「上轎」，便有婆子扶著蘇明媚行入轎中。

沈氏一個疾步追到門口，淚落如珠，望著蘇明媚的喜轎逐漸遠去。蘇順不知何時走到旁邊，整個人失魂落魄的樣子。

族長夫人見沈氏蘇順二人此狀，安慰道：「當兒女的，總有離開爹娘那一天。只要他們過得好，我們做父母的就安心了。」

「可不是。」沈氏抹一把眼淚，笑著振作起來說：「教姊姊看笑話了。」

族長夫人笑著說：「哪個當爹娘的不是這樣的，我們家樂樂出門的時候我還不如妳呢。三天後她就回門了，妳就當她出了一趟遠門。」

沈氏笑笑，這跟出遠門如何一樣，從此就到別家去了，也不知道是笑還是哭，飽了還是餓了，冷了還是熱了。不過，沈氏也明白，族長夫人這是安慰自己，忙振作起來，繼續主持喜宴。

待擺過喜宴，送走來赴宴的客人，蘇家人便眼巴巴的等著蘇明媚回門。

三朝回門那一天，公雞尚未鳴叫，太陽尚未昇起，沈氏便早早的吩咐下人把院子打掃乾淨，準備迎接蘇明媚回門。

吃過早飯之後，蘇家人也沒有人要幹其他活，個個都乾坐著，端著茶盞，時不時伸頭望向門口。

好在蘇明媚小夫妻來得也挺早的，沈氏見蘇明媚臉帶粉紅，眉眼藏著喜氣，陳二公子時不時的看向蘇明媚，便知小夫妻過得和諧，才鬆了一口氣。這新婚，只要夫妻感情好，就是一個好的開頭。

注：唐．徐安期〈催妝〉

一家人在堂屋裡說話，丫鬟送上熱茶糕點，熱熱鬧鬧的，吃過中午飯之後，蘇明媚跟著沈氏回房說點私房話，蘇順則帶著陳二公子到書房，考校一下陳二公子的功課。

蘇明月跟著溜進沈氏房中，沈氏拉著蘇明媚坐下，問道：「陳家人怎麼樣？妳婆母對妳可好？妯娌如何？」

蘇明媚笑著回答說：「陳氏族人都挺客氣的，婆婆對我很親切。妯娌麼，相處得不多，她如今正忙著帶娃呢。」

文書家太太如何能不親切，自己家老爺一個縣城文書，本來兒媳婦是秀才閨女，也是門當戶對了。結果，親家忽然飛黃騰達，一路舉人、進士到榜眼，未來保底也是一個翰林了，自己家絕對是高攀了。文書太太為自己當時慧眼識珠，相中二兒媳婦驕傲不已，如今對蘇明媚，是挑不出一絲不滿意來。

只有大嫂，略有一點酸氣。這妯娌家世太旺，不就是壓著她這個長嫂了嗎？現在蘇明媚新婦入門，還看起來一團和氣樣，她自己孩子太小，分去了大部分心神，也只有在心裡酸一酸了。

這等事，蘇明媚自不會放在心上，三朝回門，提都不跟沈氏提。

待吃過晚飯，陳二公子和蘇明媚小夫妻方離開沈家。

回到文書家，蘇明媚見過婆母之後，回房洗漱，陳二公子則被他爹叫到書房。

「你今日陪你媳婦回娘家，可還算順利？」作為一個公爹，陳老爺一向是不太理會這些事務的，但是這個榜眼親家實在重要，陳老爺不得不拉過兒子親自問一問。

「一切都挺順利的。」陳二公子臉帶笑意，蘇家一家人待他都客氣又親近。

「按照朝廷規矩，你岳父探親假只有三個月，之後就要上京了，你這段日子多陪你媳婦回娘家。」陳老爺吩咐道：「你去了，多找機會向你岳父請教一下學問。你的秀才試，只差最後一場了。你岳父教你三分，勝過你自己摸索一年。」

陳老爺也是一片慈父心腸了。

「是。爹，我明白。」

於是，接下來蘇明媚兩口子，時常回家來。沈氏樂得在家多見女兒幾次，蘇順也希望女婿考得好，盡心盡力的教導。

第二十二章

待蘇明媚婚事圓滿，便要開始準備搬家事宜。這搬家，可不是兩三天的活。莊子收成、田地收益、店鋪管理，該處理的處理，該託人保管的託人保管。不過，這都不是最難的，最難的，是蘇祖父要留在縣城裡，繼續他的小學堂。

沈氏不好跟公爹多說話，便派蘇順去勸說，蘇順去勸了幾回，全被蘇祖父擋了回去。

「你有出息了，爹很高興。爹年紀大了，就在老家養老，教教小學生。你帶老婆孩子去京城吧，老兩口就留在老家了。」

蘇祖母倒想跟兒子一處的，奈何蘇祖父脾氣硬，不聽，只能改為勸說蘇順他們自個兒上京。蘇順也是孝順之人，而且身為獨子，如何能做出留老父、老母單獨在老家的事情來。沈氏也不樂意，這樣子，她豈不是要日日被人說不孝，可萬一要她留下來孝順公婆，她更不願意。

兩人嘴裡急出了燎泡，無奈何，只能請蘇姑媽回來旁敲側擊。

「爹，您怎麼回事？您不是一直最期望哥有出息？怎麼，現在有出息了，您不喜歡？」蘇姑媽跟她爹啥話都問得出。

「我怎麼不喜歡了，我這不是讓他去京城了？我一把老骨頭，留在老家，教教小學生，妳和女婿難道不能照應照應我們老兩口？」

「照應，肯定照應，我跟您女婿肯定是樂意的。」蘇姑媽爽快應道。「就是我怕哥呀，別人說起來，就是不孝順，扔下老父老母在家，自己跑京城升官發財享福去了。」

「胡說！」蘇祖父臉紅耳赤。

「怕人胡說，您還不跟著去京城，您到底在執拗什麼？」

「我就不去。」蘇祖父堅持不答應。「人老了，不離家。落葉要歸根。」

蘇姑媽勸說到嘴皮子都乾了，最後還是不行，只能氣沖沖的去蘇祖母屋子裡。

「我真服了我爹，牛脾氣，誰勸也不聽。」蘇姑媽牛飲一大碗茶。「口水都說乾了。」

蘇祖母難得不理女兒，臉色在蘇順中進士之後，少有的露出憂愁。

「娘，怎麼了？怎麼回事？您可別嚇我。」蘇姑媽見此，驚慌的問。

「女兒呀，找個大夫來給妳爹看看吧。」蘇祖母眼淚就要落下來了。

蘇姑媽反應過來，連茶都不敢喝了，火燒屁股一樣跑出門，拽了大夫就過來。

「看什麼大夫，我自己的身體自己知道。健康得很，我不看。」蘇祖父梗著脖子說。

「爹，都什麼時候了，讓您看就看，是要急死我不！」蘇順大喝一聲。

最怕平常老好人一樣的人發脾氣了，都不知道他心裡積了什麼，也不知道他會做出什麼來。而且，老覺得肯定是自己做了很過分的事情，不然怎麼連老好人都發脾氣了。

蘇家人全被蘇順這一頓爆發嚇了一跳，蘇祖父被兒子這麼一嚇，氣勢就弱了，過了半盞茶功夫，默默的伸出手來。

老大夫伸手把脈，半晌，又換了另一隻手，又過了良久，默默縮回手寫藥方。

「大夫，我爹怎麼樣？」蘇順急問。

「想必老太爺自己已經心有所感。無非是年輕的時候底子壞了，現在年紀大了，又一朝心願得成，各種老人病和不舒服便爆發出來了，將養吧。」老大夫低頭說，當大夫的，生生死死看多了，要說，蘇祖父這樣的，已經是享福。「京城就不要去了。接下來天氣冷，對老人不好。」老大夫又說。

蘇姑媽的眼淚馬上就落下來了，又用力一把擦掉。

送走老大夫，蘇祖父也不強撐了，強行挺直的背一下子就彎下來。

蘇祖母扶著蘇祖父進臥室，服了一帖藥，忍不住嘮叨道：「你呀，犯什麼牛脾氣，早點跟孩子說不就行了嗎？」

「我這不是怕孩子們擔心嘛。就想著等順兒他們上京了，我再找個大夫來看看。」人老了，難得服軟，蘇祖父解釋道。

「你不跟孩子們說，也跟我說說。大半輩子了，你還信不過我？」

蘇祖父沈默不語，這意思，還真是信不過蘇祖母的感覺。

蘇祖母一摔被子，氣狠狠道：「活該！」

說完又扯過被子，讓蘇祖父休息。大夫說了，這藥有安神作用，睡一睡，對身體好，會舒服一點。

送走大夫之後，蘇姑媽、蘇順、沈氏，幾人一起開了個小會。

「哥，你跟嫂子上京城吧。爹留給我照顧就行，娘肯定也留下來的。你放心，我能行，飛哥兒、翔哥兒他爹也不會有意見的。」

蘇順卻沒有回答，沈默久久。

蘇姑媽看得心焦，急道：「哥，你到底啥意思？你不放心我？」

反而是沈氏，多年夫妻，出聲問：「相公，你不會是想辭官吧？」

「什麼？哥，你想辭官？」蘇姑媽姑起來驚聲尖叫，說完想到什麼，又連忙壓低聲音，急急勸說。「哥，你可別犯傻。信不信你今天辭官了，爹明天病情就嚴重了。你這孝順，不行啊。」

「是呀，相公，妹妹說得有道理。爹這都是執念了，你可要認真想清楚。」嫁入蘇家多年，沈氏對公婆也有了解，蘇順這孝順是孝順了，但公爹他不希望看到這結果。「我看爹這些日子就是怕耽誤你上任，才裝著無事的，你這一辭官，反而反效果。」

蘇順被兩個女人輪番勸說，也明白辭官是不現實的，長嘆一口氣，滿臉無力，用力搓了一把臉，埋下頭來。

「哥，哥，你說怎麼辦？你可別不說話呀。」蘇姑媽是個急性子。

蘇順深吸一口氣，抬起頭來，對著蘇姑媽說：「妳不行，妹夫是獨子，妳是嫁出去的姑娘，不能搬回家住。家中只有爹、娘兩個老人家，不成。」接著轉頭對著沈氏說：「元娘……元娘，妳留在家裡，替我照顧爹娘，我帶著小石頭去京城。」蘇順說完，滿臉愧疚，不敢直視沈氏。

沈氏柔聲說：「相公，你在想什麼。夫妻、夫妻，你在前方披荊斬棘，我在後方替你照顧老幼，本就是應該的。能嫁給你這樣的相公，是我的榮幸呢。」

蘇順抬起頭，感動的望著沈氏。

蘇姑媽看著這夫妻恩愛場面，忽然起了一身的雞皮疙瘩，大聲打斷說：「行，那就這樣說定了。」

「我看咱爹這樣子，大夫也說要將養，以後我常回來看看。嫂子是兒媳婦，不好說話，到時候我來勸爹，不怕他不吃藥。」蘇姑媽鼓鼓勁，說道。

幾人商量出方案，再去告訴蘇祖母。蘇祖母聞言嘆一口氣，說道：「就按這樣做吧，朝廷的事不能耽擱，順兒你按期上任。」轉而又向沈氏說：「順兒他媳婦，以後就辛苦妳了。」

「娘，一家人，如何說這種話。」沈氏柔聲道。

因著蘇祖父的事，蘇家蒙上了一層陰影，幸而在大夫的調理下，蘇祖父的病情維持得不錯，大家才略略放下心頭大石。

蘇祖父病倒，還有一件事極其棘手，蘇祖父小學堂裡的小學生們怎麼辦？

已經是五月，還有三個月就到縣試了，這急急忙忙的，哪裡臨時找個合適的先生？

蘇順一家家的去拜訪解釋，幸而這幾年，蘇祖父有感於年紀漸大精力不足，學生也逐漸減少，加之都是蘇氏族人，又有蘇榜眼的面子在，大家都很通情達理。

只是，再通情達理，這秀才院試近在眼前，功課耽誤不得。

蘇明月便想了一個法子，讓蘇順臨上京城前先代課，學生家長把握時間轉學找新先生。

蘇順這一代課，學生家長們全都沒有意見，雖然時間不長，但能得一個榜眼教學，這簡直就是撿到寶了好嗎？能蹭就蹭，能蹭多一點就一點，學生家長都抱著這樣的心理，找先生也不急了。

就連蘇明媚他相公，陳二公子，有空也常常來聽課，畢竟哪裡能再找這樣一位榜眼親自教學。

六月，滿懷對家中老父幼子的擔心，蘇順準備上京任職了。

「大哥，你放心吧，家裡我會替你看著的。」蘇姑父跟蘇順保證道。蘇順這一走，蘇家蘇祖父又老又病，亮哥兒年紀還小，光哥兒更不用說，才剛學走路，可不是一個頂門立戶的男人都不在嗎？蘇姑父作為最近的男性親屬，自然擔起這份責任來。

「那就拜託妹夫了。」蘇順說道。

「岳父，還有我跟媚姐兒呢，我們也會常過來看看的。」同為蘇家女婿，陳二公子對岳家也頗為親近。

媚姐兒在旁點頭。

「去吧。」蘇祖父拄著枴杖，沈聲說道：「我這段時間，身子骨覺得還行。會聽大大話的。」一把老骨頭了，最終還是帶累兒子不放心，蘇祖父心裡也是恨自己不爭氣。

「爹，好好保重身體。」蘇順強撐著笑說：「亮哥兒還等著您教導，光哥兒以後還要靠您啟蒙呢。」這也是眾人商量出來的結果，讓蘇祖父有事牽掛，便不會胡思亂想。

蘇順再掃一眼沈氏、蘇明月、亮哥兒、光哥兒，該說的話昨晚已經說了，蘇順依次摸一摸幾個子女的頭，說道：「乖，聽你們娘的話。」最後對沈氏點一點頭，轉身踏入馬車中。

「駕——」小石頭揚起馬鞭，車輪滾動，一路進京。

蘇順上京之後，蘇家的日子日昇月落，一切如常。

本來，按照大家的意思，是希望蘇祖父完全休息，好好休養。但是，因為臨近秀才試，不好臨時轉學，其他學堂先生的意思是，其一要準備本學堂學生的秀才試，沒有空接收新學員，其二這急急忙忙的，也不知道轉學生們的水準，就差兩個月，乾脆考完試再過去。

於是，除了個別有門道的，蘇祖父的小學堂還有八成的學生留下來。

因為天天喝藥，蘇祖父的病情未見惡化。蘇祖父的病也不是什麼急症，學生家長們商量一下，乾脆還是照常來上課，就大家在一起，還是那個學堂的氛圍，蘇祖父有餘力就給他們上一下課，不行就讓小學生們自己學，反正在家也一樣，在學堂裡，還有同窗可以討論。

蘇祖父見此，便天天拄著枴杖給小學生們上半天課。蘇家眾人看他這樣，又抽空討論了一下，派蘇家現在學問次高的蘇明月協助蘇祖父，看看文章，評評作業什麼的，儘量減少蘇祖父的負擔。

估計每個讀書人心中都有那麼一個不為良相、便為良師的夢想，蘇祖父一直以來先生都當得很盡職。如今這估計是他帶的最後一屆學生了，更是竭盡全力。

只是，蘇祖父想盡全力，嚇壞了蘇明月。不得已，蘇明月只能插手蘇祖父的教學。

這一晚，蘇祖父學堂的一名小學生家裡，父親檢查學生文章。唉，兒子這就要考秀才試了，結果先生卻病倒了，當爹的不得不多操心操心嘛。

「兒子呀，你這文章誰給你評的？不像蘇老先生的字跡呀。」過分秀氣，而且印象裡，蘇老先生的字跡不是這樣的。

「月姊姊評的。」小學生頭也不抬，理所當然的答道。師兄馮翔已經告訴大家了，以前蘇明月是跟大家一起學習的，經常替先生收文章、改文章。

「蘇明月丫頭啊。」小學生父親咂咂嘴，他倒也不是不認識蘇明月，整個平山縣，誰不知道蘇明月呀？改良了織布機，獲得「善織夫人」牌匾，那幾天，參加完蘇家的宴席回來，自家夫人的聲音都特別洪亮，腰板特別挺直，他在家氣勢都弱了三分呢。

只不過這做學問跟織布可是兩碼事，可千萬別誤導自家兒子啊，想到這裡，小學生父親靜下心來，認真細緻的檢查文章，順帶連蘇明月的評語也一併檢查了。

過了小半個時辰的功夫，小學生父親放下文章，尷尬地說：「嗯，就這樣吧，有進步，好好跟著先生學習。」

這評語，言之有物，字字珠璣，他親自教都教不來。這蘇家人，男男女女都是讀書的人才，當爹的是榜眼，做女兒的也不差，比不過比不過。

同樣的事情陸陸續續的發生在不同的家長間，鑑於這是對自家小孩有益的事情，大部分家長都閉口不言，默默的沾光。

不過，也有一些例外。學堂有一個學生名叫蘇懷進，父親是賣豬肉的屠夫。屠夫錢是掙了不少，便想要自己兒子往讀書人方向靠一靠。因是蘇氏族人，小孩子也挺有天分，蘇祖父便收了。

這天，豬肉早早賣完了，屠夫心情好，喝了幾兩小酒，暈乎乎的，便要關心一下自家孩子課業。

「狗娃兒，聽說你先生病了，你現在學得怎樣？要不要爹給你轉個學？不是爹說，咱們縣裡最大的學堂李氏學堂，就是咱們家供的肉，只要你爹我一開口，你肯定能進去的。怎麼樣？」

小學生不開心，自從上學之後，他已經三番五次的強調，不要叫他小名了，只有他爹從來就當耳邊風，一點都不尊重小孩子。「爹，都跟您說過多少次了，不能叫我小名，我叫蘇懷進。」先生幫忙取的，多好聽。

「好好好，懷進啊，要不要轉學？」被兒子說，這個屠夫爹也不生氣。

「不要。」小學生扭頭不搭理他爹，氣呼呼道：「我才不要在這個時候拋棄先生。再說，還有明月姊姊幫我們改課業本子呢。」

「什麼，蘇明月那個丫頭幫你改課業本子，萬一耽誤你學業怎麼辦？你可是咱家祖墳冒青煙才生出來的讀書種子。不行，不行，我明天就要給你轉學。」

「爹！」

小學生氣炸了，轉過頭，雙手扠腰，大喊道：「爹，你不懂就不要亂說。明月姊姊超好的，不許你這麼說她。」

明月姊姊會給他們送好吃的點心，會細細的給他們講解，背書背不出來的時候，也不會打他們手板子，會一直鼓勵他們。沒有人比明月姊姊更好了，自從明月姊姊回來之後，大家都喜歡上課了。

「好了，好了，你爹喝醉了，別搭理他。」小學生母親走進來，柔聲說道：「懷進啊，你到房間裡讀書吧。這裡交給娘。」

「娘，我現在不想轉學，蘇先生說，如果我們還想去讀書，會教到院試之後的。」懷進氣哼哼的收拾好課業本子，不搭理他爹，轉頭對他娘說。

「好。」懷進他娘柔聲說：「回房間吧，娘保證，不會給你轉學的。」

懷進得到了親娘的保證，抱著課業本子回房。看見兒子走出堂屋，懷進他娘臉色從溫柔變得極其生氣，怒瞪丈夫。

屠夫被瞪得心虛氣短，但不知想到什麼，又挺著一口氣說：「瞪我幹什麼？我有什麼不對嗎？蘇明月一個丫頭片子，怎麼會讀書，怎麼可能教我兒子，萬一耽誤了我兒子怎麼辦？」

「什麼丫頭片子，放尊重點，月姐兒可是皇帝欽點的善織夫人，你賣一輩子豬肉都沒有這個名。」懷進他娘說：「還有，人家月姐兒可是一直跟著蘇先生讀書的，還是榜眼的女兒，她不懂，你懂？你連兒子的課業本子都認不清，你懂個屁！」

「我這不就是不懂才把懷進送進學堂的嘛……」屠夫還在嘟嘟囔囔，見娘子氣勢越來越盛，只能敗下陣來。「不轉就不轉。哼！」說完邊嘀咕邊踉踉蹌蹌的走進臥房。

懷進他娘見此無語，停了一會兒，喊道：「懷花呀，過來幫娘摘一把菜，娘去給妳爹煮一碗解酒藥。」

從旁邊跑進來一個八、九歲的小姑娘，回答道：「欸，娘。」

次日一早，屠夫早早起來去了早市，待集市散後，回來見家中空無一人，便喊道：「娃兒他娘？懷花？我回來了，把我的午飯給我端出來。」

不久，懷花從廚房裡面出來，氣呼呼的把一大碗飯重重放她爹面前，也不說一句話，又跑了。接著，她娘端出幾盤菜出來。

「懷花怎麼了？」

「怎麼了，你自己不想想自己昨晚說了啥。懷花多崇拜月姐兒。」

屠夫臉色僵住了，他當然沒有忘記自己昨晚喝醉說了啥，這一喝酒把全家大大小小都得罪了，半晌後服軟說：「妳不是說蘇家喜歡吃排骨嗎，常常讓我留著嗎？那個，今天剛好剩下幾根小肋排，妳帶著懷花過去蘇家走走吧。剛好了解一下咱們懷進學得怎樣。」說完，屠夫端起碗，呼啦呼啦大口吃起午飯來。

這麼好的小肋排怎麼會剩下來，縣城裡面的富戶喜歡得緊，這是他特地留的。

「算你懂事。」懷進他娘說一句，轉而進廚房。「懷花呀，別在廚房裡，換身衣裳，娘帶妳到蘇家去，妳不是想去看看那塊牌匾嗎？」小肋排當然要趁新鮮，早早的醃製好，晚飯前蒸熟了，才最好吃。早點送過去，還可以帶懷花看看皇帝御賜的牌匾，要是懷花可以跟月姐兒多薰陶薰陶，能學一、兩分，那就最好了。

「欸，娘。」懷花笑著從廚房裡跑出來。「娘，我穿那身黃色的棉布裙好不好？」

「好。」

母女換完衣裳，整整頭髮，用稻草拎著一串排骨，就準備去串門子了。至於罪魁禍首，正孤零零的一個人吃午飯呢。

「娘，我能再去看看皇帝御賜的牌匾嗎？」懷花邊走邊問。從屠夫家往蘇明月家路程不遠，走路也就是一刻鐘的腳程。

「當然了，娘就是帶妳過去看的，妳以後多學著點。」

「好，娘。」懷花笑咪咪的重重點頭，而後又說：「娘，您說我能見到明月姊姊嗎？」
「這我就不知道了。妳想見到明月姊姊呀？」
「嗯，我想成為明月姊姊一樣厲害的人。」
「行。那就讓妳爹多留幾次排骨，以後咱們再多送幾次過來，說不定就遇上了。」
「欸。」
到了蘇家，懷進他娘向門房說明來意，剛好沈氏有事出門了，蘇明月便代替沈氏招呼客人。
「嬸子。」蘇明月走出來，招呼道。
「月姐兒啊，怎麼是妳，妳娘呢？」懷進他娘笑道。哎呀，這可真是趕巧了。
「我娘出門了，還要謝謝嬸子專門拿排骨過來，今天田婆子出門晚了，就說沒買著。」
蘇家人的確喜歡小肋排，蘇明月尤其是。這農家糧食餵養出來的豬，長滿一年後宰殺，原汁原味，吃起來就是特別有肉香。
「這有啥好謝的？我家那口子是專門做這個的。以後你們想吃，就提前跟我家說一聲，專門給你們留。我們也沒有什麼好做的，這個就專門謝謝先生，把懷進教得那麼好。」
蘇明月跟這些大娘子其實沒有多少共同話題，不過好在雙方有一個蘇懷進在，蘇明月講一下蘇懷進的課業情況，雙方勉強有共同話題。
事實上，蘇明月對蘇懷進的確有印象，因為蘇懷進剛好跟蘇亮同年，兩人身高還差不多，坐隔壁。

蘇明月跟懷進他娘聊著聊著，卻無法忽視旁邊的小丫頭一直偷偷抬頭望她，蘇明月看過去，小丫頭又慌張的低下頭。

「妳叫懷花是嗎？」蘇明月記得，這是懷進的妹妹，叫懷花。

「欸，明月姊姊，我叫懷花。」太開心了，明月姊姊記得她的名字。

小姑娘的開心太明顯了，蘇明月忍不住跟她說兩句。「妳幾歲了？平常在家做什麼？」

「我快九歲了，平常在家幫我娘幹活。明月姊姊，我開始學織布了。」蘇明月改進後的織布機，更加輕巧省力，現在很多小姑娘已經提早幾歲學織布了。

「不過，我還不行，我織出來不好看。」懷花臉紅的說，不過又保證說：「明月姊姊，我會好好學的。我以後想要變成跟妳一樣厲害的人。」

「好！相信懷花一定可以。」

「娘，您聽到了沒有？剛剛明月姊姊說她相信我可以。」回去的路上，懷花滿懷激動，蹦蹦跳跳，再三向她娘確認。

「聽到了。」她娘笑著說：「那妳可要好好努力，不要怕苦，不要怕累，一直堅持才行呀。」

「我會的！」小姑娘重重點頭，向她娘保證。「我可以。」

而此時被小姑娘念叨的蘇明月，正在廚房裡吩咐田婆子。「田大娘，排骨剁小塊，洗乾淨血水，加點大醬、鹽、糖、雞蛋清裹著醃了，蒸的時候下面鋪一層小芋艿，吃飯前放鍋裡蒸一炷香的時間，熱騰騰的端上來。」

「好的。二小姐，知道了。」自從蘇明月獲得皇帝御賜的牌匾之後，田婆子對蘇明月的敬仰已經到達了空前的高度。二小姐這麼聰明的腦袋，就應該吃好的補一補。

蘇明月交代完田婆子，就到房間改課業本子了。過了大半個時辰，田婆子剛剁完排骨，沈氏回來了。

「哪裡來的排骨？」沈氏問。

「學堂裡蘇懷進他娘，就是蘇屠夫娘子送過來的。」

「嗯，醃一醃，蒸了。」家裡孩子，除了光哥兒還不能吃，都喜歡啃這排骨。

「是，夫人，二小姐已經交代過了。」

沈氏聽說蘇明月交代過了，便不再過問。論吃的，蘇明月手上功夫一般，理論一套一套的。田婆子在蘇明月的理論指導下，如今廚藝已經問鼎平山縣廚娘三甲，時不時的就被外借出去。

沈氏同田婆子說完，便提著一刀紙走進蘇明月房間。

「月姐兒，妳要的紙。」見蘇明月在書桌前寫寫畫畫，沈氏便將宣紙放到旁邊桌上，在榻上坐下來。

蘇明月寫完最後一個字，方將毛筆放在筆架上，停下來。

「累不累？」沈氏問道，最近蘇明月幫蘇祖父改課業本子、出文章題目的事沈氏已經知道，如今見蘇明月有空閒便做這些事情，關心一下。

「娘，我不累。」蘇明月說著，眼裡閃閃發光。「娘，我最近幫祖父改課業本子，我覺得，如果女子也能考科舉，我起碼也能考個秀才呢。」蘇明月自信心爆滿。

沈氏看著精氣神都不一樣的蘇明月，心裡既有母親的驕傲，又有說不清道不明的遺憾。

「肯定的。我們月姐兒如果能科舉，起碼考得跟妳爹一樣。」經過恩科這次後，沈氏真的相信，在讀書上，月姐兒比蘇順更敏銳、更有天分。一個秀才算什麼，她的女兒，應當是狀元之才。

「嘿嘿。」蘇明月不再執著於這個話題，說太多也無能為力，人都是在時代的框架裡活著。「我爹怎麼樣了？來信說了什麼？」

沈氏這次出門，是因為蘇順已經抵達京城，連同沈父和兩個小舅子，住進當初蘇明月買的小宅子。因為剛好有行腳商人經過平山縣，便託人從京城捎了一些東西回來，其實主要是沈父並兩兄弟的東西，因此沈氏需要親自出門處理一下。

「妳爹已經安頓好了，就住妳當時買的那個小宅子，還有妳外祖父、大舅、小舅都住進去了，畢竟常住劉家不是一回事。」沈氏笑著說。

「娘，您安排外公和大舅小舅一起住，是不是怕爹趁您不在，來個紅袖添香啊？」蘇明月笑說。

「胡說。妳爹君子端方，人品正直，絕對信得過的。」沈氏斥道，一派正氣。「不過妳爹一個人出門在外，他生得文氣，又是榜眼，性格溫和不懂得拒絕人，萬一有個外邊的么蛾子撲上來，始終是麻煩事。跟妳外祖父他們住一起，也是有個照應。」

跟岳父和兩個小舅子住一起，三個盯著她爹一個，外邊的花花草草飛天遁地都進不來。

蘇明月心裡為沈氏這一招喊聲高明。

「月姐兒，妳要記得，夫妻過日子，是要往好的方向去努力的。不要因為沒有發生的事情，就去懷疑對方。要相信對方的人品，相信自己的眼光。」

蘇明月親事已經定了，如果不是蘇祖父生病，接下來沈氏該操辦的便是蘇明月的婚事，沈氏也不再避諱，仔細傳授蘇明月一些夫妻過日子的心得。「不過，這日子過得好了，始終會有一些厚臉皮的黏上來。做好預防，總比事情發生之後再處理的好。這夫妻間呀，最怕有裂痕，彌補裂痕的功夫，比預防的功夫多了去了。」

「娘，我知道了。」蘇明月並不敢輕視任何一個女人捍衛家庭的智慧和心思，正色道。

兩人正聊著，棉花來稟報。「二小姐，劉家少爺來了。」

「妳去吧。」因著已經訂親，沈氏並不阻止劉章和蘇明月來往。合情合理的見面，年輕人婚前多培養感情是好事。

「嗯。娘。」蘇明月應道，交代棉花。「請他去偏廳，說我馬上過去。」

待蘇明月到偏廳時，劉章已經喝完一盞茶，這段日子，劉章還在忙著恩科文集銷往各地的事情，雖然沒有像當初剛出版的時候造成京城一時洛陽紙貴，但是各地的需求還是很旺盛的，細水長流，是一筆大生意。

「你這是剛剛趕回來。」蘇明月見劉章這樣，轉頭吩咐棉花道：「看看廚房有什麼，快點上一點墊肚子的點心。」

「是，二小姐。」

「你這段時間忙得怎麼樣？」吩咐完棉花，蘇明月問劉章。

「挺順利的，南北分店都鋪開了，估計以後是書店裡的主要銷售書籍之一。」劉章也不避諱蘇明月，直接說道：「妳讓我收集的，府城各縣歷年秀才試的文集，都在這裡了。」說完，劉章指一指桌上的一箱子書，畢竟這秀才試每年都考，人數又多，收集起來還真的不好找。劉章這次花了一點銀子打點各地縣衙，才抄錄齊全。不過，這些功夫就不必跟蘇明月說了。

蘇明月雖然不知道其中曲折，但也十分承劉章這份情，回道：「多謝你了。你這可是幫了我的大忙。」

聽到能幫上蘇明月的忙，劉章樂呵呵，問道：「妳要這個來幹麼？」

「我最近在幫我祖父管著學堂裡的一些事情，批改課業什麼的。這秀才試快要來了，我看看歷年試題，到時候給小學生們出些試題看看。」大考前，必備模擬考，每個學生都值得擁有。

「挺好的。月姐兒，妳好好做，我是支持妳的。」劉章聽完後，覺得這可能也是一條財路？考秀才的可是最大的讀書人群體，走薄利多銷的路線，可行。

「劉大哥，我能問一件事情嗎？」蘇明月有些不好意思的問道。

「妳說。」劉章拍胸脯，他什麼都可以對月姐兒說。

「你們家也算有錢，還做書店生意，你為什麼沒有想過考個功名呢？」

本朝並沒有規定商人三代之內不能入仕。劉父不說，明顯是因為腿腳微跛不能科舉，但劉章是身體健全的，腦袋也聰明，一般人都會試試科舉。蘇屠夫一個賣豬肉的，還想讓兒子改換門庭呢。

蘇明月此問，顯然是問到了劉章的點上。難得的，劉章臉上呈現尷尬之色。

蘇明月見此，連忙說：「不好意思，我就是好奇問問，不想回答可以不答的。」蘇明月十分尷尬，這個問題如此明顯，肯定有原因的，自己這不是揭人傷疤嗎？

「沒有什麼不想回答的。」劉章撓撓頭。「我就是寫不出詩文。」

「啥？」

「就是完全寫不出詩詞，怎麼憋都憋不出來，策論文章也寫得乾巴巴的。先生說過，人家的策論是骨肉豐滿、形神皆備，差一點的，也看起來像個人樣。我的就是個骨頭架子，看起來十分嚇人。」劉章尷尬的說。

蘇明月明白了，極端學科成績落差，理科天才，文科白癡，在這個靠寫文章考科舉的時代，就是悲催了。

「沒關係的，你算術超好的呀。也不是人人都要去科舉，你現在做生意，也很好。」蘇明月笑著鼓勵說。

「嗯。我很喜歡做生意。」劉章並不因為自己不能參加科舉而自卑，甚至對自己擅長做生意十分自豪。

「這個世界上，每個人擅長的都不一樣。所以，月姐兒，如果妳喜歡什麼，擅長什麼，就去做吧。我是支持妳的。」

「嗯。」蘇明月笑道。

當初向蘇家求親的許多人中，劉章家並不是最富的，也不是最貴的，但是，劉章是最合適的。婚姻這回事，如人飲水，冷暖自知。

兩人正說話間，棉花端著一盤綠豆糕和一盤茯苓糕進來了，因為家有學堂，蘇家常常備著下午茶點。

「夫人說了，如果沒有事情要忙，請劉家少爺留下來，一起吃個晚飯再回去。」棉花說道。

「我沒有事情要忙。」劉章毫不客氣的應道。至於久等兒子回家的劉家父母，人家夫妻二人也挺好的，這些年都習慣了。

「棉花，吩咐廚下煮點湯水。」蘇明月吩咐。劉章這一路上，肯定是啃乾糧過的，既然回家了，就是要喝點湯湯水水滋潤一下。「再把桌上的這些書籍搬回我房間去。」

顫抖吧，小學生們。

第二十三章

「懷進啊，先吃飯吧，吃完飯咱再寫。」蘇屠夫娘子輕輕推開房門，見兒子還在埋頭苦寫課業，猶豫了半晌，方才輕輕開口勸說。

「娘，我這張卷子還差一點點，您先幫我把飯盛出來，涼一涼，我待會兒方便吃。」懷進頭也不抬，手更不停。

蘇屠夫娘子擔憂的看一眼孩子，然後說：「那娘先幫你把飯盛上，你趕緊出來吃啊，飯太涼了，對身體不好。」

這回懷進連話都不回了。

蘇屠夫娘子輕輕退出房間，堂屋裡，蘇屠夫和懷花早等在旁，見懷進沒有跟著出來，蘇屠夫問：「怎麼懷進沒有出來？」

「大家先吃吧，懷進說還要一會兒，讓我幫他把飯盛好放涼，馬上出來。」蘇屠夫娘子解釋說，幫兒子裝了滿滿一碗飯，然後又挾了肉和青菜。

蘇屠夫見此，便先動筷了。

過了半盞茶功夫，果然懷進匆匆忙忙的從房間出來，端起飯碗大口扒飯吞嚥，驚呆了一旁斯斯文文的懷花。怎麼著，哥平常不是追求讀書人氣質，要淡定、要斯文的嗎？怎麼現在狼吞虎嚥，毫無形象？

懷進可不知自家妹妹心裡吐槽自己，迅速吃完一碗飯，再添一碗，然後放下碗，說：「爹，娘，我吃完了，你們慢慢吃，我先回房做課業了。」

啊啊啊，時間來不及了，不知道明月姊姊從哪裡來的那麼多卷子，每次散學後都會說：「給大家發一張卷子，一個時辰就可以做完。晚上大家回家，除去吃飯、洗漱的時間，起碼還有一個半時辰，綽綽有餘。」

可是，先生也會佈置日常課業，然後一個時辰根本做不完卷子，大家邊翻書邊做，都要做兩個時辰。明月姊姊說，在考場上就是一個半時辰要做出來的，大家先練一練，熟悉了，考場上時間才寬裕。嗚嗚嗚，好恐怖，好恐怖。

懷進想到明天明月姊姊還會認真檢查，腳步走得更快了。

「懷進啊，你吃飽了沒有……」蘇屠夫娘子追著問，奈何懷進心懷課業，充耳不聞。

「算了，我看這小子吃了兩碗，應該夠了，妳待會兒再給他弄點消夜。」蘇屠夫見兒子如此勤奮，心下大為寬慰，說道：「明早我再留一個豬腦，妳燉了，給懷進補一補。懷花呀，妳要不要吃豬腦補一補啊？」

懷花皺著淡淡的眉毛，瘋狂搖頭。「爹，我不要，您都留著給哥吧。」

「行，你留個大點的。」蘇屠夫娘子果斷道。

次日一早，蘇屠夫殺了兩隻豬，果斷挑了一個又大又飽滿的豬腦自己留了下來。

過了一會兒，蘇姑父出現在蘇屠夫檔口，問道：「屠夫，還有沒有豬腦子？」

蘇屠夫認得蘇姑父，馮家酒樓少東家，蘇老先生的女婿，兩個兒子都在蘇祖父學堂，跟自己兒子懷進是同窗，忙說：「馮東家，有的，有的。今天剛剛宰殺的生豬，新鮮得不行。給你包起來？」

蘇姑父看了一眼案板上的豬腦，的確新鮮，點頭應道：「給我包起來。」

「這豬腦，還挺暢銷。」蘇姑父邊掏錢邊說。

「可不是，一隻豬就只有一個腦子。」蘇屠夫用荷葉將豬腦包好，遞給蘇姑父。

「那明天給我留兩個，我家裡的廚子會過來拿。」蘇姑父接過豬腦的手一頓，吩咐道。

「好咧，馮東家。」蘇屠夫爽快應道，那明天就要拿三個豬腦，給自己兒子也留一個。這蘇老先生姑爺要留的，肯定是給他家少爺吃的，必定是他們自家人才知道的秘訣，幸虧自己識破了。要給自己兒子留最大最好的，一舉贏過馮東家的少爺們。蘇屠夫心裡暗想。

蘇姑父可不知道蘇屠夫心裡的想法，接過豬腦，放心走了。

過了一會兒，又有一個僕人匆匆過來問：「屠夫，還有沒有豬腦？」

「沒有了。要不來個豬手？這小孩子寫文章容易手累，豬手豬手，補一補手。」

僕人掃視一圈，見真沒有豬腦了，只能將就道：「那給我來一個吧。」

「好咧。」蘇屠夫爽快應道。

這邊蘇姑父回到家，大早上的，走得汗都要流出來。

「怎麼走得這麼急？大早上的，汗流了一身。」蘇姑媽遞過一條手帕說道。

「這也不知道為啥，最近豬腦子這麼緊俏，吩咐夥計拿兩個，結果只得一個。咱家可兩個兒子，一個給誰吃？我這不急急忙忙的趕到集市，再買一個。」蘇姑父抹一抹汗。「給我倒杯茶水。」

「那買到了沒有？」蘇姑媽焦急的問。

「買到了，幸虧我走得快，剛好買到最後一個。」

蘇姑媽聞言才放下心來，遞給蘇姑父一杯茶水。

蘇姑父一飲而盡。「我叫蘇屠夫明天給我留兩個，妳明天早一點派人去拿。」

「行。」蘇姑媽再遞給蘇姑父一杯茶水。

蘇姑父牛飲一壺水，才出去忙活了。

這臨近院試了，飛哥兒已經是童生，就差這臨門一腳，蘇姑媽整日求神拜佛的，蘇姑父對兒子也分外上心。

最近，也不知道月姐兒從哪裡拿回來這麼多卷子，說是歷年秀才的題本，飛哥兒可不就天天寫、天天練。翔哥兒雖然沒有資格考院試，但是也有不少卷子，天天散學之後回家都寫不完。兩兄弟眼見都憔悴了，蘇姑媽可不得給哥兒倆補一補。

想到這裡，蘇姑媽還是心裡沒底，收拾收拾，回娘家去，問問自家爹，飛哥兒這院試到底有幾成把握。

蘇姑媽說走就走，不料到了蘇家，蘇祖父正在上課，蘇姑媽便轉頭找蘇明月。

「月姐兒啊，妳老實告訴姑媽，妳飛哥哥這次院試，妳覺得有幾成把握？」蘇姑媽毫不見外，直截了當。

「姑媽，您等我一會兒，我評完這一份。」蘇明月手上不停，對蘇姑媽抱歉說道。

蘇姑媽看著蘇明月手執毛筆，行雲流水的批改著學生們的課業，好像都不用腦子思考一樣，唰唰唰的就寫出來了。莫名的，蘇姑媽就覺得月姐兒十分有權威。

再一看，桌子四周都晾著學生們的課業卷子，等著墨乾呢。身為蘇祖父的女兒，蘇姑媽自然是識字的，但是吧，仔細看看這文章，不是很懂，再看看這評語，蘇姑媽覺得每一個字都認識，但怎麼就是不太明白是什麼意思呢？

看了半晌，蘇姑媽決定不再為難自己，遂放棄，心裡得出一個結論，自己這姪女，可真是了不起，這腦瓜子，聰明得緊。這同是蘇家的女兒，一樣的血脈，怎麼人跟人就是不一樣？蘇姑媽心裡感嘆一句。

「姑媽。」就在蘇姑媽思量的時間裡，蘇明月已經改完一份卷子，轉頭對她說：「這中不中，有時候不僅看能力，還要看時運。您看，我爹那麼多年秀才，考了幾次都不中，時運一到，不就一路高歌了嗎？飛哥哥的文章，我跟祖父都看過了，就差三分時運。姑媽您呀，就放下心。再說，飛哥哥比起我爹當年，年紀尚輕，姑媽莫要給飛哥哥太大壓力。」

蘇姑媽一聽，細細思量，也覺得有道理，但還是擔心。「月姐兒啊，姑媽知道妳說得有道理，姑媽這心就是放不下來。我跟妳姑父，是天天睡不著覺啊。就今天，妳姑父還急匆匆的跑去給他們哥兒倆買了豬腦子，專門給他們補腦子的。」

蘇明月聽完之後，額頭冒出三滴冷汗。這就是古代版的，父母比考生更緊張更焦慮？

「姑媽，您別過於擔心了，接下來我跟祖父會安排學堂裡有院試資格的童生們，在家進行模擬考，就是當年我爹考的那個。我爹說了，十分有效果。蘇姑媽回去幫飛哥哥，按照考場的規矩準備好。考試的事情，就看他們了。若實在心焦，您就去祖母佛堂多燒幾炷香。」

面對這種家長，給他們指明方向，讓他們忙起來就行了。

「行。」蘇姑媽聽完，覺得自己有事情做了，站起身來準備要走。「那月姐兒，姑媽先走了，妳慢慢評改。對了，妳飛哥哥那份，可要看仔細一點啊，卷子也給他多寫點，你們可是最親的表兄妹。」

「行，姑媽放心吧，我幫您特地盯著飛哥哥。」可憐的飛哥兒，求學生涯一直環繞在親人旁邊，從來沒有放鬆過。現在，自家親娘還特地要求加碼。

得到蘇明月的保證，蘇姑媽放心離去了，臨走前，不忘到蘇祖母佛堂燒了炷香，希望蘇家的祖宗有餘力的同時，保祐保祐外孫，飛哥兒、翔哥兒身上可流著蘇氏一半的血脈啊。

然後，蘇姑媽回到馮家，給老馮家祖宗，慎重的燒上三炷大香，敬上供品，要求馮家祖宗保祐飛哥兒、翔哥兒。這可是老馮家的血脈後代，進的可是馮家而不是蘇家族譜，因此一定得比老蘇家祖宗給力。

最好是兩家祖宗一起發力，保祐飛哥兒這次院試考中秀才，保祐翔哥兒來年一舉得中，然後兩兄弟像他舅舅一路中舉人、進士。蘇姑媽也不貪心，一甲隨便哪個名次都可以，實在不行，二甲也行。

而蘇祖父模擬考間的消息，也經由蘇明媚傳到陳二公子耳裡。

蘇祖父生病，蘇明媚嫁得近，本就擔心，加之婆家希望她跟娘家多親近，因此便常常回去。自從蘇明月收集了近幾年各縣秀才試考題，蘇明媚便常常帶回家中給陳二公子，陳二公子每晚點燈熬油做卷子。

「相公，祖父那邊說臨近院試了，要進行模擬考，你要不要一起去試試？」待晚間，蘇明媚等著陳二公子回房，問道。

「何謂模擬考？」陳二公子不解。

「就是完全模擬考場條件，科舉怎麼吃、怎麼睡、怎麼考，就怎麼模擬，試題都是模仿院試試題出的。」蘇明媚解釋道：「當年我爹也這樣考過。」

「哦哦。」陳二公子有點理解了，又問道：「祖父身體如何，如何禁得起如此勞累？」

蘇明媚有點憂慮。「祖父的身體未見好轉，不過這次是月姐兒出題目和看文章，祖父把關。」

聽到蘇明月主持，陳二公子有點遲疑了，但這些日子，他寫著蘇明媚帶回來的卷子，自覺深有進步，猶豫半刻後，陳二公子下定決心說：「我到時回去跟先生請假，反正現在臨近院試了，先生也都是佈置題目，要我們寫文章再批改。」

「嗯。」見陳二公子認可自己家，蘇明媚露出了一個笑臉。

只是，陳二公子又猶豫半刻。「那個，祖父的學堂能不能再塞一個人，我問問大哥要不要去？」陳二公子他哥，陳大公子，也是一個童生，兩人同在一個學堂裡面。

「可以的，我回來的時候已經問過祖父和月姐兒了。」蘇明媚猶豫說：「只是，我怕大哥不願意去。」日常的卷子蘇明媚都是帶著兩份回來的。

以蘇明月思維，並不覺得這些是秘密。

只是，蘇明月大方了，陳大公子卻覺得蘇明月一個丫頭，好好織布便是，如何能插手科舉之事？因此，接到卷子後只是敷衍道謝，並不重視。幾次之後，蘇明媚脾氣也上來了，便不再給陳大公子帶卷子。

陳二公子作為老二，其實也懂最近大哥、大嫂心中酸氣，無非就是自己岳家太盛，大嫂被弟媳壓過，大哥又怕父親跳過他選自己繼承文書一職。

其實這些官府小吏，雖然一直默認是當地人家族繼承，但只是因為縣令需要當地望族的配合，如果不需要了，其實升降都在縣令一念間。

陳二公子是想要自己掙出一片天，並不想在這方寸之地騰挪，受制於他人，奈何陳大公子不相信，深怕陳二公子在岳家的支持下，搶了這個長子繼承的位置。

「不管大哥如何想，我只做好我該做的。」陳二公子說：「跟他說一聲，日後說起來，也免了紛爭。」

陳二公子說完，馬上起身。「料想大哥現在還沒有睡，我現在過去，說了馬上回來。」

蘇明媚應是，過了半刻鐘，陳二公子回來了，臉上猶有未壓下的惱怒之色，說道：「大哥說在學堂裡跟著先生就可以了。妳跟祖父他們說，只給我留一個位置就可以。」

蘇明媚只當作沒有察覺陳二公子的臉色，有時候難得糊塗，方是過日子。而且，陳大公子不去，蘇明媚還鬆了一口氣，覺得太好了，只要他以後不要後悔。

次日，蘇明媚回到娘家，跟蘇明月說了陳二公子的回覆，又去看了蘇祖父的身體情況，跟沈氏聊了聊天，方回到婆家去。

蘇家則開始動工蓋考間，其實就是在當年蘇順的考間旁邊再砌幾面牆，蓋上頭頂瓦片，簡陋得很。不過考間條件麼，越簡陋越真實。

院試是必須考過第一、第二場之後，取到童生資格方可以進行的，因此，蘇家學堂也只有四名學生有資格，加上一個插班的陳二公子，其實也就五人，蓋五個考間。

五天後，一眾童生挎著考籃子進入了考間。其實，除了心理素質特別強大的人群，大部分人進入這種人生決定性場合，都會有一種緊張感。尤其蘇家的這幾名考生都很年輕，年輕不僅代表無限可能，還意味著他們經歷少，心理更不穩定。

反正，年紀最大、經驗最豐富的陳二公子，挎著考籃看見蘇明月這個小姨子的時候是非常尷尬的。

蘇明月看出陳二公子尷尬，但是她眉毛都沒有動一根。兩世經歷，蘇明月心理素質比陳二公子強大多了。

見蘇明月不動聲色，加之蘇祖父在一旁板著臉，看起來十分唬人，陳二公子莫名的覺得沒有那麼尷尬了，快步走進考間。

作為取得童生的讀書人，大家對考間自然是熟悉的。蘇家的模擬考間，可謂十分重現考場了，連角落的蜘蛛網都很還原。是的，陳二公子就是這麼幸運，剛好抽到了多年前蘇順用的那一間。畢竟，其他新建的考間還是占了一個新的好處。

無可奈何，陳二公子只有先收拾考間，起碼整理個落腳的地方出來。

接著，又有蘇家僕人按照考場規矩派發卷子，一眾童生找到了考場的感覺。

三天後，幾個考生筋疲力盡，像被掏空了似的走出考間。

太難了，太難了，真的太難了。

第一難，試題難，題量又多、角度又偏，本來認為自己準備充分的考生們，才發現自己還有那麼多漏掉的知識；第二難，吃飯難，冷飯饅頭就不說了，蘇家還命令下人拿來一個夜香桶放旁邊，裡面都是光哥兒拉的粑粑，啊，原來小屁孩的屎是那麼臭；第三難，睡覺難，蘇家準備的被褥滿是霉味，這也算了，七月分不蓋被子也冷不著，但是，為什麼旁邊會睡著兩個僕人，一個呼嚕震天響，一個隔三差五的就在起夜；第四難，蘇家居然還人工模擬了下雨，一瓢一瓢水潑上屋簷，瓦片還漏雨，眾人手忙腳亂的搶救考卷，搶救不了的，還捍命似的重寫。

是的，這就是蘇明月根據蘇祖父科舉經驗冊子裡面，多年的倒楣經驗集大成版本。相信經歷過這些的考生，真正面對考場上的種種意外，必能鎮定自若的面對。

蘇明月的苦心，眾位考生是知道的。蘇明月不是那種默默付出不求回報的人，每一道難關，蘇明月都會有理有據的告知，這都是為了大家好，所以大家就忍著吧。

不過，知道是一回事，能不能做到是一回事。五名童生家屬接到蘇家通知，說模擬考完要來蘇家接人的時候，心裡還覺得蘇家小題大做。結果，真正接到考完的人時，才知道，蘇家是玩真的。

眼底青黑、腳步虛浮的考生被接回家休養，接下來評改考卷就是蘇明月和蘇祖父的事情了。主力是蘇明月，蘇祖父如今的身體情況，大夫說不能過分勞累，便做把關人。

兩天後，課堂上，蘇祖父拄著枴杖，給眾考生親自講述自己當年那些倒楣的科舉遭遇，人老了，也不在乎面子，能幫助年輕人，在最後留一點光和熱，才最重要。

蘇祖父這番真實的經歷，反而更加獲得了學生們的尊重。因為，這是一個老前輩，誠摯的為大家指明前路可能有的風險，猶如黑夜裡零星螢火，照亮前路。

講述完之後，蘇明月上前派發眾人這次的考卷。對於考卷上的評語，大家雖然不說，都心知肚明出自蘇明月手筆。但是，看到如此詳細的評語，句句點中眾人的錯漏之處，在座的考生還是心裡黯然，疑問自己這十幾年光陰是否虛度？還是，讀書的天分比勤奮更為重要？

最後，蘇明月給眾位考生來了一輪四書五經的心智圖總結。蘇祖父學堂的學生，略微淡定，畢竟，蘇祖父已經將心智圖融入到平常的講課之中，這次，蘇明月只不過做了一個大匯總。

但是，第一次面對心智圖精神攻擊的陳二公子就略微失態了，整個人如遭重擊，怎麼，現在讀書的方法已經從讀書百遍其義自見變成這樣了嗎？他是不是落後了很多？

精神恍惚的陳二公子回到家，把自己緊緊鎖在書房裡半天，最後，派書僮去學堂請了長假，日日夜夜的開始研究、模仿、編寫心智圖。

最後，當陳二公子編寫出自己的心智圖時，覺得自己腦海裡所有的知識，從一團亂麻變成條理清晰，整個四書五經像是重新刻進了他的腦海裡。

而這時，蘇家的第二次模擬考又來了。

很神奇，這次蘇家提供的飯食很正常，衣被也很整潔，環境乾爽，夜晚也無人打擾。除了試題考得細一些之外，其他都很順利，太順利了。

眾考生覺得既高興，又有點不敢置信。不過想想上次被虐得這麼慘，還是高興居多。這一高興了，就容易有點飄。

於是，這一輪模擬考之後，大家發現，即使這次的環境很好，試題也不難，但最終結果並沒有大家想像中的那麼好。尤其此時再細看，好多錯誤都不應該犯，但是不知道當時為什麼就犯了，最後也沒有發現。

「順境不惰，逆境不餒，以心制境，萬事可成。」蘇祖父拄著枴杖，沈重的說：「這一次模擬考，考的是心境，大家回去好好反省。」

眾人方如夢初醒，恍然大悟。

五天後，八月三日，就是院試的日子。

「我說你，別在這兒走來走去的打擾我。」正在燒香拜佛念叨叨的蘇姑媽，呵斥走來走去不停繞圈圈的蘇姑父。

妳好意思說我，妳這香不停的燒，遠遠看去還以為咱家著火了。蘇姑父心裡暗暗吐槽，嘴裡說出來的卻是：「我這不是心裡著急嘛！也不知道飛哥兒在考場怎樣了？今年的試題難不難？」

蘇姑媽被蘇姑父這一通說，心裡更見焦慮，再燒了三炷香，還是平靜不下來，於是轉頭說：「我回一趟娘家去。」

也不需要徵得蘇姑父同意，轉頭立馬就走了。

「哎……」蘇姑父伸手想挽留，別留他一個人在這裡呀。但蘇姑媽頭也不回走遠了，蘇姑父攏袖跺腳兩下，決定盤貨去了。這有點事情幹，心裡不用記掛著。

蘇姑媽急匆匆的去了蘇家，直奔蘇明月書房。蘇明月正在寫毛筆大字，整個人淡泊而又寧靜。

「月姐兒啊，姑媽心裡焦慮得很，妳說妳表哥他們現在考得怎樣了？試題難不難呀？」其實以往考試沒有那麼緊張，但不知道為什麼，感覺這次特別有把握，莫非是來自於日常卷子的威力？這希望越大，反而越心焦。

「姑媽，您現在再多擔心也無用呀。我們能做的，已經做到最好了，謀事在人，成事在天，靜候消息吧。」蘇明月說。

蘇姑媽朝天翻了個白眼。這說起來容易，就是做不到啊。

恰好此時蘇明媚過來，蘇姑媽逮到了一個知己，畢竟蘇明媚的相公也在考試呢。兩人頓時茶逢知己千杯少，棉花的茶水都添了好幾輪了，蘇姑媽和蘇明媚還手執手聊得十分投機。

等了好像一百年那麼久，終於到放榜那一天，平山縣眾人看見報喜的衙差一輪又一輪的到來。

「恭喜惠和城平山縣陳合陳公子上榜，位列第七。」

「恭喜惠和城平山縣劉青雲劉公子上榜，位列第十二。」

「恭喜惠和城平山縣蘇修遠蘇公子上榜，位列第二十一。」

「恭喜惠和城平山縣馮飛馮公子上榜，位列第四十五。」

平山縣這次一共考上了四位秀才，其中蘇祖父學堂占了兩名，分別是二十一名的蘇修遠

和四十五名的馮飛。不要小看才兩名，蘇祖父的學堂才多大，尤其這兩年縮減了規模，這成

材率，就十分高了。再加上第七名的陳合還是蘇祖父的孫女婿，要說沒點關係，大家都不相

信啊。

一時之間，蘇祖父的學堂，從略有名氣的兒子是榜眼的蘇秀才學堂，變成精益求精的蘇

氏學堂。縣城的讀書人家紛紛議論蘇祖父是不是教學水準特別高，還是有什麼訣竅，有那機

靈的已經打聽怎麼轉學了。但所有八卦的、打聽的，最終得到的消息是，蘇祖父身體不便，

已經準備解散學堂了，個個心中大為扼腕。

眾人怎麼想，蘇姑媽從來不在意，反正再怎麼樣，也不會少了飛哥兒、翔哥兒的。關係

戶，就是這麼淡定。

現在蘇姑媽還沈浸在飛哥兒中秀才的喜悅中。當初聽到飛哥兒高中的消息時，蘇姑媽歡

喜得險些厥過去了。飛哥兒才幾歲呀？冠禮都沒有行。年輕有為，絕對的年輕有為。別的不

說，比他舅舅當年考中秀才的時候年輕多了。

蘇姑媽已經開始考慮兒子殿試之後，到底是榜眼好，還是探花香。至於狀元，一般狀元

都比較成熟穩重，就是比較老，算了，飛哥兒還年輕，就謙讓謙讓吧。

別說蘇姑媽，蘇姑父本人也是笑咧了嘴。哎呀，這兒子就是比老子好，娶個老婆值了。

蘇姑媽的公婆，本來就是隔代親，現在簡直就是把飛哥兒視為心頭寶。馮家全家一致決

定，秀才宴一定要大辦特辦。就在自家的酒樓裡面，開三天流水宴，掌櫃夥計多發一個月月

錢。

與蘇姑媽家全家喜氣洋洋不一樣，文書陳家就瀰漫著一股歡喜中透著酸，酸中又透著一點尷尬的氛圍。

蘇明媚和陳二公子自然是歡喜的，尤其陳二公子，取得了第七名的好名次，簡直就是意外之喜啊。夫妻一體，陳二公子中秀才，蘇明媚自然只有喜悅。

陳大公子夫妻，則是酸大於喜了。本來二兒媳婦娘家就壓大兒媳婦一頭，現在好了，老二中了秀才，老大沒中。這爹娘也不知道怎麼想？肯定是偏心老二的了。

陳父陳母就是歡喜欣慰中帶著尷尬和隱憂，歡喜的是二兒子有出息了，憂慮的是弟弟壓住兄長，一個處理不好，就是亂家之始啊。

於是，文書陳老爺決定找自己的二兒子聊一聊天。陳二公子把近段時間發生的事情，蘇家的卷子、蘇家的模擬考、蘇家的心智圖等，統統都告訴了陳老爺。當然，還有之前陳大哥陰陽怪氣的拒絕。

陳老爺聽後，一聲嘆息，真乃時也命也。擺擺手，讓陳二公子回去，再找陳大公子聊了聊。聊什麼不知道，反正聊完之後，陳大公子瘋狂在書房翻箱倒櫃，內心的後悔傷痛，估計只有自己夜夜獨自品嘗了。

凡是秘密，當第二個人知道之後，就不會再是秘密。何況，蘇家的種種，本來就沒有特意保密，加上這次院試成績的推波助瀾，平山縣眾人陸陸續續都知道了，蘇家有獨特的科舉方法。一時，求指教的、拜訪的、求學的，紛紛上門，絡繹不絕的人群，差點把蘇家的門檻踏破了。

但是，不管來人是誰，沾親帶故的、非富即貴的、苦苦哀求的，蘇家一律嚴詞拒絕了，無一例外，連之前一直上半天課的蘇家學堂都停止了。

眾人百思不解，而此時的蘇家——

「大夫，怎麼樣？」蘇祖母攔著大夫，焦急的問道，病床上，蘇祖父正陷入昏睡。

「蘇老先生的身體日漸衰竭，如今已呈現油盡燈枯之勢。吃藥，不過是儘量減少他的痛苦而已。」大夫沈重的說：「你們要做好準備。」

「怎會如此？怎會如此？」蘇祖母瞪大眼不敢相信，一個站立不穩，險些癱軟在地。

「娘，娘，您怎麼了？大夫，幫我們看看娘。」沈氏眼疾手快的扶住蘇祖母，急急忙忙喊道。

於是，大夫還沒有來得及寫下藥方，又多了一個病人。其實，就是痛極傷心而已。

安置好蘇祖父、蘇祖母，沈氏眉間憂色漸重。

「娘，請姑媽和姑丈過來吧？現如今，顧不得了。」蘇明月皺著眉頭，提醒沈氏說：「還有，是不是要派人通知爹？我琢磨著，爹應該是要回來。」

按照蘇順的性子，如果見不到蘇祖父最後一面，會成為蘇順一輩子的心病。但是，蘇順剛入官場，根本沒有存下假期。加之蘇祖父現如今情況，也不知道需要多長時間能處理好。

很可能，只能辭官了。

於是，滿心喜悅的蘇姑媽，就這樣迎來了沈痛一擊，顧不上儀態，蘇姑媽急急忙忙飛奔回家，蘇姑丈在身後跟著追都追不上。

回到娘家的蘇姑媽，聽了沈氏的轉述，先是痛哭一場，然後在商量要不要通知蘇順時，一直咋咋呼呼的蘇姑媽，立刻點頭應是。

七日後，京城。

蘇順遞完辭職文書，準備交接，剛好在外邊遇到工部尚書。

「蘇翰林，你真的要辭官回去？」蘇順在京城待的時日尚短，除了翰林院的眾人，也就是當日的工部尚書比較熟悉了。

「尚書大人，多謝關心，但家父病重，我身為獨子，一定要回去的。」蘇順堅定的說。

「那蘇翰林一路保重。」工部尚書也不多勸說，只抱拳道。

蘇順舉手抱拳回一禮，神色凝重，步履匆匆。

待蘇順走後，工部尚書在轉角恰好遇上戶部尚書，二人閒聊，戶部尚書問道：「那蘇翰林辭官了？」

「是呀。這老父病重，蘇翰林可不就回去了。」工部尚書攏著袖子施施然而走。「就是這樹倒了，樹下的花花草草要遭殃嘍。」

「可不是。」戶部尚書回道：「無人震懾，不就是任人採摘了。得到多少，怕是全吐出來都不夠了。」

兩個政治老狐狸，打著旁人猜不透的謎語，感嘆兩句，又各自分開。

皇宮裡面。

「皇上，翰林院蘇翰林因父病重，遞上辭官文書。」

「遞上來吧。」皇帝倚在龍椅上，略翻一翻，批了一個准字。

「皇上，需不需要做點什麼？」畢竟是新士林風氣的典型人物，加之劉家書店一直為宣揚新風氣衝鋒在前，這蘇翰林一辭職，無人支撐，這環伺的餓狼不就伺機出動了？皇上到底護不護著這個典型，太監拿不定主意。

「不需要。」皇帝拿過下一本奏摺，毫不在意說道。普天之下莫非王土，率土之濱莫非王臣，想要為皇帝效命的人這麼多，自己走到皇帝跟前，有能力留下來，才有資格被皇帝護著。運氣，有時候就是實力的一部分。

「是，皇上。」太監恭謹應是，聲音再無遲疑。

蘇順收到了皇帝批准的回覆，立刻連夜收拾行李，飛奔趕路回老家。

在蘇順離開京城不久，京城內城一家毫不起眼的宅子裡，有幾位大人悄悄的聚在了一起，其中一位，赫然是曾經在御前諫議過劉家書店，批評劉家大肆宣揚新舊文風對比挑撥先皇與今上關係的，前都察御史，今史館著書郎。

「那蘇翰林真辭職了？皇上批准了？」

「是的。已經得到消息，蘇順今日已經快馬趕回老家，再沒有錯了。」著書郎肯定的說道。

「嗯。」坐在上首的大人，整個身形隱在黑暗裡，模模糊糊看不清，但是圍成一團的眾人卻絲毫不敢輕視，只等著他做決定。

「大人……」見上首大人遲遲不決定，著書郎急道：「現在就是最好的機會呀，我們不能一直被踩著上位，終究有一天，會失去皇上的重用的。」

「急什麼！」坐在上首的大人呵斥道。「治大國如烹小鮮，你就是太急了，才落得如此境地。」

「是，大人。」著書郎低頭認錯。

雖然看不清，但隱約可見坐在上首的大人輕輕頷首，對其及時認錯的態度表示肯定。

「現在還不是最好的時候，不是說他爹病重嗎？那就等他爹過世，再慢慢動手。慢慢的，不要讓人抓住了尾巴。」

老父去世，可是要丁憂三年的呀。蘇家本就單蹦了一個蘇順出來，蘇順丁憂了，還有何人能在皇上面前說上話。到時候，不就是刀上魚肉，任人宰割了嘛。

這從他們身上得到多少，到時候就慢慢的還回來吧。總不能只見新人笑，不聽舊人哭，他們這些舊人，也不甘心做臺階，被人踩著上位啊。

「是，大人。」圍成一團的的眾位大臣應聲道，在座的都是朝廷之人，自然懂丁憂三年的道理，皆為大人深謀遠慮傾倒。

京城，平湖之下，漩渦已起；晴空朗朗，烏雲驟聚，山雨欲來風滿樓啊。

第二十四章

平山縣，蘇祖父的病已經越發嚴重，大夫用藥越來越重，儘量增加他的睡眠，減輕他的疼痛。

因此，即使考上秀才的蘇修遠和飛哥兒過來謝師恩，蘇家人也不敢叫醒蘇祖父，只能讓兩位新進秀才看一眼。

看著往日敬重的師長，如今肉眼可見的憔悴枯萎，兩人明白，永別不過是時間長短的事情。初面生離死別的年輕人，出了蘇家門，就忍不住淚水滑落下來。

「飛哥兒，你……你外祖父怎麼了？」連日奔波，快馬趕回的蘇順，剛到自家門口，就看到自己外甥連同一名學生紅著鼻頭落淚，一時聲音都顫抖了。

「嗚嗚嗚，舅舅。」飛哥兒看見蘇順，好像小孩子找到依靠，反而放聲大哭。「您怎麼現在才回來啊。」

蘇順一個腳步踉蹌，來不及了嗎？連最後一面都來不及了嗎？霎時淚盈於眶。

旁邊蘇修遠見此，立刻知道他誤會了，忙解釋道：「順叔，沒有事，先生沒有事。先生還在昏睡呢，您趕緊去看看。」

蘇順一聽，怒瞪飛哥兒，快步向家門走去。

「嗝。」正嚎啕大哭的飛哥兒，被蘇順這一怒視嚇得猛地止住了哭，因為停得太快，還打了一個嗝。

「我舅舅是不是誤會了什麼？」飛哥兒看著蘇順遠去的背影問。

「是你讓人誤會了什麼。」蘇修遠沒好氣的答，說完也不管飛哥兒，轉身返回蘇家。順叔回來了，先生可能會醒來，再進去看看。

而這邊，蘇家下人看見蘇順，忙激動的迎上來，蘇順大步往蘇祖父房間走去。

「順兒。」蘇祖母正坐在蘇祖父床前，看見蘇順進來，激動的說：「你回來了。」

「娘。」蘇順快步上前。「爹怎樣了？」

「正睡著呢。」蘇祖母示意床上。

蘇順輕輕掀開床簾，也就兩個多月沒見，老父已經憔悴得不成人形了。子欲養而親不待啊，蘇順不禁喉嚨發緊，雙眼泛酸。

也許真的是父子間存在感應，一直沈睡的蘇祖父慢慢睜開眼睛，醒了過來，看見蘇順，似乎是早已料到，緩緩張口說：「順兒回來了。」

「嗯，爹，我回來了。」蘇順忍住淚意，強笑著答。

「都怪爹這身體不爭氣，連累了你啊。」

「爹，您怎麼這樣說。沒有您，哪裡來的我。」蘇順執著蘇祖父皮包骨的手，說：「爹，您快點好起來，兒子還有好多事情都不懂，還要您幫忙看著，兒子才敢放心。」

蘇祖父另一隻手輕輕放在蘇順手上，說道：「你大了，爹老了。以後家裡就靠你了。」

「爹。」蘇順語帶哽咽。

「別哭。」蘇祖父喘著氣緩緩說：「趁著你回來，我還有一件事要辦，你派人把族長和族中長輩請到我們家來吧。」

「好，爹。」蘇順也不問為什麼，直接答應。

聽到蘇順答應了，蘇祖父又閉上雙眼，低聲說：「我先歇一歇。等人到了喊醒我。」

聽到病重的蘇祖父有請，族長和幾位族老急急忙忙的趕來了。沈氏、蘇姑媽、蘇姑父、蘇明媚、陳二公子、蘇明月、蘇亮等人，知道蘇順回來在蘇祖父房間，也都趕了過來。

「族長，各位族兄。」蘇祖父看起來精神比剛剛好了一點，勉力挺直胸膛。「今日請你們過來，是我有一事請求。我認為，我的孫女蘇明月，德才兼備、聰慧過人，有當今聖上御賜善織夫人牌匾，當得起蘇氏一族女子的楷模。應該將我孫女蘇明月的名字，記錄在我蘇家族譜中，以教後人。」

「祖父。」蘇明月大為吃驚，她一直有感覺，蘇祖父因她不是男兒為憾。小時候，是因為她不是能傳宗接代的男孩；當她漸漸展露才華後，轉而遺憾她無法科舉為蘇家光耀門楣。但是想不到，這樣的蘇祖父會在臨走前，慎重的要求將她的名字記入族譜，對她曾經的付出和努力，蘇祖父給出了他自己認知的最大肯定。

「這……」幾位族中長輩頗為猶豫。「祖祖輩輩從來沒有過將女子記入族譜的先例啊，這、這女子始終都要嫁出去的。」

「族中也從來沒有女子可以獲得皇上的御賜牌匾，小女聰慧，為何不能成為先例？」蘇順挺身而出說：「前朝曾有貞烈女子記入族譜，小女功績堪比貞烈。蘇家不需貞節牌坊，但是卻需要善織夫人牌匾。」

「我贊成。」族長附和蘇順所言，他現在以蘇順的榜眼為榮，認為這是他教化族中風氣的表現。而在他任族長期間，能出蘇明月這樣一位奇女子，也是他的榮耀，應當記錄下來。

幾位族老見族長如此說，大家也不想在蘇祖父面前做這個惡人，加上大家希望給蘇榜眼留一絲善意，再低頭沈思一下，便紛紛答應。

「如此，便趁我這個老頭子閉眼前，了卻我這個心願吧。也不用擇吉日了，順兒、月姐兒，你們現在就跟著族長及諸位族老，焚香敬告各位祖先，添上名字便回來告訴我。」蘇祖父似是已經等不及，馬上就要看到結果。

大家也明白蘇祖父急著看到結果是因為什麼，事急從權，蘇順和蘇明月跟著族長及各位族老，匆匆趕到蘇氏祠堂，焚香，開家譜。

蘇明月及蘇順跪在祖宗牌位前，族長站立在旁，拿起毛筆，慎重在蘇順下邊，寫上「次女，蘇明月，德才兼備，聰慧過人，獲御賜善織夫人牌匾，記入族譜」。

寫完，蘇族長在旁添上自己的名字，幾位族老按上自己的指紋，表示知情及同意。

記名完畢，蘇順領著蘇明月叩謝祖先，供奉酒水。

至此一刻，禮成。

看著這一幕，蘇明月心中百感交集，來不及多些感想，因為蘇祖父的叮囑，蘇順又帶著蘇明月匆匆趕回蘇家。

「爹，族譜添上月姐兒的名字了。」蘇順在蘇祖父耳邊輕輕說。

蘇祖父合著的雙眼緩緩睜開，低聲確認道：「你看到了？」

「嗯，爹，我親眼看到族長寫上去的。幾位族老都按指紋確認了。」

「好，很好。」蘇祖父的眼裡驟放光彩。「順兒，扶我坐起來。」

蘇順輕柔的把蘇祖父扶坐起來，還在身後給蘇祖父墊了一條被子作為依靠。

蘇祖父調整一下姿勢，對著床邊眾人，慎重道：「你們一定奇怪我為什麼要把月姐兒的名字記入族譜。今天這一番話，你們要認真記住。

「我們蘇氏一族，至今已經沒落，百年家族，興衰交替是必經之路。興盛時，留一條後路；衰落時，不放棄一絲希望。這是祖先留給我們的，數代人的經驗和智慧。如今，順兒你中了榜眼，看似興起，實則根基不穩，因為蘇家在外只有你一個人，無人幫扶。尤其你如今辭官歸來，他日未知如何。可惜，我蘇氏無人，子孫尚小，起勢未成啊。」

蘇祖父嘆息一下，繼續說：「不過，幸虧我們有了月姐兒。月姐兒，聖上賜匾，就是對妳的肯定，也是對妳的約束。他日，如果妳做出有違法紀之事，必然會得到更嚴厲的懲罰，因為妳這是在打聖上的臉；但只要妳在規則之內，這塊牌匾就是妳的護身符。不要忘記這一點。記名，就是將月姐兒、蘇家、宗族和聖上更緊密的聯繫起來。月姐兒，不要怪祖父自作主張，此舉之後，蘇氏永遠是妳的後盾。」

「祖父，我明白。」蘇明月說。她真的明白，在這個記名裡，她得到的保護與肯定比獻出更多。

見蘇明月真的明白，蘇祖父內心點頭，月姐兒一向聰明。

又掃了一眼在一旁的飛哥兒和蘇修遠。「飛哥兒、修哥兒，你們也是一樣，你們都不是出身大族，宗族、同窗、師友，就是你們可以團結的力量。前路多風雨，要想走得更遠，就要扎得更深，明白了沒有？」

「明白了，先生。」蘇修遠和飛哥兒恭謹應答。

蘇祖父點頭。「順兒，以後你就是當家人，要當起一家之主的重任。居安思危，思則有備，有備無患，敢以此規。記住了沒有？」

「記住了，爹。」蘇順低頭答道。

蘇祖父再掃一眼其他人。「一家人，同心協力，榮辱與共。」

「是，爹。」

「是，祖父。」

沈氏、媚姐兒、亮哥兒等人答道。

「我累了，讓我躺著休息，你們出去吧。」說完這一通之後，蘇祖父的力氣似乎是被抽空了。

蘇順輕柔的幫蘇祖父躺上床，蓋好被子，忍著淚意，帶領眾人退下。這一刻起，他再也沒有父親可以依靠，他要成為所有人的依靠了。

唯有蘇祖母，默默的留下來。

「老太婆，還是妳懂我。」蘇祖父躺床上，慘澹一笑說。

「一起過了大半輩子了，我不懂你誰懂你。」蘇祖母含淚帶笑。

「這輩子我要先行一步了。真好呀，年輕時遇到妳。下輩子，我們還在一起好不好？」

「好。」

「我在奈何橋上等妳，等我先去探探路，妳不用急，慢慢來。」

「好。」

在蘇順回來的第三天，病重的蘇祖父在睡夢中停止了呼吸。

當時蘇家人在旁，蘇明月看見蘇順探到蘇祖父鼻子下的手開始上下顫抖，上下頜之間咯咯的細微碰撞發出響聲，蘇明月立刻明白了什麼。過了一會兒，蘇順抖動越來越大，亮哥兒年紀小，忍不住喊一聲。「爹。」

彷彿被這一聲喚醒，蘇順向前撲上去，胡亂摸著蘇祖父的雙手，悲愴哭喊。「爹，爹，您醒一醒！醒一醒！」

沒有人回應。

眾人的眼淚忍不住了，哭聲一片。一歲多的光哥兒不知道發生了什麼事，看到母親和姊姊傷心痛哭，被嚇到哇哇大哭起來。

「光哥兒乖，光哥兒乖。」沈氏抱著光哥兒，一邊輕輕拍著光哥兒的肩膀，一邊眼淚不停的滑落。

「祖母。」蘇明月和蘇明媚一左一右攙扶著蘇祖母，蘇祖母已經無法站穩。

幾十年同行，如今只剩未亡人。

這一代的蘇家之主，善織夫人蘇明月的祖父，榜眼蘇順的父親，人生便在這一刻畫上句點。

縱觀蘇祖父這一生，一直以光復蘇家為執念，卻在種種因由之下，止步於秀才。然而，他這幾十年來，培養出一大批的學子，為這些學子的人生之路，鋪上了堅固的基礎。他帶領蘇家幾十年，在他的堅持下，蘇家一直穩步前進，臨終之前，仍在為這個家族思慮鋪路。這是一位值得敬重的大家長！

哭聲從房內傳出房間，外邊跪著的下人哭成一片。

「老太爺，老太爺啊。」跟著蘇祖父時間最久的老馬悲傷不已。

「妳祖母如何？」沈氏身為當家主母，公公過世，治理喪事再忙也要關心一下婆婆的身體。

蘇明月小聲說：「方才用了小半碗小米稀粥，然後服了大夫的寧神藥，已經睡下了。陳嬤嬤在旁邊看著呢。」

「那就好。」沈氏安下了半個心，公公才剛剛過世，婆婆可千萬別傷心出什麼事才好。

「娘，我爹呢？」

「在靈堂守靈呢。」

「那我去看看爹。娘，您回去看著弟弟吧。」

「行。多陪陪妳爹。」沈氏說道，治喪之事尤其繁瑣，這也就罷了。光哥兒年紀尚小，被嚇到了，特別黏人，沈氏現在是一個頭兩個大，只能派女兒去陪陪傷心過度的丈夫。

蘇明月到靈堂時，蘇順正跪在火盆前，麻木而僵直的燒著紙錢。蘇明月上前，跪在蘇順旁邊，往火盆裡加上一疊紙，看著火光燃起半晌，才勸說道：「爹，別太傷心，祖父不希望看到您這樣的。」

蘇順卻久久沒有回答，久到當蘇明月準備再開口時，蘇順卻突然說：「月姐兒，爹沒有爹了。」

這沒頭沒尾的一句話，蘇明月卻心都顫抖起來。

父親在，不論多大年紀，都還有依靠和歸途。現如今，卻只有獨自一人，成為所有人的依靠，無人可靠。

「爹，您還有祖母，還有我們呢。」蘇明月忍住淚意勸說。

「是呀。」昏黃跳動的火焰，映照著蘇順鬍子拉碴的臉龐。這一刻，好像時間在蘇順身上快速流逝，他變成最終想要的一家之主的模樣。

出殯當天。

蘇祖父的學生們，能趕來的全來了，年紀有老有小，身穿麻衣，跟在蘇家人身後。道路兩旁，有人家自願路祭。

蘇屠夫娘子看著自己的兒子在人群中，找個地方放下火盆，想要送蘇老先生最後一程。

這時，又走來一個族中娘子，跟蘇屠夫娘子說：「懷進他娘，我在妳旁邊，也來送一送蘇老先生。」

蘇屠夫娘子往旁邊挪一挪。「沒有看見妳家蘇安，是外出了？」

「可不是，剛好前幾天東家要外出，沒有辦法，他只能跟著去了。臨走前再三叮囑我，萬一有什麼事，一定要幫他盡盡心。我們家蘇安，跟著蘇老先生學了三年字，雖然不是科舉的料子，但認字之後，找事幹就容易多了，現在的東家也是因為他認字，才重用他。」

「是呀。我們家懷進也是，自小跟著蘇老先生讀書認字，以後路子也寬多了。說起來，我們家懷進的名字還是蘇老先生取的呢，這幾天，懷進傷心到不行。」

「唉，蘇老先生真是一個讓人敬重的人啊。」

「誰說不是呢。」

蘇祖父的喪事料理完之後，剩下的人們，生活還是得繼續過。

這日，蘇順正在書房整理蘇祖父的書籍，小石頭進來稟告說蘇族長來了。

吩咐小石頭將蘇族長請到偏廳去，蘇順整理一下衣裳，去見客。

蘇族長看見蘇順，身形憔悴了些許，面上猶有悲色，但哀而不傷。見此，蘇族長方敢開口。

「順弟，族叔這個年紀了，也沒有受多大罪，算是喜喪。你節哀順變，相信族叔也不希望看到你過分傷心，自毀自身。」

「多謝族長。」蘇順回答，又問道：「族長事務繁忙，不知過來是何事？」一般沒有事都不會上守孝人家拜訪。

「是這樣的，族叔之前開的學堂，因為身體原因，院試之後就沒有再開了。原本大家都想著再找新的學堂，但是，這不是還來不及，再加上你回來了。按照朝廷規制，你需要守孝三年，到時候才能上京找門路復官，不知你這守孝期間又有何打算？不若把你爹的擔子先挑起來？」

族長已經默認蘇順三年之後會再找門路復官，這要不然，辛辛苦苦這麼多年，好不容易考了榜眼，就這樣浪費了？族長換作是自己想一想，不可能！

不過，這三年時間，可以做很多事情了，現在守孝又不是要結廬墓前，大門不出的。守孝期間，教導一下族中子弟，也是一樁美談。族長心裡想，剛好自己家中小兒也是多年秀才了，說不定得一個榜眼教導，下次科舉，就可以中個舉人了呢。

蘇順沈吟一下，沒多少猶豫。「我這幾天在整理先父留下來的書籍手稿，族長你安排通知一下，七天之後，就回來上課吧。」

「那個……」族長臉上顯露為難之色。「可能地方不太夠。」

「什麼？」蘇順面露不解，蘇家學堂一直挺寬敞的呀。

蘇族長見此，連忙解釋道：「因為族叔之前年紀大了，收的學生並不多。但是你年輕力壯，又是新科榜眼，因此族中許多人想轉學過來。」蘇族長都收集好名單了，說完，他報出了一個數字。

蘇祖父畢竟只是一個秀才，蘇順自己考中秀才之後都是出外求學的。現如今，蘇順一個榜眼，如果不是因為要守孝，平山縣哪裡來這麼好的老師。蘇氏一族所有的讀書人，已經蠢蠢欲動，就等著蘇順辦完喪事了。

其實，不止蘇氏一族，平山縣其他家族也十分想加入，但是守孝之人，教一教族中子弟是美談，大肆辦學是不可能的。有那膽大靈活之人，向蘇族長暗示了幾句，直接被蘇族長怒目回去了。

蘇順聽完，眉頭皺了起來。「可是，蘇家地方雖然大，也容納不了這麼多人啊。」

蘇順倒不反感教學，他自己一路求學，知道想要名師指導有多麼難。而且，這個時代，宗族的力量是十分強大的，能為族中多培養出更多的人才，才能帶領整個家族前進，榮辱與共，守望相助。

但是，這些學生，不同的進度要分開來教學，不能把所有人都塞在一起。即使所有人都塞一起，蘇家也沒有那麼大的房間能塞得進去。

「哦，這個辦法我們已經想好了。」聽到蘇順沒有反對，蘇族長笑了，沒有法子，他能這樣莽莽撞撞的說出來嗎？

「你家後面二全子的宅子，沒守住，要賣掉了。族中出錢買了下來。你沒有問題的話，到時候我們就把那宅子改建成學堂，你每天直接從你家側門繞一小段路去上課就可以了。」二全子這個宅子，真的是賣的時間剛剛好，老天都在幫他們蘇家人。也虧得這樣子，二全子還多收了十兩銀子。

蘇順見族長已經安排妥當，便再無意見。「那行吧。就是這個宅子改造要多久時間？」

「改造很快，還是按照原來你說的，七天之後就開始。」蘇族長斬釘截鐵的說，到時多派人手，一定要在七天內完成。

蘇順守孝的時間可是有限的，浪費一天，學生們就少學一天。萬一這一天學的東西，剛剛好科舉考到怎麼辦？萬一就差那麼一點點，到時候就沒有考中怎麼辦？

想到這裡，蘇族長都恨不得明天就開學。

兩人再商量一下細節，便把事情定了下來。

事情確定之後，蘇族長便告辭，蘇家現在可是孝中，自不會留他吃飯。

只是，蘇族長剛出蘇家大門不久，便從旁邊閃出兩個族人，抓著族長的袖子便問：「族長，怎麼樣，蘇順他同意了沒有？」

「幹什麼，幹什麼？少拉拉扯扯。」蘇族長很不耐煩的甩開手。「這有什麼好疑問的，我都說了，這件事情我去說，一定可以的。」

「哈哈哈，那是當然的了，族長您如此受人尊重，我們就知道您出馬一定行。相信我們蘇氏一族，在族長的英明領導下，一定會邁向一個新的高度。」來人被甩開絲毫不惱，還拚命拍族長馬屁。「是族中全部的子弟都收了吧？」

「當然。」蘇族長心下愉悅，爽快回答道。

族長找蘇順辦學堂的事，很快從蘇順傳到沈氏、再從沈氏傳到蘇明月耳中。

次日，蘇明月陪蘇祖母吃完早飯後，到書房找蘇順，喪事後蘇順一直在書房整理蘇祖父的手稿文章。

「爹，我能進去嗎？」

「進來吧。」

蘇明月推門進去，問蘇順。「爹，我聽聞您跟族長辦族學，心中有規劃了嗎？」

「還要有什麼規劃？」蘇順被蘇明月的問題問住了，想了想，解釋說：「我們都商量過了，就按照妳祖父之前的做法，把地方擴大一點，然後按年齡分幾個級別。放心，我看過妳祖父的教學進度和方法，爹以前也在學堂裡待過，這些事情我都是熟悉的。」蘇順還以為蘇明月擔心他，便安慰女兒。

誰料，蘇明月濃淡適宜的眉毛皺了起來。

「爹，您這樣不行，您是榜眼，如何能跟普通學堂一樣？這樣，根本沒有突顯您的優勢。」

「那，應該如何突顯優勢？」

「棉花，把我的計劃書拿過來。」蘇明月拍拍手，棉花立刻懂事上前，遞過一張宣紙。

蘇明月緩緩展開宣紙，介紹道：「首先，衣冠整而禮儀齊。您看，我們在京城看到，國子監都有自己的學子服，蘇氏族學雖然小，也應該有自己統一的學堂服飾。統一服飾，有利於建立良好的同窗認知，無形中加強大家凝聚力和對先生的尊敬；而且學生多了，家境不一致，穿不同的衣服飾物，容易造成攀比或者自卑心理，統一的服裝有助於排除外物的影響，樹立專心向學的風氣。」

不然，為什麼後世的學校都是統一的校服，雖然大部分校服總是穿起來顯得又肥又大，當學生的時候嫌棄得要死，但真畢業之後啊，校服真香，除了醜一點，當睡衣、當運動服、當勞動服，樣樣都是頂呱呱。

「嗯，有道理。」蘇順聽完點頭。「就是這個統一的服裝，怎麼處理啊？」

「這有什麼不好處理的，量好身高體重，把衣服分為幾個不同的尺碼，到時候去沈氏布莊下訂單就行，就用普通的棉布長袍，主要是統一。到時候，每個學生收點錢，讀得起書的不會差這兩套衣服錢的。或者，您跟族長商量，族中湊一點，我覺得他們會願意的。」

「行。」蘇順點頭同意了。「我跟族長說。接著呢？」蘇順已經感覺到了，他的女兒要搞事，不會只有這一點的。

「其次，族學最主要的目的就是科舉，而健康的身體，是科舉的基礎。爹，這個您同意吧。」

蘇順想到考間的條件之差，以及當年病倒在考場，差點丟點小命的事情，點點頭。

「爹，我建議您，每日早課之前，抽出兩刻鐘時間，帶領大家打打養生拳法，鍛鍊好身體，為科舉打下堅實的基礎。」所以，早操也做起來吧，只要鍛鍊好身體，有了充足的精神面貌，才能投入更加辛苦的讀書生活中。

蘇順點點頭。

「那爹，您記得跟族長說，把二全子家前邊的小池塘填平了，填成一塊平地就行。」

小康人家，在家搞什麼亭臺水榭，那是富貴人家有錢的玩法。二全子家就是富貴的時候太不會持家了，才落敗得這麼快。

「行，我跟族長說。」

「最後，爹，您覺得知識的傳承是在人，還是在書？」蘇明月合起宣紙，問道。

「傳承在人，書為載體。」蘇順沈思後回答道。

「那爹，您不覺得，我們家這麼多的書籍，已經快要失去傳承了嗎？祖父和您和我，翻閱過其中多少本的書？一成、兩成、三成？那些一直無人翻閱的書，是不是失去了傳承？」

蘇順端正起腰桿子，臉色端凝。「妳的意思是？」

「爹，您建一座圖書館吧。書籍太貴，很多人買不起。我們可以將家族收藏的書籍提供出來，讓學生們抄寫，副本就放在圖書館，供給學生們借閱。這樣，學生們獲得知識，蘇家的書籍也得到了傳承。」

來自後世資訊大爆炸時代的蘇明月，覺得知識只有被人看見和理解，才能繼續下去。君不見，許多傳統文化手藝找不到傳人，都快要失傳了。

「這件事，我要想一想。」蘇順的思維卻不一樣。當下書籍的珍貴，不僅僅表現在書籍印製的成本昂貴，更表現在知識本身的珍貴。有很多書籍，本身記載的就是不傳外人的家族傳承。比如蘇家的許多書籍，最珍貴的並非書本本身，而是蘇家祖先的批注和講解，那才是一代一代先人的智慧，是蘇家引以為傲的積累和歷史。

蘇祖父已經不在，蘇順現在是蘇家的一家之主，這個決定太過重要，蘇順覺得自己要慎重思考後才能決定。

「爹，您可以把其中一部分書籍先拿出來試一試，效果好的話才繼續。」

不過蘇明月相信，效果不會不好的。時代限制，思維限制，蘇順猶豫才是正常的，但是當事情往好的開始發展之後，既得利益者，就會一直推動這件事情發展下去。不管是其他人，還是蘇家。

「爹，您想想，只要《論語》一直流傳，孔夫子就永遠活著。」蘇明月說完最後一句話，放下宣紙，留給深受後世思維衝擊的蘇順獨自思索的空間。

大半個時辰後。

「小石頭，幫我去請族長過來一趟。」

族長聽聞蘇順有請，還以為族學的事情有變，急急忙忙的趕來了。

卻不料來到蘇家之後，蘇順還把蘇明月叫來一起，三人對著蘇明月的規劃書，一條一條商議起來。

「學子服這件事情，可以。各人收一點費用就成了，不夠的部分，到時看族中富戶願不願意資助，或者從族田收益裡面出。」

他一定會讓這幫有錢人出錢的，為了讓蘇順這個榜眼為蘇氏一族教學，這幫人已經預想著要花大力氣，結果這麼輕易就成了，現在是時候實現他們的作用了。

「早操這件事情也可以，科舉的事情我不是很懂，但好身體是所有的基礎。二全子家的池塘我也準備填了，有些娃娃小，不安全，正想著怎麼處理呢。這個場地，到時候用石板鋪上，好看又明亮。」

鋪點石板，比搞什麼花草樹木容易多了。

以上兩件事沒有問題。說到建個圖書館，族長身軀一震，眼睛瞪大，不敢置信。「順弟，你說的是真的？」

書籍多珍貴啊，現在誰家有個孤本、名人手札什麼的，還不當傳家之寶藏起來？族長真不敢相信蘇家竟然如此大方，莫不是他歡喜傻了，出現幻覺了。

「是真的。」蘇順嘆一口氣。

「也是月姐兒勸我，祖上這麼多的藏書，一直都是空置在書房裡，多年以來，無人問津，漸漸的，不就可能失傳？這拿出來，也是想要將先人的智慧和經驗發揚光大。只是一時半會兒的，不可能全部拿出來，我這幾天先整理一批吧。」

「好的，好的，慢慢來，你慢慢挑。」族長嘴巴都笑咧開了。「這個你放心，我一定挑一個最大、光線最好的房間，給你整一個最好的圖書館出來。」族長承諾道，然後又轉頭向蘇明月說：「月姐兒，不愧是聖上御封的善織夫人，就是大氣、周全。」族長現在看蘇明月是怎麼看怎麼順眼，哎呀，這個名字記入族譜真是記對了。

「當不得族長大伯如此誇讚。只是我們同為一族，自當齊心協力，守望相助才對。」蘇明月謙虛道。

「對，對，對。」族長連連點頭。

三人又商議了一些細節，族長出了蘇家之後，直奔族中議事堂，找人商量蘇順父女所說之事。尤其這個圖書館，一定要集族中力量建到最好，這可是惠澤代代子孫的事情。

果然，族長召集族中長老到議事堂一說，眾人紛紛驚喜萬分、不敢置信。「族長，你說的是真的？」

「當然是真的，我再三跟順弟確認過了。」聽到被懷疑，族長生氣了。

確定消息是真的之後，族中幾個長老顧不得平日成熟穩重的姿態，紛紛交頭接耳小聲討論起來。

「天啊，順弟不愧是榜眼，就是大氣，就是考慮深遠。」

「順弟就是為我們家族奉獻良多，當為我等榜樣啊。」

「這些讀書的年輕人有福氣了，想當年，咱們蘇氏往上數就是順弟這支讀書最好了。」

「可不是，一門三進士，父子兩探花呢。」

「這流傳了多少年的先人經驗啊，就這樣公開了。」

「好了。安靜。」族中輩分最大，資歷最老，最是德高望重的老叔公一拍案桌，眾人安靜下來。「這件事是大好事，這是惠澤後世子孫的事情，順兒他們家如此大氣，我們也要把這件事情辦得妥妥當當。族長，可好好盯著。」

「是，老叔公。」族長在老叔公面前也是一個晚輩，恭謹回答道。

而另一邊，蘇家。

蘇明月幫著蘇順整理第一批書籍。

想著蘇明月那一句「只要《論語》一直流傳，孔夫子就永遠活著」，蘇順沈吟片刻，將蘇祖父的科舉小冊子，放到第一批分享出來的書籍當中。

蘇明月看著這一幕，臉色都不變，當蘇順同意將家中藏書分享出來，蘇明月就預料到這一幕。她爹，還是藏了點私心。

第二十五章

七日之後，蘇屠夫家正在吃早飯。

「懷進啊，今天要上學堂，學子服和書本你準備好了嗎？」蘇屠夫娘子給懷進盛一碗稀粥，問道。

蘇懷進拿著一個炊餅吃得正香，聽見娘親問話，嚥下去後說：「準備好了，等我吃完早飯，我再換上衣服，免得吃飯弄髒了。」

「好，那快點吃吧，第一天開學，莫要遲到了。」

「嗯嗯。」蘇懷進端起稀粥，配著炊餅，呼嚕嚕的吃完早飯。然後跑回自己的房間，穿起淡藍色的學子服，想了想，又跑到父母房裡，對著銅鏡，左照照右照照，確定沒有一絲髒污和皺褶，才揹起書袋，大步出門上學去。

正在收拾碗筷的懷花，看著哥哥快步離開的身影，目露羨慕，直到她哥的身影完全看不見之後，方喃喃說：「娘，哥這一身，可真俊。」明明就是普通的棉長袍，不知道為什麼看起來就是特別好看。「娘，我也想上學。」

蘇屠夫娘子摸摸女兒的頭髮，笑著安慰說：「傻丫頭，等妳哥回來讓他教妳。」

懷花沒有再出聲，這不一樣，她也想穿一樣的衣服，精精神神的跟大家一起上學去。

集市裡，蘇屠夫正在賣肉，早上正是一天生意最好的時候了。

蘇懷進路過，大喊一聲。「爹，我上學去了。」

蘇屠夫停下剁肉的動作，看著自己兒子穿著淡藍學子服跑過去，笑著應道：「欸，聽先生的話。」

旁邊的顧客問：「蘇屠夫，這是你兒子？今天早上看到好幾個穿著這淡藍棉長袍的身影跑過去了，怎麼一回事？」

「這是我們蘇氏族學統一的學子服，今天剛好第一天上學呢。」蘇屠夫笑著解釋說。

「就是那個蘇榜眼所主持的蘇氏族學？」這段時間，蘇氏買房、動工，平山縣消息靈通的人都隱隱約約聽說，蘇榜眼守孝期間會教育族中子弟，這可真是讓人羨慕不已。

「是呀。」蘇屠夫驕傲的應答。

「你兒子可真好福氣，未來可期啊。」來人感慨的說，可不是好福氣，連童生都不是，卻得榜眼教導，如此非凡的師資，優越的條件，但凡不是朽木，未來成為童生、秀才、舉人甚至進士都有可能。

來人真是羨慕到眼睛都紅了。

「嘿嘿，是呀。」蘇屠夫特別爽快的承認了，剁肉的手都有勁了幾分。

而蘇氏族學，也就是原來二全子家這邊，學子們陸陸續續的都來齊了。目之所視，粗略一估計，也有五、六十人。

眼看還差一刻鐘到辰時，老馬敲起了銅鑼，大聲喊：「院子空地上集合，院子裡空地上集合，蘇先生馬上就要來了。」

四散的學子聽到老馬的話，懵懵懂懂的向院子裡走去。因為是第一天，大家只能按照之前收到的訊息，衣袖上一條深藍邊的是一年級，兩條深藍邊的是二年級，三條深藍邊的是三年級，根據年級分開站立著。老馬還幫忙整理了一下隊形，按照身高順序大概站好。

眼見人齊了，旁邊的房間內，蘇明月對著一旁的蘇順鼓勁說：「爹，到您出場了。您看起來超威嚴的，一定會鎮住所有人。」

蘇順對著女兒笑一笑，快步走出去。

院子裡眾學生看見蘇順，便明白這就是蘇榜眼，以後他們的老師了。身為讀書人，他們自然知道能得這樣一位老師教導有多幸運，即使年紀小的，來之前，父母也已經再三叮囑。人群漸漸安靜，最後匯集成一聲聲。「先生好。」

聽著這些稚嫩的喊聲，蘇順心中激盪，忽然明白為什麼這麼多年，父親一直堅持教學。壓下心中的激動，清一清嗓子，蘇順開始了蘇明月所說的，開學演講。

主要就是一些學堂的規則、課程安排和對大家的期待。說到圖書館一事，即使來之前學子的父母都說過，但是當蘇順真的說出來，這些學生都有一種天降大運的喜悅感。竟然是真的，居然是真的。再克制，眾學生都忍不住悄悄往正前方，最大最明亮的、掛著圖書館牌子的房間偷偷看過去。

開學演講完畢，老馬又幫忙指揮不同的學生進入不同的班級。

然後，從一年級開始，蘇順帶著蘇明月進入課室，小學生們看見蘇順進來，忙站起來。

「先生好。」

蘇順擺一擺手，說：「大家好。今天是第一天入學，以前也不知道大家的學習進度如何，接下來就由你們的蘇師姐發卷子，大家自己認真做，不要交頭接耳，我會根據大家考試結果，判斷大家學得如何。」

蘇明月笑咪咪的捧著一疊卷子走進來，從前往後開始派發。

一連三個年級都是這樣，年級小的學生懵懵懂懂，年級大的學生略有不適應。但轉而一想，這麼多人，蘇先生一個人肯定忙不過來，喊人過來幫幫忙是應該的，再加上蘇明月乃是族妹，也不必受那男女大防約束，便默默接受了。

於是，就這樣，蘇明月跟在蘇順身後，完成在族學的第一次亮相，成功的讓眾人開始接受她的存在。

派發完卷子，學生們安靜的考試，蘇明月又去檢查圖書館的安排，下午未時到酉時是圖書館批次開放的時間，到時候必定有很多學子過來抄閱書籍，要提前準備好，免得到時候出亂子。

棉花見蘇明月這些天一直忙碌，此刻還不得空，不免心中有些心疼和不解。「二小姐，您為什麼要這麼積極做這件事情？這麼忙，這麼累。」

蘇明月停下整理書籍的手，轉過頭，對著棉花說：「棉花，妳看，我們女人的世界是很窄的，只有那家宅之間的三寸之地。如果有機會，我們可以走出來一點，可以爭取更大更廣闊的空間，那就一定要緊緊抓住，明白嗎？」

好懷念後世女孩子一樣可以讀書、工作的日子啊，即使世界仍然沒有平等，但是機會比現在多得多了。能靠自己的雙手生活，永遠比依靠他人來得更理直氣壯、更自由。如果沒有擁有過，也許就不會比較，會比較甘心吧。

就是不甘心，不信命啊。蘇明月心中嘆一口氣。

棉花看著出神的蘇明月，忽然覺得眼前的小姐好像在很遙遠的地方，又好像在想念著什麼。這感覺，說不清道不明，但是，小姐說的話，她還是不明白。

看著臉色疑惑的棉花，蘇明月笑了笑，回過神。沈浸在往事中無補於事，最重要的是要過好眼前的生活。不管在何種境遇裡，都要像一棵樹，扎最深的根，吸最多風霜雨露，結最甜的果實。

想到這裡，蘇明月更有力量了，笑著對棉花解釋說：「妳看，妳娘會織布，是不是就比莊子其他只能幹農活的莊婦更強，妳爹是不是對妳娘更好一點，大家是不是對妳娘更尊重一點，妳娘說話的聲音是不是更響亮一點？道理都是一樣的，妳娘能幹更多的事，就會得到更多。」

這麼一說，棉花立刻明白了。「嗯，小姐，我明白了。」

「明白就好。」蘇明月笑了。「來，我們再來檢查一遍，待會兒就要去收卷子了。」

下午，申時，第一批三年級的學生首先進入圖書館。

即使做過很多的心理建設和想像，眼前的圖書館仍然讓每個讀書人感到心情激盪。快步走到書架前，如饑似渴的翻閱起手上的書籍。不用多加提示，對待手上的書，比對待最珍貴的珠寶都要更輕柔小心。

「愛護書籍，輕拿輕放，不要污損喔。」蘇明月對著眾人說：「那邊有案桌筆墨，抄錄出兩本，留一本副本在學堂，另外一本副本可以自己帶回家。」

大家聽到可以帶回家，看到心儀之書的學子立刻抓緊，可不能讓別人先抄錄了去。

有一名年紀略大的學子剛好看到蘇祖父的科舉記錄手冊，翻開一看，如獲至寶。看來，這也是一位有故事的人啊。

小心翼翼的大概翻閱一遍，這名學子便不肯將小冊子放下，忙移步到書桌前，拿起小冊子小心翼翼的抄錄。

蘇順在窗前看著這一幕，眼角微微濕潤，懷念一笑，而後去其他年級授課。

時間過得很快，當蘇明月過來提醒眾人時間到，沈迷在書籍世界的眾學子可惜不已。還有尚在抄錄的學子，心急的問：「蘇師妹，我這本書還沒有抄錄完，怎麼辦？」

「去那邊登記一下，按照格式，寫下書名，抄錄的進度和預估何時完成，這期間，這本書就不會借閱給別人了。」蘇明月解釋道。

「那就好，那就好。」這學子說道，而後帶著書本去登記。

最後，趕在最後一刻前，三年級的學子戀戀不捨拖著沈重的腳步離開圖書館，而下一批二年級的學子，已經迫不及待要進來了。

「哇，亮哥兒，你家好多書啊。」蘇懷進看著眼前這一幕，驚呆了。出身在屠夫家，蘇懷進就是自己家裡最有學問的人了，家裡的書本也就是蘇懷進自己的課本。如今看到滿屋子的書籍，蘇懷進才恍恍惚惚明白，這就叫傳承，不由心中大為羨慕。

「都是先人的遺澤。」蘇亮挺著一個小身板，佯裝淡定和不在意，只是微微勾起的嘴角洩漏了他的得意。

「裝樣。」蘇懷進側身輕輕一撞蘇亮肩膀，這麼多年同窗，誰還不認識誰呀。「走，看書去。」

蘇亮笑咧開一嘴小白牙，這麼多書，以前祖父和父親都不讓自己進書房呢，隨意進書房那是二姊才有的特權，他其實也很羡慕好嗎？

忙碌了一整天，幸虧蘇家早有準備，雖然忙，但是一切都算順利。待傍晚散學後，蘇家眾人總算鬆了一口氣，繃著的心也放下來了。

吃完晚飯，蘇明月和蘇順在書房就今天的開學事宜做一下總結，因為大家準備得還算充分，所以也沒有什麼大岔子。

總結完之後，兩父女又在書房裡評改卷子，蘇明月協助改低年級的，蘇順把關，要儘快把學生的卷子評出來，才好判定學生的進度，看接下來的課程如何安排。

沈氏看著兩父女忙忙碌碌的樣子，心下大為安慰。公公過世，自己也不是不傷心，但是事情已經發生了，如果丈夫還是一直沈浸在傷痛裡，沈氏也不願意。

如今他們父女有事要忙，精氣神眼看著好起來了，沈氏自是樂見。

站在書房外看了一會兒，沈氏也不打擾父女倆，轉而帶著光哥兒去蘇祖母房間。光哥兒一歲多的年紀，正是胖乎乎學走路、學說話最可愛的時候，蘇家沒有人不喜歡他。

果然，因丈夫過世，心情低落的蘇祖母，看到光哥兒，主動招呼。「光哥兒來了。」

「祖母，祖母。」光哥兒邁著小短腿，像隻小企鵝，一晃一晃的向蘇祖母走去，走到蘇祖母跟前，小胖手舉著一塊茯苓山藥糕往蘇祖母臉上塞。「祖母吃，祖母吃。」娘說了，祖母吃一塊，他也可以吃一塊。

「欸。」蘇祖母主動咬住光哥兒遞上的糕點，咬著糕點含糊的說：「光哥兒乖。」

蘇祖母身邊服侍的陳嬤嬤，看著這一幕，笑了。

蘇家因為今天開學人人忙碌，其他學子家也頗為關注。

蘇屠夫家晚飯吃得晚，小戶人家，也沒有什麼食不言寢不語的規矩。蘇屠夫大碗吃飯，問道：「懷進啊，你今天去上學怎麼樣？」

蘇屠夫此話一出，桌子旁的蘇屠夫娘子和懷花都放慢吃飯的速度，側耳想聽聽蘇懷進說學堂的事。

蘇懷進比他爹講究一點，將嘴裡的飯嚥下去，然後才回答。「挺好的。今天考了卷子，還進了圖書館。爹，先生家好多好多書，比書店裡還多。」

「那是當然，我記得，我爺爺，就是你太爺爺那一輩的時候，你先生他們家就一直都是讀書人。這一代代傳下來的，書不就多了去了。等以後你長大了，再傳給你兒子、我孫子，以後我們也是書香傳家了。」

「嗯。爹，我一定會的。」

而另一邊，族長身為一個家長，也是很關心自己兒子的學業。再說，族長上下折騰，花了這麼大的心力，不就是想把自己的秀才兒子送到蘇順門下，想著得一個榜眼名師教導，自己兒子可以更進一步。

因此，晚飯後，蘇族長也將自己的兒子喊入書房，兩人談起今天在族學裡的事情。

蘇族長的小兒子已經是秀才之身，看問題，自然比蘇懷進深遠些。

即使只聽了一上午的課程，但是已經開始為蘇順的學識所傾倒。「蘇先生的授課水準很高，深入淺出，各種典故隨口而出，而且有條理，只聽了半天課，我已經覺得受益無窮。」

蘇族長點頭贊同道：「你族叔可是榜眼，學問自然比你以前的師傅好多了，也不枉費我花了這麼多力氣把你送進去。好好抓緊這三年，以後有你受益一輩子的時候。」

「嗯。爹，我知道了。」

「蘇家那圖書館怎麼樣？」

說起這個，蘇族長小兒子眼睛開始發亮。「爹，先生家藏書真的很多很豐富，我今天翻到一本蘇家先祖注釋的求學手札，實在是句句經典，可惜不能帶出來。不過我已經登記了，等我抄錄完兩遍，就可以帶一本回家。」

「你族叔此舉，我們都是佩服的。說起來，我們蘇氏家族，你族叔這一支，最是底蘊深厚。你入得寶山，可不要空手而歸。」

「是，爹，我明白了。」

蘇明月不知道自己一個圖書館的提議，餘波震盪得比她想像中更大。改完部分卷子，正準備洗漱，棉花來報。「二小姐，劉公子來了，正在偏廳裡。」

這麼晚，怎麼突然過來了，不像是劉章平日風格，莫非是出了什麼問題？蘇明月忙站起來，急匆匆往偏廳裡走。

偏廳裡，劉章正站著，蘇明月未等劉章開口，便問道：「發生了什麼事？你怎麼這麼晚過來了？」

劉章見蘇明月急匆匆趕來，頭上珠飾全無，掀開門簾的手上還沾著墨跡，臉上一片憂心之色。

劉章便笑了。「妳別著急。是府城書店有個倉庫走水了，我明天要去看看損失有多大。

你們之前訂了一批書籍，我便想著走之前給妳送過來。」

開書店的，遇上走水，其實已經不抱僥倖心理了，就算沒有被燒光，救火的時候也全毀了，劉章過去，不過是查明事由和處理補救而已。

顯然，蘇明月想到這一點，皺著眉頭說：「如何會遇到走水？你們應該很小心才對。」

「是了。平常都再三叮囑夥計小心謹慎，倉庫也是用慣的老人了，以前也沒有遇到這種情況。」劉章也是百思不解，尤其這次被燒毀的倉庫，還是他們最大的倉庫，人手都是熟練的。事故之後，當地管事已經緊急處理了，但是事情實在過於嚴重，便快馬過來請主家，劉章才必須明天一大早立刻出發去處理。

不過，為了避免蘇明月擔心，劉章沒有把事情的嚴重性說出來，而是安慰說：「也不知道是不是秋乾物燥的原因，我過去查明原因，再估計損失，然後採取補救措施。接下來你們學堂的宣紙文具等，會有店鋪夥計給妳送過來。」以前劉章為了多跑幾趟蘇家，凡是跟蘇家有關係的事情，不管大小，他都會自己過來。

「嗯，我知道了，這些不重要。你去到那邊之後，小心安全，有需要，就送信回來，三個臭皮匠頂一個諸葛亮，一起想辦法，總比你自己一個人單打獨鬥強。」蘇明月叮囑道。

「嗯，我知道了。時間不早了，我明天要出發，就先回家了。妳別出來，夜裡涼，讓老馬送我吧。」劉章注意到蘇明月跑出來得急，只匆匆披了一件外套，現在已經是寒露初至，外面風涼，便叮囑道。

蘇明月送劉章到門邊，目送老馬舉著一盞風燈，漸漸消失在黑暗中，心中憂愁不減。此時，白天順利開學的喜悅蒙上一層陰影。

站立了半盞茶功夫，棉花提醒道：「二小姐，夜裡涼，回房吧。」

「嗯。」蘇明月應道，事情已經發生，劉章去處理了，自己應該相信他處理的能力。再多的擔憂，也是無濟於事，還不如把自己手上的事情做好。

而此時的劉家，大堂燃著小兒手臂粗的蠟燭，劉父、劉母對著燭火，噼哩啪啦的打著算盤。

劉父先停下手，翻開帳本，認真的記下一個數字，劉母還在撥算盤，過了一盞茶的功夫後，也停了下來。劉父將劉母手中的帳本拿過來，又撥弄了幾下算盤珠子，最後得出一個數字，深深吸了一口氣。

「怎麼樣？」劉母心急的問。

「其他地方的庫存不多，但是將各地現銀先抽調出來，吩咐加緊印製一批，應該能如期交貨。」劉父說。

聽到如此，劉母略略鬆了一口氣，關鍵在於這批貨太重要了，這是來年秀才試的科舉書籍，跟各大學堂書店簽了合約的。而第一場縣試，就在明年春天三月，這時間太緊了，容不得差錯。

「等章兒交代完手上的事情回來，他去處理，我們在後方給他抽調各地現銀。」劉父說道。

說到劉章，劉章便帶著一身寒意推門進來。夜風呼呼，吹起劉章一片衣角，燭光照在劉章臉上，一片刀鋒般凜冽。

「怎樣，事情都安排好了吧？」劉父問。

「安排好了，我明天一早出發。」劉章說。

劉母遞過一盞熱茶給劉章，這大冷天的夜裡往外跑，可受罪了。

「嗯，注意安全，如果是意外還好；如果是人為，定是心懷惡意之人，可能還有後手，切記要以自身安全為重。」劉父叮囑道，就怕劉章年輕意氣用事。「凡事多想想我跟你娘，我們可就你一個兒子。」

「呸，說什麼呢？」劉母說著。「章兒，過來吃一碗熱湯麵吧，邊吃邊談，暖一暖。」

「好，娘。」

次日一早，天矇矇亮，平山縣大部分人家還大門緊閉，幾匹急騎從劉家大門飛奔而出，劉章已經出發。

又過了兩刻鐘，雞鳴聲起，勤勞的人家開始一天的忙活。

新的一天開始了。

第二十六章

一早，小石頭提著一沓書，跟著蘇順、蘇明月來到族學。

「昨晚章兒急匆匆的過來，可是有什麼事？」跟劉家書店打交道的事情，一直是蘇明月跟進，但是在蘇順印象裡，劉章向來是個妥當的人，不會做出深夜貿然拜訪的舉動來。因此更顯得昨晚的上門拜訪是多麼突然。基於對女兒的信任，昨晚蘇順也沒有阻止，只是今早必然要問一問。

「劉家書店有個倉庫失火了，劉章今天一早趕去處理了，所以昨晚把最近的一批書拿過來給我，順便跟我說一下接下來的安排。」蘇明月解釋說。

「如何發生這樣的事情？」蘇順皺起眉頭。「莫不是秋乾物燥易著火？」

「一切都等劉章的調查結果回來再說吧，劉伯父、劉伯母也會幫著處理的。我跟劉章說了，有什麼需要的跟我們說。」蘇明月不想蘇順過於分心，還是希望他將心神放在族學裡，便轉移話題說：「爹，您今天的講學準備好了嗎？」

「妳人小小，操心的事情可不少啊。」蘇順笑道：「已經準備好了。」

這族學也不遠，兩人談話間，已經到了。

說到劉章這邊，劉章帶著人馬，連日趕路，終於在最短的時間趕到府城。

這邊的管事等劉章過來，已經等到望眼欲穿。出了這麼大的事，他一個管事，如何能作主，只能日夜看管著出事倉庫，深怕再出什麼事情。

這不，看到劉章，管事立刻迎上來。「少爺。」

劉章一扔馬鞭，大步向前，問道：「損失情況如何，統計出來了沒有？」

管事連忙快步跟上，也不敢隱瞞，低頭稟報道：「倉庫的庫存基本都燒毀了，沒搶救回來多少。幸而我們當初選址的時候就遠離人口密集處，跟周邊的距離也比較大，因此火勢沒有蔓延到別家。失火的事情也報官府了，官府派人來查過，但是現在還沒有查出結果。」

官府沒查到什麼結果，是劉章意料之中的事。「庫存全是燒毀的？不是在搶救過程中損毀的？」

「是的，那天晚上火勢很快，很猛，等我們的人手趕過來，已經燒得差不多了。官府派人過來說，最近秋乾物燥，容易著火。」

劉章的眉頭擰成一個川形。「值班夥計的名單給我。」

書店倉庫這種容易著火的地方，劉家晚上都會派好幾個夥計值守，起火之初就應該被發現了，正常情況下，即使意外著火，也能很快發現而撲滅，不會讓火勢蔓延。

管事也料到劉章會追問，從懷中掏出一張名單，顯然早有準備。「少爺，這是當天值守人的名單，都是幾年的老人了。」

劉章掃過名單上的名字，他都有印象，這點管事沒有說謊。「這些人，近日有沒有什麼異常？」

管事皺起眉頭，苦苦思索半晌後，搖頭道：「沒有，大家都挺正常的。」

「也不一定是異常，就說說他們這段時間有什麼事吧？」劉章繼續追問。

管事皺眉想一想。「老王最近娘子過世了，他娶了個繼室，家裡元配的子女正跟後娘鬧騰呢；老全的老娘過世了，請了三天的喪假；三山的爹病情加重了，找我預支了後兩個月的月錢，不過他爹病了有兩年了，也不出奇；元寶家裡娘子生了三個丫頭之後，終於生了個兒子，這是喜事。當天值班的就這四個人，發生的事情就這些，其他就沒有了，也許是我沒有聽說。」

說話間，兩人已經走到被燒毀的倉庫前。

斷壁殘垣，一片破敗，燒得只剩下半截承重柱和滿地瓦片，可見當晚火勢之大。

管事似乎不好意思，燒成這樣，實在是自己這個管事之人失責，但面對主家，他還想保住這份工作啊，忙吶吶解釋說：「當天，我們已經最快速度趕來了，周邊的鄰居也趕來幫忙救火，但是實在是火勢太大……」

劉章卻不聽管事解釋，生硬打斷道：「找人查一查當天的夥計，燒得這麼快這樣猛，輕則當天晚上鬆懈，沒有及時發現，重則有內鬼。換一批人去查，尤其老王和三山，一個枕邊換了人，一個缺錢，重點查。」

管事凜然，心頭一驚，馬上應答道：「是！少爺。」

看過現場，劉章轉頭就走，燒成這樣，已經沒有搶救的必要，接下來最重要的，是儘快調撥現銀，把這批書籍在日期前趕出來。

劉章步履不停，上馬，帶來的人跟在背後，馬蹄飛揚，塵土一片。

回到府城劉宅後，劉章吩咐道：「書香，派人去查一查名單上的夥計，還有，查一查這個管事。」

「是，少爺。」辦正事的時候，書香還是靠譜的，接過名單之後，立刻轉身去辦事。

次日一早，劉章去跟各大印刷商聯繫，時間如此緊急，貨量如此大，單靠劉家自家的印刷工人忙不過來。

「劉少爺，不是我不幫你。幹我們這一行的，你也知道，這個雕版什麼的都得提前準備好，半年後的工作都已經全排滿了。你要的時間這樣急，也沒有現成的雕版，我實在沒有辦法呀。」

劉章沈默半晌。「謝謝牛叔父。」說完站起來告辭。「我再到其他家問問。」

「好，不耽誤劉少爺的時間了。」

出門後，隨從心急。「少爺，現在怎麼辦？」

「去李家。」劉章沈著臉說。一行人騎馬往李家飛奔而去。

「劉少爺，你這個貨量，需要的人力和時間都不少呀？」李老闆是一個中年男子。「不過，我們家最近的確是有一些空閒，但也不夠寬裕，趕一趕還是可以的。但是日夜趕工，這價格就上去了。」

「你要加多少？」

「加五成，這單我們接了。」

「四成，李主事，大家也算是同行，這個價位，你們已經綽綽有餘了。」

「四成半，劉少爺，我知道價位，但是現在全城只有我李家有這個空檔了。我們商人，乘機賺錢是天性。」

「行，成交。但我要提前一天拿貨。」

「劉少爺果然是不讓分毫，好，這個辛苦錢我們賺了。」

兩人商量好，簽下合約，李老闆吩咐人準備開工，劉章則回劉府，這也算是完成了一部分善後工作。

傍晚，書香回報。「少爺，管事家暫時沒有查出問題，提供的夥計名單情況也屬實。不過，我去醫館調查過了，三山家裡父親的病情，兩個月的月銀遠遠不夠。」

劉章聽完，眉頭皺了起來。這個三山，很有問題。

而就在書香稟報後不久，府城管事也匆匆趕來。「少爺，果然如您所料，三山他爹的病情，也實在嚴重了一點，他的月銀是杯水車薪啊。要不要提審三山？」

「先提審老王吧。」劉章吩咐道。

劉府偏房內，老王跪在地上。

「少爺，失火之事我真的不知道呀，真的就是一個意外！」老王喊冤說。

「老王，你也是我們劉家的老人了。當天值班的人手裡，也是你年紀最大、資歷最老，本來吧，還想著再過段日子給你提一提月銀的。」劉章停了一停。

老王心頭一喜，莫非不是要說失火的事，但是馬上反應過來，失火之事已發生，自己別說提月銀了，罰銀才是真的。可惜呀，萬一提一提月銀，家裡新媳婦和老大估摸著可以安撫下來了。老王心頭苦澀的想。

看見老王面露苦澀，劉章繼續。「但是，最近倉庫失火，你是老人了，也知道按照劉家規矩，你們值班這批人，是要罰三個月月銀的。」老王臉上苦澀之色更為沈重。

「不過，正常情況下，火勢不可能這麼快燒得這麼大，有人投訴，當天晚上是因為你家裡失和，你整日困於家宅之事，疏忽所致。為了以儆效尤，劉家就不能留你了。」

「少爺，少爺，我沒有，我沒有，我沒有。」不能失去這份工作，不能失去這份工作，老王拚命磕頭。「少爺，不是我，是三山，是三山，他當天帶了一壺酒過來，說家裡老爹事情煩心，大家喝一杯，才一時沒有發現的。」

劉章的臉色未變，只吩咐道：「把三山押上來吧。」

有人打開了門，押著渾身被綁著，口裡塞著一塊抹布的三山進來。來人隨意把三山扔到地上，扯掉嘴裡的抹布。

三山得了自由，拚命磕頭說：「少爺，少爺，您饒了我吧！我就是一時鬼迷了心竅，大意了，少爺，我再也不會了！」

「你不是鬼迷心竅大意了，你是蓄意放火啊。」劉章淡淡道：「不用隱瞞，我們已經找到證據了。」

三山聽完此話，猛地僵住，頭也不磕了，臉色變得煞白。他這副神態，不用證據，已經說明劉章所說的是事實。

「是你，竟然是你放火！三山，兄弟們跟你有什麼仇，你這麼害我們。」老王撲上去，對著三山一頓捶打，想到被扣掉的三個月月銀，老王心都痛了，還有差點丟掉的工作，又滿心憤怒。原以為是大意，這幾天一直提心吊膽的，沒想到居然有人故意搞鬼，老王憤怒了。

「問出原因，送到官府。」劉章不願意在這兒費時間，有更重要的事情等著他去做，吩咐完書香，站起來大踏步走出房間。

看著少爺離開的管事冷汗直流，臉色灰白，不管三山因何放火，自己一個失職之責是跑不掉的了。

半刻鐘之後，劉章在書房打算盤，李老闆那邊只能解決一部分的貨源，大頭還是得自己印製，日夜趕工，還得投入大筆的人力物力，劉章也只能砸錢求時間了。

「少爺。」書香敲門進來。「三山招了。說是因為自家老爹病重，就想著放一把火，再努力把火救了，然後得一筆賞銀的，沒想到火勢沒控制住，就變成這樣了。」

劉章沈默了片刻。「送官府吧。」

人，總是要為自己的行為付出代價。

收到劉章的回信，看到信中寫明的事情緣由，章氏氣得銀牙緊咬，氣呼呼的重重一拍桌子。「你說這世上怎麼有這等蠢人。你說他善，他就膽敢放火，還把其他人先放倒，一旦出點什麼事，這可就幾條人命；你說他惡，他又不是完全的惡，還是個孝子。」

「什麼孝子。」劉父嘴角輕嘲。「真正愛子女的父母，不會想要子女因為自己而毀了一生；真正愛父母的子女，應當更珍惜自身。善良的人到絕境都不會輕易幹壞事。這件事有那麼多的辦法，妳說他在劉家工作多少年了，說出來，我們難道不給他想想辦法？再不行，他一個大男人還可以賣身為奴，賣身幾十年總有一筆錢吧。他偏偏選了最差的一條路，無非是蠢壞多於善思。」

「不說這個了，越說越氣，就讓官府去判吧。」章氏越想越氣不過。「章兒說找到解決方法了，那李老闆可不可靠？我們的現銀夠不夠？」

「老李呀，以前沒有打過交道，但是在這個圈子裡，聽過他的名聲，除了貪財一點，是個守信諾的人。貪財也行，現在咱們也只能捨錢保信譽了。」劉父解釋。「現銀是緊張一點，但是還不到得外借的程度。這一關，能過。」

聽到劉父這樣說，章氏心中鬆了一大口氣。

劉章給劉父劉母送回了信，自然也不會忘了蘇明月。

聽完蘇明月解釋，蘇順和沈氏深深嘆了一口氣，半晌後，沈氏說道：「妳說這是個什麼事？」

蘇明月也不知道如何接話了。

蘇順問道：「章兒說他們能解決吧？」

這個蘇明月可以回答。「說是已經找到解決辦法了，讓我們別擔心。」

「那就好，那就好。」

過了半晌，蘇順又說：「月姐兒，萬一有一天，我們發生了什麼事，妳可千萬別做出這種事來。這天下當父母的，子女才是第一位，妳看那三山，他這樣做，他爹死也不閉眼。」

「爹，我知道了。」

「妳爹說得對。」沈氏又說：「但凡有要求子女損毀自身的爹娘，也不值得為了爹娘這樣做。妳明白了沒？」

「明白了，娘。」

「行了，這件事就這樣吧。我到佛堂燒一炷香，你們父女忙活去吧。」沈氏說道。

這段時間，蘇順和蘇明月是真忙，忙還要惦記著劉章這事。如今事情算是水落石出，幾人都鬆了一口氣。

鬆了一口氣之後，蘇明月有心思了，這第一天程度鑑別考試的成績也出來了，學生們也該接受現實的拷打了。

次日一早。

「亮哥兒，怎麼了？今天這麼沒有精神。」因為年齡相當，個子相當，水準相當，所以蘇懷進跟蘇亮是坐一處的，兩人隔壁桌坐了幾年了，感情自然也深。看見蘇亮一大早就心情憂鬱，不免關心道。

「唉，昨天晚上知道，咱們第一天考試的卷子改出來了。」蘇亮低聲說道。

「真的。」蘇懷進眼睛瞪大了，忙問道：「怎樣？你有沒有偷偷先看？有沒有幫兄弟我看一把？說吧，讓我先做個心理準備。」

蘇亮趴在桌上，翻一個白眼。「我但凡能看到，就不會這麼忐忑了。我姊說了，我現在就是學堂裡一名普通的學生，沒有特權。」

「明月姊姊可真嚴格啊。」蘇懷進也學蘇亮趴在桌子上，兩人面對面，悠悠嘆一口氣，說不盡的憂愁。

「來了，來了，先生來了。」有童聲喊。蘇亮和蘇懷進連忙挺直身軀，坐得端正。

「先生好。」

蘇順擺擺手，示意大家坐下，不必多禮，然後宣布說：「今天，給大家發下第一天考試的考卷。」

坐著的眾人瞬間呼吸都放輕了，尤其蘇亮，臉上一片淡定，內心盡是咆哮：啊啊啊，也不知道考得怎樣。大家都知道我是爹的兒子，萬一考得不好豈不是很丟臉？嗚嗚嗚，二姊也沒有給自己透個底。

蘇明月笑吟吟的走進來，掃了一眼學生們，然後對著蘇亮，眼裡透出微不可察的笑意。

蘇亮臉色一僵，慘了，他二姊肯定知道他想什麼了，也顧不得裝成熟淡定，忙對著蘇明月露出一個討好的笑容。

「此次考試會宣布頭三名，課後頭三名的卷子會貼到後面牆上，大家可以觀摩，但是要愛惜。三天後，頭三名可以拿回自己的卷子。以後所有的考試都是一樣的。」蘇明月出聲解釋說：「一年級第一名蘇亮，第二名蘇懷進，第三名蘇思。上來領自己的卷子。」

蘇亮笑出一個傻樣，保住了，自己的面子保住了。

蘇明月看見自己弟弟這個傻樣，不忍直視。他真的對自己就心裡沒有一點數嗎？莫非打擊得太深了？蘇明月自我反省道。

蘇亮拿到卷子後，喜孜孜的左翻右翻，自己做得真不賴。看評語字跡，還是二姊給自己評的。嘿嘿。

旁邊蘇懷進從旁遞過來一張卷子，蘇亮非常上道，把自己的卷子也遞過去，兩人瞬間交換卷子完成。

噫，懷進這傢伙的卷子也是二姊改的，真好命。

蘇懷進但凡知道蘇亮這麼想，都要反問一句，你說誰好命。

課後，兩人連同第三名蘇思，將卷子認認真真、仔仔細細的黏在牆上，以後還要收藏的呢。再看一眼自己的考卷，三名小學生胸膛挺得更直了。

「亮哥兒，你寫的可真好啊。」旁邊有小學生讚道。

「一般一般。」蘇亮謙虛道，內心直說別碰，別碰，碰多了會弄髒我的卷子。

相比一年級年紀小，對蘇明月評卷接受良好，三年級的就不太能接受了。

一名三年級年紀略大的學生先拿到考卷，對著考卷上那娟秀的字跡皺起眉頭，方才認真查看。越看眉頭皺得越緊，最後嘆一口氣，將卷子上的評語指正部分細細修改過來。

課後，三年級班有隱隱約約的議論聲。

「你們說，那卷子上另一個人的字跡是誰的？」

「別想了，肯定是蘇師妹的。」

「哎呀，如何能這樣？是不是有點……」

這時候，一直皺著眉頭在改正錯誤的學生，眉頭皺得更緊了，只是他畢竟人笨嘴拙，一時間反而不知道說什麼。

此時，三年級第一名的蘇修遠抬起頭，大聲說了一句。「孔聖人曰：三人行，必有我師焉。韓愈〈師說〉也說過，聞道有先後，術業有專攻。眾位連這點胸襟和氣度都沒有嗎？連正視自身的勇氣也沒有嗎？」

此話一出，眾人寂靜，無人再說話。

皺著眉頭的學生眉間慢慢舒展開來了，又認認真真的對著自己的卷子改正錯誤。

這天下午，蘇順又約談了幾名學生，再次考校這幾人的水準，然後建議他們更換班級。往上升的當然是臉上有光，往下調的，自然是極度尷尬了。但是，做學問就是這樣，瞞不了自己，瞞不了別人，這幾人也明白，自己的水準在這裡，因此尷尬半刻之後，也同意調換了班級。

蘇順安慰說：「你們年紀還小，我當年兒女都出世了才中秀才，要說尷尬，豈不是尷尬死？學問這種事，一時代表不了什麼，甚至科舉都代表不了什麼，以後歲月還長，什麼都有可能。」

「是，先生。」見蘇順拿自己舉例子，這幾位往下調的學生心下信服，正色道。

當天散值後，蘇亮跟在蘇順和蘇明月後面，板著小臉淡定的走進家門。只是，到了家門之後，看見蘇祖母，還是忍不住翹起小尾巴說：「祖母，我今天考了一年級第一名。」

「真的？我亮哥兒真棒。」蘇祖母臉上笑開了菊花，極為捧場讚道。

「一般一般吧，還是有很多人比我優秀的，我會繼續努力。」亮哥兒努力壓著笑臉說。

「好好好。」蘇祖母樂呵呵的說：「我們亮哥兒以後要更努力，考狀元。」

蘇明月見此，臉上露出了一點笑意。

晚飯後，蘇明月漱完口，擦擦嘴角，吩咐道：「棉花，把我書桌上那幾本書送過來給大少爺。」

「二姊。」

「喊什麼，喊也沒有用。」蘇明月淡定的說：「你如果只想止步於此，那你就可以開心了。但是你如果還想繼續進步，就要知道你寫文章還不能夠靈活運用，說明你的知識還不是你自己的知識，必須多讀多思多寫。」

「是，二姊。」亮哥兒有一點好，就是肯聽教，說到正事肯認真對待。

沈氏和蘇順看看這一對兒女，眉眼彎彎，對視一笑。

而此時，蘇屠夫家。

「兒子，你有本事了。第二名，第二名，給你爹長臉了。」蘇屠夫臉色都漲紅了，用力拍著自己兒子的肩膀，把蘇懷進那個小身板拍得一個痛，但這是男人的氣概，得忍著。

蘇屠夫娘子含笑端飯上桌，笑道：「好了，別拍懷進了，也不看看你手勁多大。」

「呵呵。」被娘子這麼一提醒，蘇屠夫收回雙手撓頭笑。「娘子，給我溫一壺黃酒，今晚這麼好的事情，我要喝一杯。」

「早給你溫好了。」蘇屠夫娘子今日也不反對丈夫喝酒了。

懷花坐在她哥旁邊，說道：「哥，你好厲害。」

「嗯。等我更厲害了，以後給妳撐腰。」

「嗯嗯。」

相較於蘇屠夫家的一片歡聲笑語，族長家書房則是一片沈默。

半晌後，族長艱難出聲。「那蘇修遠果真排名第一？」

「是，爹，我看過他的文章，兒子的確不如。」蘇族長兒子滿口苦澀，蘇修遠年紀比自己還小幾歲，才剛中秀才，要承認自己技不如人，蘇族長兒子也是鼓起了很大的勇氣。

「不要氣餒。」蘇族長鼓勵說：「那蘇修遠一直在蘇老先生的課堂學習，有先發之機，你努力追趕，未必不能贏。」

「是，爹。」

一張卷子，捲起了千層浪。

蘇家族學這邊，進展順利；劉家書店這邊，事情也在順利推進。

「少爺，那三山的判決結果出來了。」書香敲門進來稟報說。

「嗯。」劉章繼續伏案工作，執筆之手不停。不論官府判決結果如何，都是三山應得的懲罰，劉章並無愧疚。

「還有，三山的爹，知道判決之後，病故了。」

劉章的神色似是未變，然而執筆的手一個用力停頓，筆尖被重重按到雪白的宣紙上。過了一會兒，將筆微微提起，宣紙留下了一個醒目的黑印子。這張紙，廢了。

「他家還有沒有其他人？」

「沒有了。」

停頓了片刻，劉章吩咐道：「派人將他爹好好安葬了吧。」

「是，少爺。」

「重印書本的事情進展怎樣？」

「人手已經安排到位，材料已經供應上了，雕版也新刻了一份給李老闆，接下來就是按進度行事就可以。」

想了一想，劉章吩咐道：「留一個人下來，盯著這件事情。」

「是，少爺。」

吩咐完所有事情，劉章也沒有繼續工作的心情。窗外大雪飄飛，書房內雖然燒著溫暖的炭火，但是仍然讓人感到孤單。也許，天冷了，該回家過年了。

臘月初七，劉家門口。

「章兒是說今天回來吧。」章氏在大堂裡踱步，看了看劉父，試探著問：「要不你去接一接？」

劉父抬頭看一看滿天大雪，把自己的手爐抱得更緊一點，然後縮了縮自己傷了的那一條腿。「我不去，天冷腿疼，妳去吧。」

章氏也抬頭望一望滿天飄飛的鵝毛大雪，轉個身，靠近火爐一點。「唉，章兒不知道現在到哪兒了，現在這個天氣，可真讓人掛心啊。」反正，也沒有起身去接一接的行動。

大雪中，幾匹駿馬疾馳穿過風雪，馬蹄聲劃破寂靜長街。

劉章滿身寒氣，推開劉宅大門。

「哎呀，是章兒回來了。」章氏迎上去，滿臉笑意。「快來快來，我跟你爹等著你呢。快來，烤烤火。」又轉頭吩咐道：「來人呀，給少爺上一碗熱湯麵，這天氣可真冷啊，吃點熱的暖和暖和。」

次日早上。

「咦，章兒呢？是不是趕路太累，還沒有醒？」章氏問道，又轉頭說：「書香呀，去把少爺叫起來，吃了早飯再睡。餓過頭了對身體不好。」

「不用叫了，吃飯吧。」劉父拉開凳子，坐上去，端起稀飯。「一大早的去蘇家了。」

沈默，是今早的早飯。

「多年之前，我就說吧，最好還是生一個女兒。」章氏拉開凳子，坐到劉父對面。

「是我說不生嗎？」劉父委屈道。「是妳自己說太痛，不想生了，有章兒一個夠傳宗接代就行了。」

唉，還是沈默。

蘇家，也是在早飯中。

「章兒回來了，事情都處理好了吧？」蘇祖母只知道劉章出外處理事情去了，並沒有人告訴她詳細情況。

劉章偷看蘇明月，蘇明月微不可察的搖搖頭又點點頭。

劉章便笑著回道：「都處理完了，回來過年呢。想著今天臘八，便過來拜訪祖母，討一碗祖母的臘八粥，一整年都忘不了這個滋味。」

「好，好。」蘇祖母笑得樂呵呵。「祖母吩咐嬤嬤給你裝一碗滿滿的。」蘇祖母年紀大了，就喜歡這種能吃能喝的年輕人。

「謝謝祖母。」

劉章這個未來孫女婿逗得蘇祖母樂呵呵，另外一個孫女婿也不甘後人。

陳家吃完早飯之後，陳老爺把陳二公子叫到書房。

「你們學堂已經放假了？」陳老爺問。

「是的，放到元宵後。」陳二公子回道。

沈默半晌，陳老爺吩咐道：「中午你帶著你媳婦回一趟娘家，等你岳父下午散學後吃了晚飯再回來吧。看看能不能蹭進那蘇家圖書館裡面去，還有你之前的課業，一直是給你岳父看的吧？多跟你岳家相處。」

「是，我明白，爹。」雖然有點蹭岳家資源，但是時人就是這樣，親戚間的關係十分密切。

陳老爺嘆一口氣。「我原本想著，起碼把你弄進蘇家族學裡面去的。但是剛一提，蘇氏族長就拒絕了，說你原先有先生呀，畢竟不是蘇氏族人呀。可惡，那馮家二子不也不是蘇氏族人，也一樣進去了。」

陳二公子還是年輕，陳老爺憤憤不平，陳二公子就露出了些許尷尬之色。

「兒呀，你還是臉皮薄了。」陳老爺在縣衙多年，跟形形色色的人打交道多了去，如何看不出自己兒子臉上的尷尬之色。年輕人還是看不透，實惠比面子更重要。

陳二公子被自己親爹說得，臉上微微赧然。

而此時被陳家父子念叨的馮家，就是蘇姑媽一家，可不知道有人在羨慕自己。嘿，就飛哥兒、翔哥兒兩兄弟，入蘇氏族學那不是理所當然的事？沒理由外公教學的時候兩兄弟有學上，親舅舅接手了，兩兄弟就要轉學。舅父舅父，舅舅就跟父親一樣的呀。但凡蘇族長敢說一聲拒絕，蘇姑媽能把蘇族長手撕了。蘇族長還真不敢，因此飛哥兒、翔哥兒很順利的就入學了。

蘇姑媽唯一有點不滿的是，第一次分等考試，不管是飛哥兒還是翔哥兒，竟然都沒有拿到前三。這不行呀，但是問了，舅舅對兩兄弟課業也很關心，蘇姑媽決定走一趟，再去側面了解一下。

吃完早飯，蘇姑媽用手帕抹一抹嘴角，說一句。「我待會兒回一趟娘家。」想了想，覺得今天畢竟是臘八，自己一個當家主母長時間跑回去的確不是很好，又解釋說：「飛哥兒、翔哥兒居然沒有得到第三，我回去跟我哥商量一下能有啥法子。」

果然，蘇姑媽此話一出，蘇姑媽的公公和婆婆臉色立刻和緩了，叮囑道：「是該關心一下的。還有親家母，我們不方便上門，幫我們向親家母問好。」聽聞那陳家，也是蘇家的女婿，都沒有入到蘇家族學讀書呢，這顯得飛哥兒、翔哥兒多特殊，是應該好好走動的。

「嗯。爹，娘，我會的。」蘇姑媽答應道。收拾收拾，回娘家了。

兩邊人馬剛好在大門口撞一起了。

「姑媽。」蘇明媚和陳二公子作為晚輩先問好。

「嗯，回來了。」蘇姑媽回應得很熱情，還反客為主的招呼道：「就應該這樣，常回家看看啊。」

門房老福頭看兩代姑奶奶都回來了，忙打開大門迎接。

蘇祖母和沈氏剛剛送走了劉章，又迎來蘇姑媽和蘇明媚兩口子。因為蘇順要上課，因此又把蘇明月叫回來，把陳二公子領到圖書館。

陳二公子被蘇明月帶走，蘇明媚和蘇姑媽各找各人的娘。

「娘，您說，讓相公轉到我們家族學來行不行？」夫妻同體，夫榮妻貴，蘇明媚自然也想要自己相公能更進一步的。何況陳二公子這次秀才排名第七，眼看著下一次有望舉人了。

「晚上我跟妳爹提一提。」沈氏說，身為母親，沈氏自然也是為自己女兒打算。小姑子的兒子都進來了，也不差一個女婿了。

而蘇姑媽這邊，她一邊嗑著瓜子一邊說：「娘呀，您跟我哥說說，讓我哥多幫忙盯著飛哥兒、翔哥兒一點，這可是親外甥，不比那外人重要許多？哎，飛哥兒和翔哥兒這次考試都沒有得到前三，我這心就是揪著。」

「知道了。妳哥何時對飛哥兒、翔哥兒不上心？對亮哥兒也不過就如此。」蘇祖母沒好氣的說。

「我知道。」蘇姑媽喝一口濃茶。「這不是舅父舅父，舅舅半個父了嘛。」

蘇祖母簡直被蘇姑媽的無賴擊倒。

到了晚上，蘇順先後被兩邊圍攻，身為一個孝子和隱形妻管嚴，蘇順還能怎麼辦，自然是好好好了。

於是在過年前，陳二公子順利插班蘇氏族學，蘇順自己開口要收了，自然也不會再有人去反駁他；飛哥兒和翔哥兒則得到了更多的功課，每天學得苦逼兮兮，蘇姑媽也滿意了。

過了臘八，就要準備過年了。不過，蘇氏族人秉持著多蹭榜眼一天是一天的原則，要求推遲放假和提早開學。蘇順考慮到明年又是一個科舉年，也同意了族人的要求。

過年的時間總是特別快，因蘇家尚在守孝中，因此這個年並沒有親戚朋友來訪，但蘇明月和蘇順並沒有空閒下來。在蘇明月的大力鼓吹之下，蘇順準備對開年之後參加縣試的學生們，來一輪卷子轟炸，為了這個，兩人可是做了不少準備。

第二十七章

年初十，新年的氣氛猶在，蘇氏族學已經開學，環繞著蘇氏族學內的一圈圍牆，又開始建了一間挨著一間的模擬考間。有幸領略過其中滋味的陳二公子、飛哥兒等人，紛紛憶起當時的深刻記憶，路過的時候都忍不住快走幾步。

年後，劉章計劃過完元宵，便趕往府城，主持開年。

誰料正月十五那天早上，一匹從府城疾馳而回的急騎直奔劉家，馬上騎士連韁繩都沒有來得及好好繫上，直接心急的拍響了劉家大門。

「誰呀？」這大過節，一大早的，敲門敲得這麼急，催命啊。

「老劉，是我，老張，快開門，出事了。」

門開得很快，名叫老張的騎士進了大門後直奔大堂。「少爺，老爺，出事了！」

「什麼事？」劉父皺著眉頭問。

「少爺，老爺，我們那批貨雕版刻錯了，現在全部的貨堆積在倉庫裡，第一批收貨的學堂不願意收貨，要告我們違約，要求賠償。」

明明身處火爐邊，章氏卻忽然覺得身處冰窖，硬生生的開始打冷顫；劉父手上的茶盞隱隱約約一震一震的碰撞；劉章已經站了起來。「你說什麼？」

「少爺，我們那批貨，雕版刻錯了，買家不肯收貨。」

雕版刻錯了，那就是源頭出問題了，劉章立刻問：「府城管事呢？」

「少爺，自從交貨後，管事就找不到了。」

電光石火間，所有的一切連接起來了。從失火開始，就是一個連環套局中局，先燒掉存貨，抽空所有現金流；然後刪改雕版，甚至不用大改，只改細微卻關鍵之處，這樣更不容易發現。書有錯誤，收貨的學堂書店必然不認貨，劉家違約賠償，可是劉家的現金流已經在前面一次抽空了，劉家陷入絕境。

想必當初失火也不是那麼簡單，三山只不過是一個明面上的炮灰，以管事的權力，將四個剛好有事的人調到一起易如反掌，再暗地裡加火，三山想救都來不及了。好精妙的謀算，好毒的連環計。

現在就是，背後之人到底是劉家的競爭對手，只想把劉家打敗到這一步就行了，還是有更深的圖謀？畢竟，這手段這心思不像是一般出手，也不像是到這一步就會滿足。

「有人對我劉家出手。」

「小心後手。」

劉父和劉章同時脫口而出。

「捨錢保平安。」兩人對視一眼，瞬間達成共識。

「爹，我立刻到府城，向各大學堂賠罪，好好洽談賠償的事情，爭取不要追究。」劉章說：「您在後方幫我籌集現銀。」

「嗯。你先行，我和你娘立馬跟上，不要吝嗇錢財，這件事可大可小，人平安為重。你多帶人手，我怕背後之人還有後手。」

「是，爹，我明白。」劉章明白劉父不要吝嗇錢財的意思，這一次，劉家恐怕是要傷筋動骨，賣房賣鋪了。不過就像劉父所說的，只要人還在，劉章都相信自己還有東山再起的機會。現在，劉章就怕背後之人還有後手。敵暗我明，只能見步行步，萬分被動。

多思無用，現在要儘快阻止事情惡化。劉章立刻回房，換一身方便出行的衣裳，便帶著護衛，飛馬出了縣城。

劉章走後，劉父劉母立刻行動，先是抽調縣城書店的所有現銀，半天之後，一輛馬車拉著劉家夫妻，從劉府大門直往府城奔去。

而此時，被劉家所有人念叨和找尋的府城管事，此刻正跪在冰冷的雪地裡。

「大人，我已經按照大人的吩咐，將三山和老王、老全等人排在一起值班了，也在他點火之後加燃了火勢，現在，也按照大人的吩咐，悄摸摸調換了這批貨的雕版，大人，我的欠條可以還給我了吧！大人饒了我一條狗命吧！」

此刻被管事哀求的大人卻無動於衷，問道：「你確定沒有向任何人透露過我們？」

「大人，我保證絕對沒有。」管事的頭磕得砰砰響。

「那行，來人，把他的欠條還給他吧。」

「謝謝大人！謝謝大人！」管事感激涕零，抓起掉在地上的欠條，滿臉喜悅，轉身就跑出這片荒涼的雪地。

待管事跑遠，大人對著身後輕輕說道：「找人去做掉他，不要暴露我們的行跡。」

「是，大人。」暗處有下屬應聲而去。

漫天大雪，映著月光，照出大人那張臉，赫然是史館著書郎。「新的一年開始，有些舊帳，也該算算了。」

想到自己一個先皇期間的狀元郎，只是在朝廷上參了一本劉家書店妄議新舊文風之事，就被聖上分配到史館著書，遠離朝政中心，前途盡毀。尤其劉家書店和背後的蘇順因此名利雙收，他更加恨得咬牙切齒。想到劉家和蘇順現在應該焦頭爛額，著書郎方覺得稍稍解恨。不急，時間還長著呢。

正月十五元宵節，大街上過年氣氛猶在，劉府卻毫無過節之感，一片冷清無人氣。只一個老僕人，在主家離開後，從側門匆匆而出，直奔蘇府。

因今日是正月十五元宵節，蘇氏族學再怎麼抓緊時間，這一天都是要放假的，蘇明月難得在家。

「劉章派人送信來給我？」蘇明月疑惑的問，劉章的性格，蘇明月自問也摸準了幾分。平常時候，就算沒有事情，他都會找個事情過來，這種節氣之時，他更是從不缺席。

蘇明月心有不祥之感，忙打開棉花遞過來的信件，信上只幾行大字，末尾字跡模糊，可見寫信之人甚至等不及墨乾透便匆匆將信件摺疊裝封。

府城出事，有內賊，前去處理，不要擔心。

蘇明月將信疊起，眉頭卻皺了起來，資訊太少了，無法判斷是什麼事情，要麼是時間太急，來不及寫清楚明白，要麼是劉章本人都不知道事情會惡化到什麼程度，無法預判，只能見步行步，乾脆不寫，免得她擔憂。

蘇明月內心傾向第二種，問道：「送信的人在哪裡？」

「回小姐，在門房處候著呢。」

「把他叫到偏廳裡，我有事情要問他。」蘇明月吩咐下去，披一件厚衣裳，來到偏廳。

送信的僕人是一個年紀大的老僕人，老僕人，意味著常用的年輕力壯的人手，都有其他用處了，蘇明月心中憂色又加重一分。

「你們家主人是什麼時候出門的？怎麼出門的？」蘇明月問。

這個老僕人非常恭敬，如無意外，這就是未來少夫人，老爺可只有一個獨子，忙細細回想，答道：「早上，有一名急騎從府城而來，說是出事了。兩刻鐘後少爺騎馬帶著人手立刻出發了。老爺和夫人先是去了一趟縣城書店，然後急匆匆的也帶著車隊離開了。至於出了什麼事情，老奴就不知道了。」

早上從府城回來的急騎，說明府城來人半夜都可能在趕路；劉章先匆匆出行，說明事情很危急，一刻都耽誤不得；劉父、劉母跟著去，說明事情重大，但是先去了一趟縣城書店，肯定是要帶走什麼東西，最大的可能是現銀了。蘇明月細心將所有線索都滙集在一起，試圖分析出一個結果。

「怎麼是你來送信，書香不在，其他人也不在？」書香是劉章的得力助手，想必是跟在身旁，但劉章身邊常用的人手，蘇明月也有幾分眼熟。

「其他人都跟著去府城了，只剩下我跟幾個老僕人留守老家。」

全部人手都帶走了，除了事情重大之外，極有可能還伴隨著危險。

這就反向證明了，為什麼這次劉章的留信如此含糊，因為他本能覺得有危險，但又不知道危險在何方，乾脆不告訴她。這個時候，她知道得越少，反而越安全。

蘇明月內心苦笑一下，這個傻瓜。

「你回去吧。好好幫你主子守著家門，一旦有什麼事情，立刻來報。」

「是，蘇小姐。」

老僕人退走，蘇明月回到書房，手指頭輕輕敲著桌面沈思，到底是有什麼事呢？會不會跟前段時間失火有關？

沈思半晌，仍然猜不透，想不明白，蘇明月披上衣裳，去到沈氏、蘇順房中。

聽完蘇明月所講，蘇順和沈氏皺著眉頭，半盞茶功夫後，蘇順憋出一句。「莫不是得罪了什麼人？」

行商之事，沈氏比蘇順更有經驗。「得罪了人家是有可能的，劉家書店最近是不是生意挺好？」

蘇明月點頭，劉章也不瞞著蘇明月，自從兩人一個出計謀、一人出行動，專攻科舉書籍之後，劉家生意簡直不要太好。上次燒的那批貨也是科舉書籍。

「那有可能是別人眼紅，生意場上，這種事情也不出奇。但是，這種手段，一般都是同等級別甚至是碾壓級別的商家出手，才可以這麼細密迅猛。據我所知，劉家在書籍販賣這一行，屬於龍頭老大，除非是別的行業跨行出手了，不然下面的商家，都是跟著劉家書店風向吃飯，沒有這種手段和能力。」沈氏搖頭。「這背後之人，不好猜。

「不過，有件事可以肯定，先燒了一批貨，這次又出事，劉家的現金流必然出了問題。妳劉伯父、劉伯母去縣城書店提的，必然是全部現銀，這個不用去問，我都可以確定了。」沈氏肯定的說。

「那現在就要看，這件事情到底有多大，劉家能不能撐過去了。」蘇明月心下明白，後世裡，被現金流拖垮的企業不計其數，尤其是越龐大的企業，現金流出問題越難處理，這玩意兒就是骨牌效應，一塊牌倒下，後面就是連鎖反應，沒有有力的外力介入，根本止不住。

蘇家三人一起商量了一遍，除了肯定事情很大之外，其他也別無他法。現在只有等著劉家回報後面的情況，如果劉家也沒有辦法，應該會向眾多親友求助。

蘇明月現在是又想有消息，又怕有消息。

如此惶惶擔憂了幾天，劉家沒有任何的書信回來，劉家老宅也是寂靜一片。蘇明月只能安慰自己，有時候，沒有消息，就是最好的消息。

這日，蘇氏族學裡，蘇順正在給一年級的學子上課，蘇明月正在隔壁評改卷子。

忽然，有一隊身穿公服的衙門差人，踢開了蘇氏族學大門，硬闖了進來。

「你們是誰？為什麼硬闖進來？」老馬阻止不住，大聲叫喊。

正在課室教課的蘇順，正在評改卷子的蘇明月，正在圖書館讀書的三年級學子，正在課室自習的二年級學子，正在讀書的一年級學子，全都被吸引了。

一年級的學子年紀最小，有人沈不住氣，議論聲起，惶惶不安。

蘇順的手向下一壓。「蘇亮，蘇懷進，蘇思，管好課堂紀律，先自己學習。」

「是，先生。」三人站起來，議論紛紛的小學生們，在三人管制下開始安靜下來。

蘇順邁步走出教室，走到衙差面前，蘇明月和三年級以蘇修遠為首的眾人，跟在蘇順身後，二年級的學生探頭往這邊看。

蘇順抱拳問道：「眾位官差大哥好，在下蘇順，蘇氏族學負責人，不知道各位官差大哥闖入我蘇氏族學，有何事？」蘇順這個君子也不是沒有脾氣的，只不過事情未明，只能暫時壓住。

官差領頭人抱拳道：「蘇榜眼，在下乃府城衙門差吏，這是在下的權杖。」說完，右手向眾人亮了亮手中權杖。

蘇明月立刻轉眼看向陳二公子，陳二公子的爹乃是縣衙文書，對官府這一套熟。陳二公子對著蘇明月點一點頭，蘇明月心下一沈。

那衙門差人接著說：「有人指控蘇榜眼為劉家書店幕後之人，胡亂印製書籍，玷污聖人之言，謀取暴利。請蘇榜眼跟著我們回去協助調查吧。」

蘇明月心神劇震，忽然大悟，原來這才是連環計的目的，項莊舞劍，意在沛公啊。

「爹。」

「月姐兒，不要著急，爹跟他們走一趟。爹沒做過的事情，不心虛。」蘇順勸慰道。

蘇明月勉力使自己鎮定下來，這麼大的一個計謀，圈套一環連著一環，自己萬不能自亂陣腳。

此時，陳二公子也醒悟過來了，忙快步上前，他對官府的工作流程熟悉，深知道閻王好見，小鬼難纏。一個疾步上前，緊緊握住帶頭衙差的手，賠笑道：「官爺，我先生此時守孝，日日在族學教書呢，絕對是清白的。現在是什麼事都不知道，能不能麻煩衙差大哥告訴我們一下，到底是什麼事情。」

衙差縮回手，暗自掂量一下送過來錢袋的重量，難得解釋說：「劉家書店是不是你未來女婿家產業？他們現在印製科考書籍，竟然敢亂印聖人之言，對聖人不敬。有人檢舉，劉家書店背後供稿之人正是蘇榜眼。府城學政已經受理此案，劉家公子已經被逮捕了，麻煩蘇榜眼跟我們走一趟吧，莫要為難我們了。」

走。

衙差解釋完，對著蘇順說：「蘇榜眼，請吧，不要讓我們這些粗人動手。」

蘇順吩咐蘇明月道：「月姐兒，看好家裡，看好學堂，等我回來。」說罷便要跟著衙差走。

陳二公子又一個疾步上前，再握著衙差的手說：「官爺，我先生身體虛弱，我能不能跟著過去路上看望。我保證，絕對不打擾各位官爺辦差。」說話間，無人注意之處，袖口下又是一個錢袋遞了出去。

「這條大路又不是我們開的，你要跟著，我們也不會阻止。」衙差說：「不過，如果你阻礙了公務，兄弟們可不會客氣。」

「是的，明白，明白，衙差大哥。」

「合兒，不用，爹一個人跟著他們就行。相信皇上治理之下，必然會給我一個清白。」蘇順勸道。

「先生有事，弟子盡其勞是應該的。再說，沒有人跟著，家裡也不放心。」陳二公子卻堅持，不管是師生之義，還是翁婿之情，陳二公子都準備走這一遭。

蘇順聽後，嘆息一聲，不再言語。

「走吧，蘇榜眼。」說時遲，那時快，不過是說了幾句話的功夫，衙差卻已經心急催了幾次。

無奈之下，蘇順只能馬上跟著走了，陳二公子快步跟上，回頭探頭用口形對蘇明月說：

「找我爹。」

蘇明月點頭，待衙差出了蘇氏族學大門，立刻吩咐道：「小石頭，馬上回去找夫人，派人去請陳伯伯，還有準備好行李和車馬，隨時跟上大姑爺。」陳二公子的爹是縣衙文書，對官府的事情熟悉，陳二公子臨走前交代也是這個意思。

「是，二小姐。」

再轉頭看見這亂糟糟、人心惶惶的族學。「蘇修遠，帶大家回學堂，學堂之事，待事情定下來之後再安排。」這件事情，叫三年級第一的蘇修遠去做，目前是最合適的。

再看一眼，族長之子在人群中，不用蘇明月開口，族長之子已經說：「師妹，我立刻回家一趟喊我爹過來。」

「嗯，麻煩師兄了。」蘇明月應道，學堂的確需要有一個人壓陣，族長是最合適的了。族長之子疾步離開了。

又看見飛哥兒、翔哥兒，蘇明月說：「飛哥兒，翔哥兒，回去叫一下你們爹娘。」族學有族長壓陣，蘇家卻沒有人頂門立戶，亮哥兒還太小無法對外打交道，光哥兒還是學走路的小屁孩，其餘人，包括自己全是女眷，現在最親近的就是蘇姑父了。

一輪安排下來，學生們退了回去，只剩一個蘇亮，卻不知何時從課室裡跑了出來。

「二姊。」這個時候，蘇亮就恨自己實在太小了，大姊夫這樣老練，二姊這樣鎮定，明明爹出事，自己才是家中的男丁，卻完全沒有主意。

蘇明月拍拍蘇亮的肩膀，兩人無聲而立，在一個寂靜的操場裡，顯得格外的淒清。

「二姊，別怕。」

「嗯。」

最先到的是沈氏，聽聞丈夫被衙差帶走，沈氏急到心都顫了，聽到小石頭的通報馬上就過來。一來到蘇氏族學，看到自己兩個兒女孤零零，心又是痛了一陣。

「娘。」亮哥兒先喊道。

沈氏跑過來，摸摸亮哥兒的頭，望著蘇明月說：「現在怎樣？」

蘇明月低聲向沈氏解釋現在的情況，然後說：「等陳伯伯、蘇姑丈和族長伯伯過來，我們再商量怎麼辦。」

沈氏聽完蘇明月解釋，也明白這是現在最好的解決方案，只能按下心急等待。

過沒多久，族長、蘇姑丈、陳文書先後來到，平山縣就這麼大，又是出了蘇順被衙差帶走這等大事，一眾親戚族人自然是馬上趕來的。

聽完蘇明月講述完所有事情經過之後，陳文書眉頭皺起來，過了半晌之後說：「這件事情，很明顯有幕後之人操縱，針對親家而來，但親家為官之日甚短，如何結下這等仇家？」

蘇明月和沈氏也百思不解。因當日朝會之事，蘇順還沒有上朝的資格呢，後來蘇順入翰林院之後，跟其他人打交道的時間也短，自然也不知道自己已經在不知不覺中擋了別人的路。蘇順不知道，沈氏和蘇明月自然就更不知道了。

眾人苦思不明，唯一可能知道情況的蘇順又已經被帶走，陳文書只能嘆氣說：「如今，只能看情況再說，親家有恩科榜眼功名，又曾任職過翰林，料想府城不會對親家用刑。但是劉家少爺就不好說了，萬一屈打成招，可能危及親家。」

聽完陳文書分析，眾人都覺得情況不妙。

這時候，蘇明月慢慢出聲說：「娘、伯伯、姑丈、族長，我想上府城。」

「府城有合兒，他會打點的。」陳文書其實對二兒子非常滿意，有讀書天分，腦子也靈活，這件事，陳文書認為除了二兒子，再沒有更合適的人了。

「祖父在世的時候說過，關鍵時刻，善織夫人這個稱號，會是我的保命符。」蘇明月慢慢解釋說：「姊夫是最適合和衙門打交道的人。但是我想帶著牌匾去，總會有點作用。」

蘇明月此話一出，眾人眼睛一亮，就連陳文書都忍不住看了一眼蘇明月，以前一直聽說過蘇明月的名聲，但是想不到，蘇明月竟然聰明如斯。

「不錯，這是一個突破口。」陳文書被點醒，他是衙門中人，更加明白有時候一塊御賜牌匾對他們這些官府衙門震懾有多大。「不過這個牌匾，要在關鍵時刻救命用。到了之後，讓合兒配合你們，儘快查明原因。」

「月姐兒，我跟妳一起去。」沈氏說：「我可以暫時調出府城沈氏布莊的現銀。」蘇家並無族親在府城任官，這個時候，只能砸錢開路了。

「嗯。」陳文書明白沈氏言下之意。「眼前也唯有此法。看能不能保下劉家，能保下，這件事情更好解決。」蘇順本身並無弱點，這次是借劉家攻擊蘇順。如果劉家之事可以大事化小，對蘇順也有利。

「既然如此，族學便先交給族長了。爹不在，學生們如果想歸家的可以先行歸家，不想歸家的，可以一直在族學內自己學習。」蘇明月苦笑著對族長說。

本來，族學之事一直是蘇明月安排的，蘇順臨走前也交代蘇明月管好族學，但如今，蘇明月有更重要的事情要辦，不過臨走前蘇明月還是儘量安排妥當。

「眼看二月分秀才試第一場縣試要到了，我們原本有很多安排的，但如今也顧不上了。我爹的書房裡有很多卷子，族長，我待會兒讓棉花指揮僕人帶給您，到時您發給學生們。還有，課業之事，族長您問問，三年級的秀才學子願不願意指導一、二年級，這也算是寓教於學了。」

「行。」蘇族長爽快答應，原本他為族學之事困擾，只是想不到，在這短短的時間裡，蘇明月已經幫他把方法都想好了。接下來，他就安排這些學子們寫卷子，安排三年級的秀才給大家講卷子，起碼可以撐過這一段時間。

蘇族長已經想好了，如果沒有人出頭，就讓自己兒子擔起來。不要以為指導功課和講卷子是浪費時間，有時候為人處世比學問更重要，看看今天這事，同是秀才，陳文書兒子多麼靠得住。最怕讀書不成，成了死讀書。

「弟妹，月姐兒，妳們就放心去吧，族學交給我，我到時候保管好好的還給順弟。」族長擔保說。

聽到蘇族長擔下族學事務，蘇明月又對蘇姑父說：「姑丈，我和娘外出這段時間，家裡就多依仗您了。尤其祖母那邊，就怕祖母掛懷損傷身體。」這個時候，蘇祖母可不能出事，事越多，人越亂。

「行。我讓妳姑媽先回家住著，家裡妳們別擔心，都有我呢。」蘇姑丈保證道。

「還有我。」蘇亮板著一張嚴肅的小臉說。

「嗯嗯。」蘇明月點頭說：「那家裡就交給亮哥兒和姑丈了。」

陳文書聽著沈氏、蘇明月一一安排，心下讚嘆，如此境地之下，還能保持驚而不慌，亂中有序，蘇家雖然沒有認識什麼大富大貴人家，但是族親都是靠譜之人啊。一旦蘇順沒事，帶領蘇家起來，蘇氏一族不容小覷。衡量利益，已經成了陳文書的本能。想到此，陳文書對蘇家之事更上了幾分心。「親家，妳放心，在平山縣裡，我陳某人還是能說上兩句話的。不必擔心。」

眾人商議好，便都匆匆回家，各自做準備。

沈氏和蘇明月最擔心的人是蘇祖母。自蘇祖父過世之後，身體便一直略有不適的蘇祖母，反而出乎眾人意外的堅韌，抱著光哥兒對沈氏和蘇明月說：「家裡還有我這一把老骨頭，妳們放心去，不必擔心家裡。」

蘇明月和沈氏聽到蘇祖母如此說，算是略微放鬆一點，無他，人在困境時，總希望同伴夠獨立強大。匆匆收拾完行李，第二天，老馬駕著馬車，載著蘇明月、沈氏和蘇順的榜眼牌匾、蘇明月的善織夫人牌匾，趕往府城去。這是沈氏的主意，聽聞陳文書說御賜善織夫人是蘇明月的護身符，便想著榜眼牌匾也可能有用處。

而小石頭，早在蘇順被帶走當天，駕著馬車，追上了陳二公子。

沈氏蘇明月走後，蘇祖母獨自去小佛堂，靜靜的燒了三炷香，半晌之後念叨說：「老頭子，你可一定要保祐兒子，保祐兒子這次平安無事歸來。」

光哥兒才一歲多，還不知道發生了什麼事，他只知道一直陪著他的娘和姊姊都不在了，哭得哇哇大叫。

「弟弟，弟弟，別哭。」亮哥兒努力抱著光哥兒，學著娘平常的樣子輕輕拍著光哥兒的後背哄道。說也奇怪，也許真的是血緣感應，光哥兒在亮哥哥懷裡，漸漸的安靜下來，抽抽噎噎的終於睡著了。

第二十八章

而這一邊，蘇明月和沈氏急忙趕路，終於在第三天早上到了府城。

兩人到府城之後，先跟陳二公子會合，然後再找劉章父母。

陳二公子其實也就比她們早到一天，見到蘇明月和沈氏略微驚訝，他以為會是其他人來跟他會合，但想不到是沈氏母女。

不過看到蘇明月和沈氏從馬車上，小心翼翼的抬出兩塊牌匾的時候，陳二公子立刻改變自己的想法，暫時沒有頂門立戶的男丁算什麼，有著御賜牌匾在身的蘇明月，比一般頂門立戶的男丁更實用。對於蘇明月帶著牌匾上府城這個主意，陳二公子只能說一聲，絕了。

先把牌匾放好，沈氏帶著陳二公子和蘇明月拜訪府城劉家所在。

看到沈氏和蘇明月，劉父和章氏內心是複雜難言，現在劉家和蘇家，還真不知道誰拖累了誰。

蘇明月和沈氏也略顯尷尬，現在這個情況，還真的最有可能是蘇順的政敵下手。

但是現在都不是說這些的時候，大家都是聰明人，知道現在劉、蘇兩家已經綁在一條船上，救人就是救自己。連日來奔走，既要處理書店的賠償事宜，劉章又被帶走。要說錢財，劉父和章氏還能看得開，但劉章可是他倆的獨子，因此顧不上其他，雙方先交流起了情報。

「章兒出事之後，我們也走了多處關係，但得到的訊息不多，以前的關係多有推脫。真正的幕後指使和具體原因，還在查。」劉父疲憊的說，深感無力。「衙門那邊，我們錢也送進去了，但是也見不到章兒，現在情況不明。」劉父最怕的是，官府已經對劉章用刑。一旦受不住，屈打成招，下半輩子就毀了。

陳二公子忙接話說：「岳父前日也被押送到監牢候審，當時我買通了人手進去監牢裡看過，劉公子也在裡面，目前沒有大礙。」有時候，功名就是這樣好用。劉父錢財送上大半，還不及陳二公子一個秀才身分和蘇順的榜眼身分來得便利。

劉父聽陳二公子這樣說，眼睛都亮了，忙追問道：「賢姪見到章兒了嗎？章兒如何？有沒有受傷？」

「遠遠的看見了，官差看著，沒有敢上前打招呼。劉公子看起來還行，能正常行走。」陳二公子解釋說。

「能正常行走就好，能正常行走就好。」劉父喃喃的說，似乎是被鼓舞。「賢姪，還是要麻煩你，再去監牢裡探聽一下章兒的情況。」

「叔父請放心，我稍後便去。」陳二公子爽快應承道。

幾人又討論了一回，陳二公子送蘇順進監牢裡面之後，時間太短，也沒有太多的消息，眾人可算是一籌莫展。

無奈之下，眾人只能繼續探聽，反倒是另外一事，沈氏問：「劉大哥，章姊姊，你們書店的賠償事宜如何了？」現在官府扣押劉章和蘇順二人的直接理由是劉家書店印錯書籍，如果可以把這件事情處理好，估計劉章和蘇順的處境會好很多。

「還在賠償商談中。」劉父也不瞞著。「我們也正在籌集現銀，想要儘快處理好這件事情。」

「我此回來，可以抽出沈氏布莊的部分現銀，明日送過來給你們。」沈氏說。

「好。」劉父章氏也不推辭，現在正是要籌錢砸錢的時候。「我給妳寫欠條。」

幾人商量完畢，又分開各自行動。

而此時，被劉、蘇兩家惦記著的劉章和蘇順，其實情況比他們想像中好一點，皆因知府他不願意蹚這渾水啊。

惠和城知府，近日尤其煩惱，本來吧，他一地父母官當得好好的，結果，治理之下居然發生了這種事，然後，學政還越過他捉拿了劉章和蘇順。雖然說文教之事，本朝一向是由學政主管，但是怎麼樣也應該先知會一下他這個父母官吧，對此知府十分不爽，派人悄悄打聽一下。

結果，打聽回來的消息還不如不打聽，這個劉章和蘇順，捲入了新舊黨爭，成為兩方較量的祭旗。

知府簡直要愁死了，他一個小地方官，不想捲入其中啊。而且新舊、新舊，雖然現在看著舊黨占上風，知府說起來也是先皇時期的進士，但是，蘇順是恩科榜眼呀，動他，到時候萬一被皇上知道了，豈不是打皇上的臉？他治下出了這等事，皇上會相信他是無辜的？無奈之下，知府想出了一個賤招，拖字訣，先押著劉章和蘇順。

只是，學政那邊越催越急，知府也快要頂不住了。在自己書房連連踱步了十幾圈，知府想出了一個好方法，偷偷吩咐心腹說：「你派人，偷偷告訴劉家父母那邊，他們兒子涉入了新舊黨爭，趕緊想辦法。」

要再想不到辦法，知府就要依法移交劉章和蘇順了。反正，這件事情他能不沾手就不沾手，能派人將消息傳出去，他已經努力了。

劉、蘇兩家可不知道知府已經準備送消息給他們了，現在兩家人有點像無頭蒼蠅，到處亂轉，找不到突破口。

無他，還是階層差別太大了，真正到這種時候，不是最親近的人，根本不願意插手。所以，為什麼當官的都願意提攜自己人，結黨行動，真的是有時候不抱團，怎麼死都不知道。像劉家這種商家，再有錢，遇到事了想送錢，人家愛惜羽毛的，都不願意收。階層，在真正面對的時候，就是一條不可跨越的鴻溝。

這日，劉氏、蘇明月在家，陳二公子又去監牢探望了。蘇順和劉章目前都是被監押的狀態，官府好像一直沒有提審，給劉、蘇兩家一點點喘氣的時間。但大家都明白，這個時間不會太長，如果他們還是找不到方法，情況只會變得越來越壞。

就在這時，下人來稟告。「夫人，大舅爺來了。」

「誰？」沈氏先是疑惑，然後恍然大悟，自己弟弟來了。「快請進來。」

「姊姊。」沈大舅風塵僕僕，眼底青黑，看得出是心急趕路而來的。「我聽說姊夫出事了，爹吩咐我從京城趕回來幫忙。」沈大舅開門見山說。

沈氏心下感動，忙將情況說了一遍。

沈大舅環視四周，沈氏明白，揮手讓僕人退下，沈大舅方才悄悄說：「爹打聽到，姊夫牽涉到朝廷新舊勢力之爭，京城裡，現在暗潮洶湧，新皇和舊臣權力角逐。爹原想著，看能不能儘量抽身而出，畢竟我們勢力太過單薄，但想不到姊夫已經中了連環套了。」

蘇明月和沈氏聽完，心下大驚，這種權力的鬥爭，有時候已經不論對錯，只論成敗。蘇家家底如此單薄，捲入裡面，只會成為一個微不足道的冤死鬼。

三人對視，卻想不到抽身的法子，更憂愁不已。

就在這時，下人又來報。「夫人，劉老爺、劉夫人來了。」

「快請進來。」沈氏正想向劉家告知這個消息，劉家剛好就上門來了。

劉父、章氏一臉心焦的進來，似是有事要說，忽然看到沈大舅，停下來問：「親家，這位是？」

「這是我大弟。」沈氏介紹說，又向沈大舅介紹劉家。「這是劉家書店的劉老爺、劉夫人。」

沈大舅知道蘇明月與劉家書店劉章訂親，此次之事，劉家也牽涉甚深。劉父、劉母經商之人，自然也知道沈氏布莊。

兩邊一介紹，便知道都是自己人，劉父不再避諱，開口說：「沈大舅也不是外人，我就直說了。我打聽回來的消息，章兒和順弟這次牽涉到新舊勢力之爭，情況複雜呀。」說完，劉父指一指府衙方向，苦笑道：「這次的消息，絕對屬實。」

因為，這是知府傳出來給他的消息，傳遞消息的人雖然沒有指明，但是已經給了足夠的暗示，並且還提醒劉父儘快想辦法，劉父方才急急趕過來。

沈氏和沈大舅對視一眼，沈氏苦笑，開口說：「我弟弟此番專門從京城過來，也是在京城收到這個消息。」

兩邊來源一對，互相印證消息，是真的不能再真了。

只是，現在如何解決？

不管是劉家，還是蘇家，或是沈家，都沒有這種直通權力中心的人物。知道了原因，反而更加無從著手了。挫敗，心焦，爬上了眾人心頭。

另一方面，不只劉、蘇兩家心急，著書郎也一樣心急。

「知府那邊還是一直不肯提審？也不肯移交人過來？」

「是的，大人，問他就說還有疑點，劉家管事之人還沒有找到，無法直接定罪；催他就說事務重大，要審慎處理。」學政低頭回答說。其實大家都明白，劉家管事之人現在都還沒有找到，估計不知道在哪個荒山野嶺餵狼了。但是，缺了這一環，就給了知府推脫之詞。

砰！

著書郎氣急，把桌子上的茶盞都甩地上了，區區一個知府，居然敢如此推脫，不過是因為他現在已經不在權力中心了。如果是以前，身為都察御史，有監察百官之權，何至於受這等氣？

想到這裡，著書郎更加羞惱，心中連知府都恨上了。想著等他日回到朝廷權力中心，一定要把這個知府狠狠告上一狀。

過了半晌，著書郎又想到一個法子，慢慢開口。「你家那女婿，不是說曾與那蘇順有舊怨嗎？讓他出面，去告一狀。」

「這……大人，當年之事，蘇順十分狡猾，我女婿他們家，孤兒寡母，又心性良善，沒有留下證據呀。」

什麼沒有證據，學政大人為官多年，其實早就明白是怎麼一回事。但是，自家女兒死心塌地、要死要活非得嫁，到最後明白事情真相的時候，已經不可挽回了，只能把污水往蘇家潑。蘇順考上榜眼之時，學政已經後悔不已，但是蘇順沒有報復，很快的蘇順又守孝，學政願意上著書郎這條船，未曾沒有一腳將蘇順踩下去的意思。

但是，如果當年之事再翻出來，很可能自己女兒奪人夫婿，再潑污水之事就藏不住了。而且，當年恩科之後，何能大受刺激，還能不能再中進士都不一定。如今，要再因為何能之事，將自己家拖入這一團污水之中，學政也是不願的。

轉念間，學政已經想著要如何拒絕了，但是，著書郎不容他拒絕。「凡是走過路過，必然會留下痕跡的，讓你家女婿多想想。而且，不是有你在嗎？沒有證據，就給他證據。我就不相信，這麼多事情堆在一起，知府還能繼續壓著不提審。」

學政無奈，明白再多的理由已經沒有用，早先一步踏出，現在已經無法抽身了。「我現在就去辦。」

晚上，學政家。

「我不去。」何能梗著脖子說。現在的他，已經沒有了當年剛中舉人時的意氣風發，整個人身形消瘦，面孔青白，眉頭緊皺呈偏執之態。

「爹。」孫氏哀求說。

「你以為你還有拒絕的權力。」學政冷笑。「你一個小小的舉人，信不信，我們今天可以把蘇榜眼弄到牢房裡，明天可以讓你無聲無息的消失在這個人世間。

「還是，你以為還能保持你的清白？」學政此話一出，何能臉色一變。

好像看到天大的笑話，學政嘲笑道：「哈哈哈，你雖然學問不行，但是性格很適合官場啊。人夠虛偽，臉皮夠厚，心夠黑。人家是真刀真槍的幹，你們何家回頭捅了恩人一刀，然後還覺得自己清白。哈哈哈，你們不要玷污了清白這個詞。你，何能，在我們眼裡，就是一個笑話！你以為你還有什麼前途？但凡我不是發現得太晚，你以為你可以攀上學政府？滾，明天看不到你去府衙，就準備好棺材吧！」

何能的臉色被說得又青又白。

孫氏不忍，喚道：「爹。」

「妳也滾。」不孝女。

學政府邸發生的爭吵沒有幾個人知道，但是爭吵的影響很快出來了。

「不好了，不好了，有人狀告岳父，加害同窗，侵吞同窗死後田產。」陳二公子急急忙忙跑回來說，看見蘇明月在，不由自主的停頓了一下。「狀告人是何能。」

蘇明月的拳頭都要捏爆了。

沈氏亦大怒。「我平生未見，如此忘恩負義之人。」對當年識人不明，竟然將蘇明月許配給這個人渣，痛悔不已。

蘇明月指甲都要將掌心扎出血，卻還是勉力鎮定下來。「他們沒有證據，我爹沒有做過這種事情。」

陳二公子艱難的嚥下一口口水，說道：「他拿出了當年，先生協助他們處理店鋪田產的文書。」

沈氏第一次討厭自己的丈夫是一個好人，半晌之後，嘆氣說：「當年，何德去世後，何家兩母子經營不善，店鋪都虧空，學費都差點交不上了。是你岳父幫他們把店鋪處理了，置為田產，日常收租，何家才能維持下去的。在其中交易做保證人，才會留下痕跡。」

眾人聽後，良久無語，這真是活生生的東郭先生與狼。

但是，現在又能怎麼辦呢？情況對他們很不利啊。

就在此時，下人又來稟報。「劉老爺、劉夫人來了。」

劉父一進來看到眾人臉色，也明白了大家都知道了最新情況，艱難的說：「我絕對相信順弟的為人。但是，現在情況對我們很不利。」劉父指了指知府府衙。「這種流言後果非常不好，按照規矩，要將蘇順移交到學政處理，以正文風。」

眾人陷入一片死寂。

就在此時，蘇明月輕輕開口了。「在府城，我們沒辦法有更多的助力。沒有人會願意攪和到這種事情來。我要帶著我的牌匾上京去，敲登聞鼓，告御狀。」

「月姐兒。」沈氏驚呼，告御狀這種事情，無論能不能成，都要先杖十個大板，能熬下來再說冤屈。

蘇明月解釋道：「娘，爹已經陷入了新舊之爭，我們沒有其他的法子了。既然這樣，就徹底的倒向皇上那一邊去，只要我們對皇上有價值，皇上願意保我們，我們就有可能獲得生機。」

蘇明月此話一出，眾人細細想來，這是目前唯一一條破局之法了。只不過，從前沒有想過還有這種方法，當下眾人紛紛說：「我也可以，我去。」

蘇明月卻阻止說：「沒有人比我更合適了。當年，是我陪爹在府城的，我還給何德送過焦粥，相信很快這事也會被挖出來，到時百口莫辯。最重要的是，我有善織夫人的牌匾，我抬著牌匾敲登聞鼓，皇上不會不管。」

「月姐兒，妳這是在威脅皇上呀。」沈氏艱難的說。

「娘，我只是在維護皇上的名聲，皇上賜我美名，不是要被這些人玷污的。我要找皇上還我清白。」蘇明月不肯承認。

「對，對，對！」沈氏忙點頭。現在這個時候，事實必須是這樣的。

雖然如此說，但是眾人都知道，蘇明月此舉冒了多大風險。聖心難測，皇帝不會喜歡被逼著做某一件事的。

「月姐兒，難為妳了。」劉父說道。

「伯父，沒有什麼難為不難為的，覆巢之下無完卵。」蘇明月說：「大家也不必過於擔心，不一定是壞事，我們是去求生機，不是去送死。」

「好。」沈氏點頭說：「我們跟妳上京城。」

蘇明月明白沈氏絕對不會讓自己一個人去京城的，沈思片刻後說：「我跟娘、大舅去京城，姊夫和伯父、伯母留在府城，儘量拖延時間。陳伯伯說過，我爹有功名在身，府衙不會對我爹動刑，但是如果劉大哥被屈打成招的話，情況就很危險了。」

「好。」劉父明白現在不是爭搶推脫的時候，說：「我們會留下來儘量拖延時間。最好你們上京之事儘量保密，以免對方狗急跳牆。」

此時沈大舅說話了。「有一批貨剛好要送到工部去，我們跟著商隊掩護，先出府城，再疾行趕路。」

幾人商議明白，沈氏、蘇明月、沈大舅便收拾行李，準備出發。其實行李之類的，已經是儘量輕便，最主要的是那兩塊牌匾。

當夜，知府家書房內，知府聽完心腹的匯報。

「你說，沈氏母女，連夜搭著沈氏布莊的商隊，離開了府城，準備上京敲登聞鼓告御狀了？」

「是的，大人。」下屬確認道：「我去看過，的確是沈氏母女，還帶著兩塊牌匾。」

「看清楚了，帶著兩塊牌匾進京的？」

「是的，屬下看得清清楚楚明明白白。」

「這樣啊，那這件事鬧大了。」知府感慨道，皇上御賜的善織夫人，登基後首次恩科榜眼，皇上不會不管的，只要皇上管了，事情就不好說了。片刻之後，知府感慨說：「善織夫人啊，不愧是皇上御賜的善織夫人。」有絕地求生的智慧，有破釜沈舟的勇氣。

只是，這件事傳到皇上耳中，自己應該怎樣做呢？怎樣做，才能拖延時間而又不被舊派清算呢？怎麼做，才能進可攻退可守呢？

半個時辰後，知府嘴唇蒼白倒在床上，下屬慌亂大喊：「來人啊，知府大人突發急症，快請大夫，快請大夫！」

除了裝病，沒有更好的辦法了。知府為自己的聰明絕頂感到驕傲。

蘇明月等人在沈氏商隊的掩護下，出了府城，一路往京城急奔而去。就在大半年前，幾人一起走過這條路上京赴考，如今，重走這條路，卻是要上京為蘇順求得一線生機。蘇明月和沈氏現在只希望越快越好，最好能在暗處的敵人發現前，趕到京城。

而此時的府城，陳二公子再去監獄探望，卻遭到拒絕。

「說是知府病了，現在不許探監。」陳二公子回來，對著眾人，一臉迷惑的說道。

「病了?!」劉父心急問道：「那還能處理公務不？」

「打聽過了，說是府衙公務暫時停擺。」

停擺了，那除了不允許探望之外，自然也不會提審蘇順二人了。在這麼關鍵的時刻，他們想盡辦法拖延時間，知府剛好就病倒了。兩人面面相覷，莫非真的是天助自助?!

而另一邊。

「知府病了？」著書郎怒問，他絕不相信這麼巧的事情。

「是的，說是心疾犯了，不能操勞，需要暫時靜養。」學政回答道。

「笑話，就在這當口，心疾犯了好幾天，不能處理公務，當所有人都是傻子呢！」著書郎怒砸了一套茶具。「你去，帶個大夫上門探望，順便告訴知府，再這麼病下去，你就要上奏摺告他延誤公務了。我就不相信，他還能這麼病下去。」

「是，大人。」

知府乃一地父母官，等級比身為學政的自己還高半級，管轄範圍比學政廣。他說病了，學政還能抓著說知府沒病嗎?!想想也知道不能。著書郎大人只催著學政去辦事，卻無法提供半點幫助，學政對自己的選擇產生了懷疑。這條路，真的走對了嗎？

蘇明月等人日夜不停拚命趕路，終於在最短的時間內趕到京城。不敢有半點停息，幾人直接來到登聞鼓院。

登聞鼓院門前，豎著一個人身高的大鼓。黃褐色鼓皮，黑色鼓身，乍一看去普普通通一個鼓，此刻卻滿帶威嚴，讓人心生畏懼，無法直視。

「月姐兒，不然，還是讓娘去吧。」沈氏嚥下口水說道。

「娘，不是分析過了嗎？我來，才是最合適的。我們沒有退路了，必須押上所有籌碼，務求一擊即中。」蘇明月堅持。

「那要不然，咱們一起？」

「不行，擊登聞鼓後，不論事由，先杖十大板，我受刑之後，還要靠娘您照顧呢。沒必要把兩個人都搭上，一個人就行了。」蘇明月說得好像不是去擊鼓鳴冤，而是今天點什麼菜最實惠一樣。

但是，就是這樣理智淡定，沈氏還是滿含熱淚，就是知道要受刑，她才想自己上啊。

「姊，聽月姐兒的吧。」沈大舅輕輕勸說。

「好。」沈氏一邊落淚，一邊點頭。

蘇明月深吸一口氣，邁步向前，拿起鼓槌，用力敲下。

咚，咚咚，咚咚咚！

鼓聲先是略帶遲緩，然後變得越來越大聲，越來越堅定，正如蘇明月此刻的心情。

蘇明月背後，沈氏和沈大舅一人抱著一塊牌匾，跪倒在兩旁。

鼓聲傳出，路過行人先是一驚，然後反應過來，紛紛議論。

「是什麼鼓聲？」

「是鼓院前的登聞鼓。有人敲響了登聞鼓！」

「天啊，居然是一個小姑娘。」

「她身後跪著的那兩個人，抱著那兩塊牌匾是什麼？」

「是御賜的善織夫人和榜眼牌匾。天啊，出了什麼事情？」

人群越圍越多，議論聲紛紛。蘇明月的雙手被反震的力量震到手臂開始發麻，她咬牙堅持，告訴自己不能停。鼓聲一停，氣勢便弱了。

「怎麼這麼久，還沒有大人出來受理？」人群中有人開始發出疑問。

而此時，被念叨的登聞鼓院的大人們也在為難，今日主事的三位大人，聚在一堂，齊齊發問。

「看清楚了，是御賜的善織夫人牌匾和榜眼牌匾？」

「大人，沒有錯。小人看得一清二楚。」

上首的三位大人又低頭附耳討論了一盞茶功夫，最後達成結論。

「不管怎樣，先提進來再說，再任由她敲下去，影響更大了。」

「那杖責之刑？」

「讓下面的人用點技巧。那可是御賜的善織夫人，不要在我們這裡出了什麼事。」

幾位大人達成共識，連忙吩咐下去。

很快，大門打開了，有差人問：「何人敲登聞鼓？」

蘇明月鬆了一口氣，再不出來，她的心志未倒，但力氣先堅持不住了。「民女蘇明月，有冤情要訴。」

杖責過十個大板子之後，蘇明月忍著痛，遞上狀紙。是的，為了防止各種意外，蘇明月準備了詳細的狀紙，寫明了事情起因經過發展和自己的訴求。

登聞鼓院的眾位大人接過狀紙一看，瞬間頭更大，京官的政治敏感度可比地方官員高多了，加上蘇明月、蘇順這個身分，鼓院的眾人深覺這份狀紙簡直就是燒手，飛快的把狀紙往上遞。

登聞鼓檢院接到鼓院的狀紙，再稍加了解，也飛快的往上遞。於是，接力棒來到了皇帝本人身上。這大概是本朝受理最快的案件之一了，很多人都還沒有反應過來，已經直達天聽。

「皇上，登聞鼓檢院傳來奏摺，有人擊鼓鳴冤。」太監小心翼翼的報告。

剛剛批完一疊奏摺，皇帝正靠後閉著雙眼放鬆，懶洋洋吩咐道：「傳上來吧。」

登聞鼓檢院主事聽宣上傳，跪地請安。

「說吧，什麼事？」好久都沒有人敢敲登聞鼓了，皇帝也想知道自己治理之下，到底是因何事要喊冤。

「皇上，元泰二年恩科榜眼、原翰林院蘇順之女，御賜善織夫人蘇明月，代父鳴冤，代夫鳴冤。」檢院大人啟奏說。

正閉著眼睛的皇帝，猛地睜開眼睛，檢院大人不敢直視天威，低頭把事情陳述了一遍。

聽完後，皇帝面無表情沈思了片刻，然後輕扯嘴角，無聲的笑了起來。跪在地上的檢院大人還不敢起身，服侍的大太監低頭眼觀鼻鼻觀心，整個大殿寂靜無聲。

過了半晌，皇帝開口下令。「傳令大理寺寺卿，立刻趕赴惠和城，查明此案。」

「是，皇上。」

檢院大人聽到皇帝此命令，心下鬆了一口氣，很好，事情到了大理寺，不關他們登聞鼓檢院的事情了。沒有陷入這個漩渦裡，檢院大人覺得自己逃出生天，連忙退下。

待大殿中只剩下皇帝和服侍的太監，皇帝忽然開口說：「你說，副相如果發現自己派往惠和城的那個著書郎，是一個蠢貨，不僅搞不定一個丁憂在家、無權無勢的榜眼，還沒看住人，讓人跑到京城擊鼓鳴冤，副相的臉色會有多麼難看。」

太監不敢回話，只低頭說道：「皇上英明。」

皇帝好像也不指望其他人回話，繼續說：「副相這個老狐狸，朕想抓他的破綻很久了。想不到他這麼大的膽子，居然敢動朕的人來立威。傳朕密令，讓大理寺的人好好查，查出一個我想要的結果。」

「是，皇上。」暗處有人應聲回答。

說到底，朝廷新舊之爭，其實就是新帝和舊臣的角力。君弱臣強，君強臣弱，丞相年紀已大，一心只想安然退休。而副相，先皇時期便得先皇倚重，新帝上位之後，一直想扶植自己的人手，更進一步。這便是新舊之爭最大的矛盾。

一朝天子一朝臣，副相捨不得安靜體面的退場，如今更想拿恩科榜眼下手，殺雞儆猴，威懾百官，偏偏露出這麼大一個破綻，皇帝立刻意識到了。至於蘇順本人如果真有問題，皇帝不會想看到這個結果，那便先一步出手。

抓到破綻的皇帝高興了，至於被抓到破綻的副相大人，現在正是震怒中。

聽聞下人稟告蘇明月擊響了登聞鼓，狀紙已經遞到皇帝案前，大理寺已經派人趕赴惠和城，副相大人摔碎了自己最心愛的硯臺。

「這個蠢貨！派他去幹一點點事都幹不好，怪不得被貶去史館修書！」副相怒目圓睜，氣急敗壞罵道，半晌才平靜下來。

「來人，派人去惠和城，打點好各處，必要之時，將所有問題推到私人恩怨上。」正好，著書郎是因劉家書店而受貶的，解釋得過去了。

「是，大人。」

於是，在大理寺眾人趕往惠和城之後，又有一班人馬匆匆離京，趕去了惠和城。

第二十九章

此時，蘇明月正在養傷。雖然鼓院打板子的時候用了一點技巧，但是，只是沒有要命，傷還是傷到了。

「娘，娘，輕一點，輕一點。」蘇明月躺在床上，不停叫喚。

沈氏正給蘇明月上藥，聞言不禁心痛。「那我再輕一點。別動，忍著點，要上藥才好得快。」

「娘，大理寺已經出發去府城了吧？」蘇明月說話，減少自己的注意力。

「嗯，妳大舅打聽出來的，大理寺已經派人過去了。」沈氏手上不停，嘴裡說道。

「希望這次能還我爹清白。」蘇明月低聲說道，不然這罪都白受了。這不像現代，還可以不服上訴，畢竟在這個時代，這已經是最高檢了吧。蘇明月苦笑。

「那肯定的了。」沈氏堅定的說：「妳爹是清白的。不怕查。」

「咱們知道我爹是清白的，但是其他人不一定知道呀。」蘇明月一邊念叨著，一邊腦袋裡飛速思考轉移注意力。「娘，讓大舅回去一趟吧。不知道能不能趕上，不過如果能比大理寺的人先到，讓大舅提醒劉伯伯，留意一下那個失蹤管事有沒有留下什麼線索。一般這種人，不是都會留下證據給親朋好友，一旦失蹤多少天，就拿出證據的嗎？」

沈氏給蘇明月塗藥的手頓了一頓，猶豫說：「可是這時間都過了這麼久，有證據早就拿出來了吧？」

「誰知道，也許有證據的那人害怕呢？讓劉伯伯宣傳一下，咱們已經上京告御狀了，現在審案的人是京城大理寺的人，說不定那人覺得有希望，就把證據拿出來了。」

沈氏塗藥的動作越來越慢，神情凝重。

蘇明月趴在床上，看不到沈氏臉色，繼續自言自語說：「還有，當年我爹幫著何家處理的那個店鋪、置辦的田產，牙人是誰，還有什麼證據沒有？當時是在我們平山縣交易的，不知道那個買家願不願意出來作證？我琢磨著，應該不難。」

「來人啊。」沈氏停下動作，吩咐道：「幫二小姐把藥塗了。」

「娘，您去哪兒？」蘇明月趴在床上，艱難地轉過頭來問。

沈氏俐落的站起身來，放下衣袖，說道：「我去找妳大舅，讓他現在就回去一趟。有些事情，妳爹告訴過我的，我得讓妳大舅回去準備一下。」說完，沈氏轉身就走。

「嗳，娘。」蘇明月喊道，奈何沈氏一去不回頭了。

「小姐，您轉過身來，我給您上藥吧。」丫鬟細聲細氣的說。

「好吧，小心一點啊。」蘇明月無奈，嘀嘀咕咕說：「為了丈夫，就忘了女兒。」

京城的蘇明月和沈氏心心念念，日日計算著大理寺眾位大人何時能到達府城。幾天後，府城終於迎來了第一撥趕路的大理寺寺卿。

「你是說，大理寺來人了。」知府正困在房間裝病，一個健健康康的大活人，無聊得快要生草，聽到下屬來報，就像沙漠趕路的人看到綠洲，眼睛都在發亮。

「是的，大人，正等著大人去報告詳細情況呢。」心腹下屬稟告。

「我馬上去。」知府手快腳快的爬下床，終於可以把這個燙手山芋扔出去，不容易啊。走到門口，忽然又頓住了。

「哦，我現在還是生病的狀態，不能好得這麼快。來，扶住我，我現在是帶病去迎接京城的眾位大人。」

「是，大人。」下屬忙扶住知府。「大人，收一收臉上的笑。」

「很明顯嗎？」

「很明顯。」

相比知府的驚喜不已，著書郎知道大理寺來人，則是驚慌失措。

「你說什麼，大理寺來人了？他們去擊登聞鼓鳴冤了？他們什麼時候上京城去的？」著書郎簡直不敢相信，暴怒道，而後又強迫自己冷靜下來。「收拾好首尾，不要讓大理寺的人查出我們插手過的痕跡。」

劉府中，自從蘇明月等人上京城後，陳二公子和劉父、章氏為了更方便交流消息，也搬到了一處。此刻，幾人一起接到了京城回來的沈大舅。

為了追上早出發的大理寺寺卿，沈大舅可是拚了命的趕路，幸而他常年跑商，對京城路線也熟悉，雖然沒有反超，但也算是同時趕到了。

「月姐兒告御狀成功了？皇上派大理寺過來查案了？」劉父不敢置信的問。這段時間，連日奔波，劉父硬生生老了好幾歲。

「嗯。」沈大舅肯定的說道，然後又將蘇明月懷疑的，管事可能留有證據給親戚朋友的猜測說了出來。

劉父皺眉思索半晌，說道：「一直沒有找到證據。不過月姐兒說得對，也許這個人心有顧慮，我再去宣傳一下，或許聽到大理寺眾位大人來了，這個人願意把證據交出來。」

「嗯。」沈大舅說道：「我還要再趕回平山縣，找到當時姊夫處理何家店鋪的牙人。」

「那我再去一趟衙門，看能不能見到先生他們。」陳二公子說道，可惜去了才知道，等待他的仍然是閉門羹。

次日，府衙牢房內。

「蘇順，劉章，大理寺眾位大人提審你們，請吧。」獄卒打開牢房門鐵鎖，喊道。

蘇順和劉章這段時間一直被關押在監牢中，先前還有陳二公子能夠進來，說一下最新的消息進展，後來陳二公子也進不來了，就一直關著，也沒有提審，問獄卒，獄卒啥都說不知道。兩人只能忐忑不安的等著，什麼都做不了，心中千百種可能都想了一遍，越猜越心慌，如今被提審，反而鬆了一口氣。

只是，劉章疑惑的問：「怎麼是大理寺的大人，不是知府大人提審嗎？」

獄卒看了一眼劉章，眼中大含深意。這小子，未婚妻夠厲害的，居然敢上京告御狀，還告成了，但是大人吩咐過了，言多必失，不許亂說話，只能回答道：「這等大事，我們怎麼知道。走，去到前面你就知道了。」

劉章得不到回覆，只能扶著蘇順往前走，心中大為不安，暗中猜測如何驚動了大理寺寺卿。

二人來到公堂，蘇順身有功名，可以見官不跪，劉章乖乖跪下。

「蘇順，劉章，善織夫人蘇明月為你們上京敲登聞鼓，告御狀伸冤。你們有何冤情，不准欺瞞，細細說來。」

站著的蘇順心神劇震，瞪大眼睛，不敢置信的看向前方案桌，懷疑自己聽到了假話。跪著的劉章整個人隱隱約約的顫抖，先是抬頭茫然無措，然後頭低垂，眼睛霎時泛紅，雙手緊緊抓住地板，指甲用力到泛白。

一時之間，無人發聲。

過了半盞茶的功夫，公堂上大理寺寺卿等不到回覆，拍案喊道：「蘇順，劉章，有何冤情，速速道來！」

「大人。」劉章被喊回神，強忍鎮定，一字一句的把近段時間之事講述出來。

不能讓月姐兒所付出的努力白費！

一個時辰之後，大理寺寺卿問訊完成，兩人又被押回牢房。只是這一次，兩人恍若行屍走肉，也不知道如何回來的。

回到牢房裡，這次被關押在相鄰兩間牢房的兩人一句話都不說，好像一直等著提審還自己一片清白的不是這兩人。

也不知道過了多久，昏暗無光的牢房門吱呀一聲被打開，有亮光照進來，獄卒大聲說話的聲音傳來。「只有一刻鐘的時間，不准逗留過久啊！」

「是，是，謝謝衙差大哥。」

是陳二公子的聲音！

蘇順和劉章眼神霎時間亮了起來，飛快往前走，扒著牢房柵欄往前看。

蘇順顫顫巍巍的問：「是合兒嗎？」

「岳父，是我。」監牢門完全打開，陳二公子快步走進來。

蘇順一把抓住陳二公子的手，渾身發抖，急促問道：「月姐兒，月姐兒怎麼了？眾位大人說她上京告御狀了，她怎麼樣了？」

陳二公子用力回握蘇順的手，連連安撫道：「岳父，月姐兒沒事。大舅從京城回來了，月姐兒沒有事。」

渾身顫抖的蘇順，緩緩止住了。旁邊緊緊靠過來的劉章，忽然一個支撐不住，跌坐在地上。

陳二公子等不及兩人鎮定下來，連忙將近段時間之事告知二人。又因為獄卒在旁，有些事情不能說得過細，只能隱晦帶過。

就這樣，也才將將說完，獄卒已經在催促。「到時間了啊。趕緊走，趕緊走。」

「岳父，章弟，保重，保重。等我們消息！」陳二公子臨走前連聲叮囑。

陳二公子走後不久，牢房裡一片沈默，蘇順和劉章好像都無法直視對方，背對著一言不發。過了不知道多久，忽然，有細微不可聞的水滴聲。

暗淡無光的牢房裡，劉章和蘇順前面都濕了一片。

大理寺的查案在緩慢推進中，畢竟是專業破案的，有很多細節和疑點慢慢被推演出來。其中，還真的被蘇明月猜中了，那個失蹤的管事，真的留下了證據。

這個管事，父母不在了，但有妻有兒，妻子兒女也不知道他為什麼失蹤，失蹤之後他妻子差點眼都哭瞎了，劉父和官府多次探問，都沒有查出什麼來。

誰能想到，這個管事他多年前得意之時，救過一個小乞丐。這次他被人拉入賭場，等他回過神來的時候已經上癮了，想要回頭都來不及，只能按照背後之人吩咐，設局設計劉家。但是，他可能也有預感，臨到最後，將所有情況寫明，連同原版雕版，一起交給了小乞丐。

先前小乞丐見情況不明，不敢出頭，大理寺寺卿來了之後，劉父又大肆宣揚蘇明月擊登聞鼓告御狀及皇上聖明之事，小乞丐方敢冒頭。

小乞丐一冒頭，事情就很明朗了。著書郎心急，想要掃清痕跡，但是他和學政畢竟是文官，幹這種事，還是不夠專業，大理寺寺卿很快就查出來，還連帶拔出著書郎後面一串。至於何能狀告蘇順一事，本就是無稽之談。在平山縣的交易，沈氏又細心，人證物證俱在，何能如何能成功。

最後——

「肅靜，本官宣判：劉家書店錯印書籍一案，經查實，為奸人陷害，劉章無罪釋放，陷害人譚某、指使人惠和城學政孫某、著書郎韓某，需要向劉家書店及其中交易方賠償損失。惠和城學政孫某、著書郎韓某押往京城，聽候宣判。」

劉父、章氏熱淚盈眶，緊握雙手，終於過了這一關。

「另，舉人何能狀告進士蘇順迫害同窗、謀求家財一事，經查證，與事實不符，實屬誣告。剝奪何能舉人功名，蘇順無罪釋放。」

「好！」沈大舅高喊一聲，這等忘恩負義的畜生，他已經看不慣很久了。

被他這麼一喊，圍觀群眾紛紛跟著喊好。府城沒有什麼娛樂，這段時間，這個案件已經被府城群眾翻來覆去說了幾百遍，包括當初蘇明月與何能訂親後被退親，到如今蘇明月為父親和現任未婚夫婿告御狀，為府城群眾的生活增添了許多閒嗑牙的話題。

判詞一出，何能搖搖欲墜，臉色慘白。

立在堂下的蘇順掃一眼何能，上前一步，說道：「大人，本人有一事要上訴。」

堂上的大理寺眾卿和知府疑惑。「你有何事要上訴？」

「大人，何能此子，曾在家父學堂受教多年，本人對其以子姪相待，卻想不到此子忘恩負義，反口誣告本人。本人代逝去的父親上訴，斷絕與此子曾有的師生關係，要求此子，磕首歸還師恩，從此恩斷義絕，再無瓜葛。」蘇順一字一頓，清清楚楚說道。

隨著蘇順說完，人群漸漸肅靜，時人重師恩，師生又如父子，公堂上幾位大人低頭議論幾句，然後宣判。「肅靜。本官宣判，應進士蘇順之訴，判何能即刻磕首九次，從此二人恩斷義絕，再無關係。」

蘇順聽到此時，臉色方稍稍緩和下來。

在旁的衙差押著渾身顫抖的何能，重重磕了九個頭。

「好，好。」不知道誰喊了一句，圍觀群眾又跟著喊了起來。

一個圍觀的大娘看得激情澎湃，自覺好人受冤，壞人終於得到了懲罰，一個激動，手上要餵雞的爛白菜幫子用力往何能身上扔過去。「忘恩負義的畜生，滾出我們惠和城！」

大娘此舉彷彿給了所有人一個示範，正義之心澎湃的眾人，紛紛將手邊的垃圾往何能身上扔過去，邊扔邊高喊。

「滾出我們惠和城！」

「滾出我們惠和城！」

「滾出我們惠和城！」

何能滿身狼狽，雖然人還活著，但覺得自己恍惚已經死去。圍觀的眾人只覺得解氣，旁邊立著的衙差也不阻止，還往旁邊閃了閃，免得被正義的群眾誤傷。

宣判完畢，蘇順和劉章連看都懶得再看何能一眼。從公堂上下來，得回自由，章氏看著大半個月未見的兒子，忍不住眼淚流了下來。「受罪了，回家就好，回家就好了！」一邊說，一邊眼淚嘩嘩的流。

「娘，我要去京城。」劉章被章氏握住手，卻轉頭看著京城方向堅定的說。

正被沈大舅和陳二公子扶著的蘇順，一個轉頭看向劉章。

「去吧，去吧，應該去的。」章氏給劉章收拾行李，依依不捨，卻又安慰道。

要不是劉父和章氏還有一堆爛攤子要收拾，他們也是應該去京城看看月姐兒的。這次劉章能脫險，多虧了月姐兒。無奈官府雖然判了罪魁禍首著書郎和學政賠償，但是劉家始終擔有一個識人不明之責，而且著書郎和學政的賠償還不知道什麼時候能到位，這裡面千絲萬縷的，不像官府判得那麼輕鬆簡單。但凡劉家書店還想在這一行繼續做下去，都得留下來把這個爛攤子收拾好。

「爹，娘，我走了。」劉章跨進馬車裡面，回頭說道。

「去吧。」章氏擺擺手。

「駕。」車夫一揚馬鞭，車輪滾動向前。

「未來外甥女婿，坐到這裡來。」沈大舅招呼道。蘇順和劉章不知道為什麼，監牢裡出來之後，反而不說話了。要說關係僵了吧，好像也沒有，但就是有一種彆扭感。

「謝謝沈叔父。」劉章道謝，又轉頭低聲向蘇順問好。

「嗯，坐吧。」蘇順看到劉章，又想到月姐兒，心下長嘆一聲。

車馬載著眾人，往京城而去。

京城蘇宅，蘇明月正試著慢慢從床上挪下來，走動走動。

「妳怎麼又下來了，好好趴著養傷不行嗎？」沈氏阻止道。

「娘，整日趴著，我都累了。大夫已經說了，我沒有傷到骨頭，等傷口癒合就好了。」

蘇明月不聽勸。「我下來挪動挪動，鬆鬆筋骨，不影響。」

「妳總有這樣那樣的歪理。」沈氏說道：「我看妳就是安靜不下來。」

蘇明月緩緩挪到案前站著，拿起一本書，試著想看進去，半晌之後發現還是靜不下心。

「也不知道我爹他們怎麼樣？」

沈氏聽到此話，手上的動作也停了下來，看著遠方出神道：「是呀。」

兩人正念叨著，丫鬟喘著氣跑進來。「夫人，二小姐，老爺、舅爺和劉少爺來了。」

「妳說什麼？」沈氏驚得站起來，手裡拿的東西掉了一地，不等丫鬟回答，急急忙忙往前衝。

「唉，娘，等等我。」蘇明月喊道，沈氏回過頭，艱難抉擇，片刻後走了回來，扶著蘇明月一步一步往前挪。

來到大廳，大半個月未見的蘇順和劉章站在一起和沈舅舅說話。

「爹。」

「相公。」

沈氏和蘇明月同時出聲。

蘇順回過頭來，消瘦的臉龐緩緩露出一個喜悅的笑容。

劉章快步上前，伸手想扶住蘇明月，又縮了回來，喊道：「月姐兒，妳受苦了。」

蘇明月剛想回答，卻瞬間瞄到劉章指尖都結了一層薄薄的痂，問道：「你被動刑了？」

受傷了還跑到京城來？但是又不像啊，好像沒有一個刑罰是只動指尖的。

「沒有，沒有。」劉章連忙否認。「我自己不小心弄的。」

旁邊蘇順的目光斜過來，閨女啊，他只是激動之下刨地板刨破指尖，妳才是被動刑杖責的那個，妳還關心他。

「哦。」蘇明月不明白，還能不小心弄成這個樣子，但是好像的確沒有這麼輕的刑罰，萬一劉章是想要刨地板越獄失敗搞的，問多了豈不是尷尬。

「爹，您有沒有事？」蘇明月轉向蘇順問。

「傻閨女啊，妳終於想到妳爹我了。我沒有事，他們就是把我們關著，後來大理寺查明真相之後，就把我們都放了。」蘇順摸摸蘇明月的頭。「倒是月姐兒妳，受了大罪了。」

蘇順眼睛微微濕潤，劉章跟著拚命點頭。

「爹，我還行，沒有動到筋骨，大夫說養養就行。」蘇明月有點不好意思，這傷口位置有點尷尬。

不過想到此時案件已結，雖然眾人受了不少罪，但此刻能沈冤得雪，大家平平安安，一個不缺的聚在一處，蘇明月也覺得值得了。

「一路趕路過來都餓了吧，我吩咐丫鬟準備飯菜，今天要好好吃一頓。」沈氏帶笑說。有什麼比一齊安聚一堂，吃一頓熱騰騰的團圓飯，更能撫慰人心的呢。

吃過晚飯之後，眾人洗洗刷刷準備休息。沈氏和蘇順在睡前自是一番交流不提。

第二天一早，風和日麗，蘇明月和劉章在小花園裡喝茶，蘇明月傷口漸好，沈氏終於答應讓蘇明月出來透一透氣了。

「都怪我當時供給你手稿，只想到其中收益，沒有想到當中風險，把你牽涉進來了。」蘇明月愧疚的說，還是不了解古代社會背景，以為憑著書籍大賣就是本事，沒想到還有這麼多風險，結果就被人當槍使了。果然，悶聲發財，不管在哪個時代都是正確的。

「如何能怪妳。這事還是我一直在做的，實在要說擔責任，也是我責任比較大。」劉章說道：「再說，出事之後妳四處奔走，最後還是靠妳告御狀，我才能脫身出來。要說沒用，還是我最沒用。」

說到這兒，劉章臉色黯然。「以前我一直以為自己能掙錢就很了不起，但是經過此事，我才明白，沒有權力保護的財富，就是待宰的羔羊。劉家有這麼多錢財，這次差不多全堆進去了，結果還是要靠妳的牌匾和順叔的功名，才把我救出來。」

蘇明月心生不忍，以前意氣風發的劉章，變得沈寂了。「每個人都有自己的長處嘛，你也很好的。」

劉章對著蘇明月慘然一笑。「就連妳那前未婚夫，在沒有被剝奪功名前，都可以見官不跪。而即使我清白無辜，還是要跪著回話。」

這句話一出，蘇明月真的不知道怎麼接話才對。男人，真的很怕比較，蘇明月沒有比，但是，劉章自己已經比上了。而且，他認為自己輸了。

看見蘇明月臉色為難，劉章認真注視蘇明月，說道：「妳是一個好姑娘，我知道妳選擇之後便不會後悔，妳有勇氣，有力量承擔妳選擇的結果。但是，我覺得自己會後悔，會一直後悔因為自己莫名的驕傲和清高，沒有力量去保護妳，或者保護我們的以後。」

「但是，我不會因此放棄的。」就在蘇明月以為劉章要說出什麼話的當口，劉章轉而堅定的說：「這次之後，我會關閉京城的生意，收縮整個規模，低調行事。我還要重拾科舉，盡我之力，也許餘生，我可能考不上舉人、進士，但我覺得，我應該會起碼有一個秀才，有一個見官不跪的權利，讓妳以後有堂堂正正穿綢緞的權利。妳願意給我這個機會嗎？妳願意幫我嗎？」

劉章說完，面帶忐忑的看著蘇明月。

蘇明月面無表情的盯著劉章，過了片刻，慢慢綻開一個笑容，輕聲道：「我願意。」

兩人相視一笑。蘇明月覺得，她的那個意氣風發的少年郎劉章回來了，好像當年那個小小的劉章，說道：「這是我主管的第一家書店，以後我要把劉家書店開到大江南北。」

「我們來做個一百本書的交換吧。」

春日悠長，未來無限。

晚上，沈氏來看蘇明月，見蘇明月又在寫寫畫畫，不禁斥責道：「妳的傷還沒有好全，怎麼又在做這些事情了？妳呀，就是天生的靜不下來。」

「娘，我只是在整理一些東西，不費心不勞神的。」蘇明月笑道。

沈氏斜眼過來瞄一瞄。「這是秀才試的資料，學堂裡面不是都有嗎，怎麼又在準備？」

蘇明月放下筆，解釋道：「是劉大哥。可能經過此事之後，劉大哥心有所感吧。他跟我說，這次回去之後，準備收縮生意，準備科舉，起碼掙一個秀才之身。」

沈氏聽完，半晌後才說：「這是好事。」

以前沈氏覺得劉章處處好，只是此事之後，方覺得劉家再有財，沒有一個功名，終究是不足。沒看見當初劉章和蘇順一起被關押在監牢的時候，劉父花了多少錢財，都沒能進去見一見，而陳二公子憑著一個秀才功名，就進去了。

「這世道，終究還是要有個功名，才好護住妻子兒女。」沈氏感嘆說：「不過章兒放下學問也多年了，妳可千萬別給他太大壓力，盡力就好。他年紀也沒多大，你們衣食無憂，慢慢考就是了。」沈氏還是滿意劉章的，這次這件事終究是蘇家拖累劉家了，書稿還是來自己女兒呢，但劉章一句怨言都沒有，還自己要去考功名，沈氏不免叮囑幾句。

「娘，我知道了。」蘇明月笑著說。

母女倆聊了幾句，沈氏又催促蘇明月早點睡，也不急著在這一時半會兒。蘇明月便停下來，先睡去。此後便一邊養傷，一邊為劉章編寫資料。

蘇家人安安靜靜的做自己的事，朝廷可不安靜，皇帝和副相因為這次之事，暗地裡的角力轉移到明面上來。蘇家等人一直留意官場上的變動，三不五時的便有傳聞，某某某官位升遷了，某某某被降職調離。蘇家人聽得心驚膽戰，就害怕一個不小心，又被牽扯進去。不過也許過了明路之後，這個層次的鬥爭，蘇家已經沒有資格參與了，又或者，沒有誰想再看一次蘇明月敲登聞鼓。因此，蘇家所擔心的事沒有再發生。

終於，在小半個月之後，副相大人因病告老還鄉了。大家便猜測皇帝獲得了這一次的勝利。而蘇明月的傷也養好了，京城劉家書店後續也處理完了，蘇家眾人便決定回家去。

這一次，還是沈外祖父帶著沈大舅和沈二舅相送。

「爹，回去吧，我們走了。」這是沈氏。
「嗯。」沈外祖父揮揮手。「一路保重。」
「岳父，保重了。」這是蘇順。
「駕！」車夫揚起鞭子，喊道。
車輪滾動，再一次從京城回家。

第三十章

平山縣，從京城回來的眾人剛下馬車，還來不及訴說離情，蘇祖母便急急指揮。「來，跨一跨火盆，去一去晦氣。」

蘇順等人無奈，只能乖乖的按照蘇祖母的指揮，一一跨過火盆。

「誰都不能漏了。」蘇祖母確認所有人都跨過去了，方說：「章兒啊，你也留下來，一齊吃過晚餐再回去啊。」

「祖母，我就不了，我爹娘在家裡等著我呢。等明天我再過來向您問好。」劉章笑著拒絕了。

「也好。發生這麼大的事，你爹娘肯定在家等你等得心焦，你快回去吧。有事明天也不用過來，祖母一直在呢，你慢慢忙完。」蘇祖母叮囑道。

「好。那祖母我走了。」劉章笑著向祖母揮手，又掃過一眼人群中的蘇明月，對著蘇明月輕輕一笑，方起身鑽回馬車中。

蘇明月對著劉章揮揮手，然後轉身扶住蘇祖母，笑道：「祖母，我們回家吧。」

「好，回家了，回家了好啊。」蘇祖母連聲感慨說。

眾人笑著踏入蘇家大門，回家就好了。

這晚，蘇家是熱鬧的一晚，蘇姑媽一家，蘇明媚、陳二公子都回來了，大家算是平平安安、團團圓圓的聚在一起了。

「來，為岳父這次平安度過喝一杯，以後都順順利利。」陳二公子獻上祝酒詞。

「好。」蘇順含笑一口飲盡。

酒足飯飽後，眾人滿足散去。

蘇祖母去了小佛堂點上三炷香。「老頭子，順兒已經平安回來了。跟你說一聲，你看到了吧。你要繼續保祐他，保祐我們一家人，平平安安，一切順順利利啊。」說完，又靜靜呆坐片刻，最後用手帕輕輕擦拭蘇祖父的靈牌，確保上面一點灰塵都沒有，方放心離去。

而被蘇祖母念叨的蘇順，正跟沈氏在說話。

「說吧，你跟章兒之間發生了什麼？是不是監牢裡有什麼我不知道的事情？」沈氏先開口問道。「在京城裡整日住在一起，怕問了見面反而尷尬。現在回到家，可以說了吧。」

蘇順臉帶尷尬。「妳看出來了？」

「唔。」沈氏點點頭。「我琢磨著章兒、月姐兒也感覺到了。所以到底是什麼事情？」

「唉，我看人的眼光不行。」見此，蘇順也不再瞞著了，先嘆一口氣，自我檢討一番。「妳說，這次之事，終究劉家是受我蘇家連累，我一怕章兒以後心懷芥蒂，二怕章兒以後護不住月姐兒。」

「噯，我還以為有什麼我不知道的事。」沈氏鬆了一口氣，說道：「你這就是一朝被蛇咬，十年怕草繩，章兒有沒有心懷芥蒂，你這段日子看不出來嗎？你看不出來，月姐兒還看不出來？我們大家都沒有發現，就你在這裡擔心來擔心去。」

「不過，」沈氏話鋒一轉。「你說這個以後的問題，我也想過。我跟月姐兒聊過之後，月姐兒說，章兒以後有科舉意向，估計這件事對這孩子打擊也挺大的。對了，月姐兒讓我跟你說，讓章兒入族學，我差點忘了跟你說了。」

蘇順沈吟片刻，說道：「如此也好。就讓他過來吧，到時候我看看他的水準，在哪個班級比較合適。」一個女婿已經教了，再加一個也無妨。

「呃，月姐兒說，她看過了，一年級最合適。」沈氏略微尷尬，蘇亮在一年級呢，這未來姊夫和小舅子在一個班級，年紀還差挺大。

蘇順想到蘇明月的性子，點點頭，表示同意了。

而另一邊，另一對夫妻也在說著劉章準備科舉之事。

「章兒這次回來，突然說要重走科舉路，準備考秀才，我這心裡是又高興又心酸的，這件事，終究是影響到了章兒。」章氏說道。

「影響就影響了，哪能沒有一點影響。」劉父反而高興。「章兒能走這條路，我是真高興。這世道，終究是要有個功名傍身才行。」劉父其實也深受刺激，想他砸了多少錢下去，結果還是砸不開府衙監牢大門，而陳二公子只憑一個秀才身分就進去了。他倒不至於羨慕別人的兒子，但是如果章兒以後能走一條更順的路，他也是高興的。

想到這兒，劉父叮囑說：「妳也別心痛，讀書是好事。以前我也想讓章兒去考科舉，但他一直志不在此，我也沒有勉強他。如今，經過世事捶打，他能想開，我們只有為他高興。」

「嗯，我也知道。」章氏說，又轉而問道：「我們要不要把章兒送到未來親家那邊的學堂去？我看陳家二公子，現在也在蘇氏族學裡讀書呢。」

「能進去肯定最好。不過我們不必干預太多，章兒他們自有計劃。」劉父倒不擔心這一點，陳二公子能進，他家章兒肯定也能進。而且，他看蘇氏那個學堂，好多細務都是月姐兒在管，章兒不愁沒有助力。想到這裡，劉父叮囑一句。「妳以後對月姐兒好一點。」千萬不要有什麼婆媳矛盾。

章氏的回應是給劉父一個白眼。她跟月姐兒能有婆媳問題？這老頭子，眼睛都瞎掉了。

而此時，作為被兩家父母談論中心的劉章和蘇明月，正在呼呼大睡。

次日，蘇明月元氣滿滿的起來，吃過早飯。

「爹，這麼久都沒有過問過學堂的事了，您想怎麼做？」蘇明月問。

「先問問妳族長大伯現在學堂的情況。我昨天派人請他今早過來，估摸著快到了。」蘇順說。

說曹操，曹操就到，族長邁著大步進來了。

「順弟啊，祝賀你逢凶化吉，平安歸來啊。」族長先開口說：「昨天你們剛剛回來，不好打擾你們一家團聚。你說今天過來，我就知道，你心裡還是關注著學堂的。」

族長先說笑一通，然後又轉頭對蘇明月說：「月姐兒，我們在平山縣都聽說妳的事了。有膽氣，有智慧，巾幗不讓鬚眉啊。不愧是我蘇家女兒！」蘇族長對蘇明月現在是滿意到不得了，知道的人，誰不說一句善織夫人蘇明月有膽識、有謀略、了不起。其他地方蘇族長不好說，現在平山縣，當父母的都要說一句生女當如蘇明月。如此女兒，勝過萬千男兒。

蘇族長笑咪咪的對著蘇明月猛誇一通，好像蘇明月就是他的女兒一樣，蘇順不得不打斷族長的癡心妄想。「族長，還是說一下族學的事情吧。」

「哦，你不說我都忘記了。」蘇族長回過神來。「順弟啊，幸虧你在縣試之前回來了，不然，這縣試我還真的不好處理。現在的情況就是，之前月姐兒說的考卷，我都給分派下去讓學生們做了。一、二年級的還好一點，讓三年級的幫忙改了改，平常也讓三年級的輪流去講解一下課程。但你知道，三年級的畢竟也是學生，時間不多，所以，不管是課業還是卷子，都落下許多。還有很多考生的卷子，都堆在你的書房裡呢。」

「嗯，我明白了。待會兒我就回去看看。」蘇順說道。

「那好，順弟，我就不耽擱你的時間了，你先去學堂吧，學生們都等著你回來呢。」

學堂裡，一年級。

「亮哥兒，先生平安歸來了對嗎？」蘇懷進伸手碰一碰蘇亮的胳膊，期待的問。

「嗯，昨天回來了。」蘇亮努力端著一張小臉，一本正經的說。

「那先生什麼時候回來上課？」前邊的同窗聽到兩人談話，偷偷轉過頭問道。

「今天就會來，先跟族長大伯聊一聊。」

「那明月師姐也會回來吧？」

「會一起回來的。」

「我好崇拜明月師姐的。敲登聞鼓，上京告御狀，聽聽，多麼刺激，多麼驚險。這聽起來，就是話本子上的人生。」前邊同窗顯然話本子看得不少，已經將自己代入了一番。

蘇亮抿抿嘴不說話，打板子很痛的。

蘇懷進插話道：「我也好想念明月師姐呀。不是我說，師兄們講課都沒有明月師姐講得好，卷子也沒有明月師姐評得好。還說我們怎麼這麼笨，這都不懂，明明是他們自己講得不清楚，明月師姐講得就很好，明月師姐也不說我們笨。」

「就是。」說起討厭的師兄們，周圍的小學生紛紛點頭。

這段時間，師兄們再也沒有了大哥哥和秀才光環，經過比較才知道，師兄們不如明月師姐一根手指頭。既不溫柔，也沒耐心，更不聰明。

小學生們正竊竊私語間，有人喊：「先生來了。」

課堂上瞬間肅靜了，大家站起來，齊聲喊：「先生好。」

聲音裡充滿著激動和喜悅，先生終於回來了。

蘇順走進來，擺擺手，示意大家坐下。

然後，跟著蘇順後面，走進來一個高大的身影，蘇亮驚愕的瞪大了眼，竟然是劉大哥？劉大哥來這裡做什麼？

只見蘇順對著大家說道：「今天進來一名新同窗劉章，大家要和諧相處啊。」然後又轉頭低聲對劉章說：「你坐到後邊最後一排去吧。」

劉章窘著一張臉，努力裝著不在意，偽裝淡定的坐到最後一排去。

「好了，先來背誦一下課文。」蘇順拍拍書本說。

蘇亮努力收起好奇心，專心背誦，第一天復課，萬一他爹抽到他，他背不出來，真的丟臉。

但是，好好奇呀，未來二姊夫怎麼會坐到教室裡面來？二姊她知道嗎？

書房內，蘇明月改累了卷子，停下了手，微微出神，不知道劉章現在坐在一堆小屁孩中間，感覺怎樣？想到這裡，她的臉上偷偷泛起一個促狹的笑容。

當天散值後，蘇明月叫上劉章，一起先回蘇家，有一些資料要給劉章帶回去。兩人和蘇亮走在一起，蘇順有點事情，要吩咐老馬去做，待會兒再回來。

「今天上課感覺怎樣？」蘇明月邊走邊問。

劉章端著一張臉，一本正經的說：「還可以。先生很好，同窗們也很好。」

如果蘇明月沒有瞥見他紅了的耳尖，就相信他的鬼話了。

「嗯，加油。」蘇明月笑著鼓勵說，不戳破劉章。
族學離蘇家就幾步路的距離，幾人邊走邊說，很快就到了蘇家門口。
「我到房裡給你拿些書。」蘇明月說：「你在這裡等一等。」
眼見蘇明月進了門，蘇亮走到劉章面前，仰起頭，瞪著一雙遺傳自蘇順的正氣眉眼，一本正經的說：「未來二姊夫，你不要因為年紀大感到壓力，我們都不會歧視你的。還有，你也不用因為比不過二姊而自卑，除了我爹，寫文章沒有誰能寫得過二姊。」
面對蘇亮的貼心安慰，劉章用力嚥下一口口水，艱難道謝。「謝謝你啊。」
「不用謝。」蘇亮想要拍拍劉章的肩膀，結果發現自己太矮，改為拍拍劉章的手背。真謝謝你了。
「你倆在說什麼？」這時蘇明月帶著棉花，捧著一堆書出來了。
「沒什麼。這是男人的話題。」蘇亮拒絕透露。
蘇明月冷笑一聲，嚇得蘇亮連忙往家裡走去。「我回家了。」
「你別理他。」蘇明月對著劉章說：「你的基礎丟下有點久了，這些書你拿回去，趕緊看一看。」
劉章接過棉花手裡的書籍，回道：「好，我知道了。妳回去吧，今天也累了一天了。」
「好，那我先進去了。」
劉章看著蘇明月進了蘇家大門，方轉身往劉家走。

回到劉家，章氏迎上前，皆因今日劉章第一天上課，劉父和章氏都很關心劉章的進展。

「你這是？」看著劉章手捧一大疊書，章氏疑惑的問。

「月姐兒給我的。」劉章解釋說。

「哦哦。」看來不必問了，月姐兒都給他安排好了，章氏把心放回肚子裡。

吃完晚飯後，劉章直接回到書房看書。

章氏藉著送消夜、檢查環境、詢問明天吃什麼，進去了幾趟，劉章都在認真做功課。反倒因為章氏多次打擾，劉章皺著眉頭說：「娘，我已經不是幾歲的時候了，您不用再進來督促我學習。」

「呃，我這不是不習慣嘛。」章氏尷尬解釋道：「你忙，你忙，娘不打擾你了。」

說完章氏退出書房回到臥室，劉父早等在房間內，見章氏回來，忙問道：「怎樣，章兒學得怎樣？有沒有什麼困難？他以前一直不願意看這些科舉文章來著，這次能看進去嗎？」

章氏一甩衣袖，坐到梳妝檯前，開始卸頭飾。「你呀，以後就放心吧，有月姐兒幫你看著，現在正乖乖的刻苦學習了。」

說罷，章氏沈吟半刻，忽然偷樂出聲。「想不到兒媳婦還沒有娶進門，已經開始享兒媳婦的福了。說不得，我以後還能混個老安人的誥命。」

「嘿。」劉父笑一聲。「看來妳這次賺大了。」

「誰說不是。」章氏不能更贊同了。

隨著時間的到來，馬上就要考秀才的第一場縣試了。

「其實你不用這麼急著上場。你丟下學問多年，即使是最簡單的帖經，你現在的水準，也難通過。來日方長，你不必過於著急。」蘇明月勸說道。

所謂帖經，就是現代的填空題和默寫題，出題者從四書五經中隨便出題，答題者根據要求填寫上下文。第一場，這是一個熟讀記憶的考試！

劉章被蘇明月說得微微赧然，但不改主意。「我知道自己放下學問已久，也知道自己的水準如何！但月姐兒，正是因為如此，我才更需要上場。只有正視考試，面對考試，我才能最快找到那種感覺，最迅速的成長。」

當然，最快也最痛最難堪罷了。但劉章並沒有很注意這個難堪，他的年齡和經歷擺在那裡，並不曾因這些小節而過分困擾。反而劉章心裡暗暗計較，後年蘇家就要出孝了，出孝之後，他倆的婚事會馬上提上日程。那麼在成婚之前，只有兩次秀才試的機會，劉章一次都不想放過。

既然劉章自己都不在意，蘇明月便不再勸，直接上考場，的確是最快正視自己找回心態的選擇，不過，蘇明月還是叮囑一句。「學習的進度還是按照原來的計劃，不必因為縣試改安排。」改了也沒有機會中。

「好。」劉章對蘇明月的安排沒有意見。

劉章要參加今年縣試的事情，蘇明月知道，沈氏自然就知道了。

這晚，蘇順回房，沈氏問：「怎麼聽說章兒要下場了，他才回學堂多少天，這麼快學問就撿回來啦？」沈氏當然希望再多一個秀才女婿，但亮哥兒回來說了，最近一次考試，劉章考了全班倒數第一。

蘇順一邊看書，一邊漫不經心的回答。「啊，他想去就去了。」

「不是，你作為先生，對章兒是不是不夠關注啊？他的學問怎樣？」

「學問？上課的時候看著是很認真的。其他的不是很清楚。」

「不是，你不清楚誰清楚？」沈氏認為蘇順不是這樣糊塗的人，他平常對學生都很上心的。

「月姐兒清楚。章兒所有學習都是月姐兒安排的，他的進度，他的功課，他要看的書，他要寫的卷子，月姐兒會給他評改和講解。」蘇順解釋說。

沈氏驚呆了。「章兒沒有意見？」

「他能有什麼意見？」蘇順反問。「他有意見?!他跟妳說的？」他敢有意見了？他憑什麼有意見？

看著蘇順立刻要去劉家理論的樣子，沈氏連忙解釋道：「不是，章兒什麼都沒有說過。就是，就是……」沈氏為難說道：「你有沒有覺得，月姐兒有點太強勢了？」

「什麼強勢？月姐兒聰明伶俐，善解人意。」蘇順不滿說道，他的女兒千好萬好，誰人不喜歡。

「你明知我說的不是這個。」沈氏說道：「只是，他們以後始終要做夫妻的，月姐兒過於強勢，會不會章兒面子掛不住，影響他們之間的感情啊？」

「噯，夫人，妳多心了。」蘇順難得一次反駁沈氏。「妳不了解男人，有些男人，他就吃這一套。」

沈氏轉頭看著蘇順，沈默不接話，看得蘇順心慌慌，最後問道：「你也吃這一套？」

「不……」蘇順看著沈氏，忽然笑著改口。「對，我也吃這一套。」

二月十九，是平山縣縣試的日子。

一大早，天未亮，一輪殘月仍掛在天邊，準備縣試的眾人已經挎著考籃等在禮房門口，天亮就要進場了。

二月的天，即使穿著棉襖，寒意也從四面八分滲進來！禮房門前豎起兩排火把，也沒法驅趕一點寒意。眾人排成長隊，心急的等待入場。

蘇家族學本次來考縣試第一場的有四人，蘇亮、蘇懷進、蘇思和劉章，其實就是一年級前三名外加一個劉章。

要不要下場，什麼時候下場開始考，其實也是有考量的！學問未到，年紀太小，都不要下場，考來無用，還容易影響心性，而且浪費錢財。且入場需要給廩生銀兩作保，不是隨便就可以考的。蘇家不缺作保的廩生，陳二公子就是。

不過蘇順也只讓這三名小學生開始第一場縣試，至於劉章，這是特例，既不缺這保銀，心性也不怕影響。

年紀小又第一次下場的蘇亮略緊張，但是他善解人意的試圖安慰他覺得更緊張的劉章。「劉大哥，你不用緊張，也不要太在意二姊。雖然你是班級倒數第一名，但是，我們都說了，你這種的叫勇氣可嘉，值得鼓勵！」嗚嗚嗚，劉大哥很可憐，肯定是二姊逼他過來考的。

劉章嘴角抽抽，為什麼月姐兒這個弟弟老喜歡裝大人。蘇亮此話一出，本來身高出眾的劉章，更加引人注目了。而且，月姐兒在旁邊，為什麼提他考倒數第一的事情。劉章氣極，看來不給點顏色，這些小屁孩看看是不行了。

於是，劉章板著一張臉開口了。「我不緊張。縣試只是縣令監考，我不僅見過縣令，我還見過知府，見過大理寺的大人，你姊被皇帝授牌匾的時候，我們還一起見過皇上。我們都是見過世面的大人了，不緊張。你們小孩子見識少，才緊張。」

劉章此話一出，周圍的幾個小學生同時震了震，深深為劉章的見多識廣而傾倒，只覺得自己果然還是年紀太小，見識不夠，緊張了。

只有在旁邊守候的蘇明月，對劉章和蘇亮這番對話頗為無語。本來蘇明月是不用來的，但蘇明月自己想要參觀一下古代科考流程，便跟著過來了。

「好啦，不要說話了，吃到冷風肚子容易不舒服。」蘇明月勸說道，然後給了劉章一個警告的眼神：別逗我弟弟。

劉章挑一挑眉，回給蘇明月一個壞笑。

光陰似箭飛逝，斗轉星移又是一年春。

蘇氏族學圖書館外休息室，陳二公子看到右手撫摸著算盤，腕間隱隱約約露出小沙袋，在聚精會神的看書的劉章，內心深處是服氣的。

算起來不過一年的時間，劉章就從一年級上升到三年級，固然有之前的底子在，但在陳二公子看來，劉章的天資和勤奮無一不是上等。

陳二公子是心思活絡之人，上次蘇順被黨爭連累之事更讓陳二公子明白，以後在官場，有熟悉信任的人相互照應，是多麼重要的事情。加之劉章即將成為未來的連襟，說起來就是親戚了。這年頭，誰都不會嫌靠譜的親戚多。

想到這兒，陳二公子走上前去，打招呼道：「章弟，打擾了。現在方便不？」

劉章抬頭看見陳二公子，往旁邊讓一讓，說道：「不打擾，合兄，請坐。」上次出事的時候，陳二公子多次奔走，雖然主要是為了蘇順這個岳丈，但劉家人都承陳二公子的情。加之兩人將要成為連襟，關係自然比普通同窗更深一層。

陳二公子順勢坐下來，從袖中拿出一張紙，說道：「上次跟你說過，想麻煩你收集一些書，名單我已經整理出來了。麻煩你了。」

劉家書店收縮了規模，但基本盤還在，陳二公子要的書籍繁雜，有幾次都是麻煩劉章幫忙收集。

劉章接過名單，掃了一眼後放入袖中，笑道：「不客氣。到貨了我再告訴你。」

陳二公子自然是無二話。談話間，蘇明月從另一個房間出來。劉章眼睛霎時一亮，迅速合起正在看的書，拿起小算盤，向陳二公子告辭說：「合兄，我有事先告辭了。」

陳二公子看著外邊的蘇明月，會心一笑。「章弟去吧。」

劉章快步走出休息室，向蘇明月走去。

看見蘇明月往這邊看過來，陳二公子揮手笑一笑當打招呼。自己這小姨子也不是常人，學堂裡的一切，先生除了正常備課上課之外，其餘都是這個小姨子掌理。

而且蘇明月有時候也上課，一、二年級那幫小鬼頭對他們的明月師姐可信服到不得了，以至於陳二公子看著蘇明月，日漸有一種看到另一位先生的既視感。想到這裡，陳二公子猛地搖搖頭，將心裡面蘇順和蘇明月的形象分開來。

而另一邊，蘇明月跟劉章邊走邊說話。「姊夫找你做什麼？」

「他找我收集一些書。」劉章簡單解釋，將話題轉回兩人身上。「怎樣，我的卷子妳看了嗎？文章看起來怎樣？還有沒有像以前那樣看起來像骨頭架子？」

「好很多了，好歹會裝飾了，像個帶著人皮面具的假人。」蘇明月笑說：「不過，應付秀才試，應該足夠了。」

劉章笑了。「都是妳的功勞。」

兩人一邊聊，一邊走遠。

晚上，回到劉家，劉章吃完飯之後，直接到書房。這一年來，劉章幾乎像一個苦行僧一樣生活，除了日常必須的吃飯睡覺活動，其餘時間皆在書房。

劉章輕輕翻開一份卷子，正是下午月姐兒給他評改的那一份，兩樣不同的字跡，密密麻麻的寫滿了卷子。劉章認真看完，思索半晌，然後輕輕解開右手腕的小沙袋，這是月姐兒教他的方法，因為他練字時間太短，腕力不夠，除了寫字的時候，都用小沙袋綁著，鍛鍊手腕力量。一手好字，可是科舉的基本。

轉兩下右手腕，活動筋骨，劉章打開一張白紙，手執毛筆，下筆將這篇文章按照月姐兒所講，重新再修改一遍。

文章如何先不說，只見筆下的字沈穩中透著意氣，讓人見之心喜，月姐兒的手綁沙袋懸腕練習法，經過劉章一年來時時刻刻的鍛鍊，證明是有效果的。

二月十九，又是一年縣試時，這次蘇明月沒有來陪考，去年蘇亮、蘇懷進已經過了第一場縣試，今年劉章帶著幾個不認識的小屁孩一起排隊進入考場。

十天後，榜單出來，劉章名列第一，是縣城案首。

章氏偷偷給劉家的列祖列宗燒了三炷香，劉父外出談生意都意氣風發了幾分。

劉章反而是理所當然的樣子，照常的每日早起，晨間練字，晚間做功課。面對同窗的恭喜，也是一片淡然。

只是，次日散學後，兩人一起走在路上。

「恭喜妳呀，蘇先生。學生這次有沒有達到蘇先生的要求？」

「不錯，繼續努力。」蘇明月忍笑回應。

桃花開花的時候，就到了府試的時間。

再次回到府城，劉章覺得一年多前在府城淪為階下囚的情景還歷歷在目，但事實是已經時過境遷，當年的學政被流放，如今管著府城科考的已經是新人。

劉家在府城有住宅，便不用跟著其他人租住客棧。這次是蘇順帶著六名已經過了第一場縣試的學生一起趕考，劉家乾脆邀請所有人都入住劉家，擠一擠，怎麼都比住客棧方便。

四月十六，是府城府試的日子。檢查的流程和縣試是差不多的，只不過更為嚴謹細緻，因此前進的步伐便慢了許多。

蘇亮排在劉章前邊，前年蘇亮過了第一場，卻沒有過第二場，因此今年兩人都在府試名單中。

隊伍緩慢行進，四月了，不再像二月分那樣寒氣瘮人，蘇亮無話找話。「劉大哥，你緊張不？」

蘇亮現在對劉大哥是非常佩服，能熬得過他二姊魔鬼訓練的人，是一條真正的漢子。而且劉大哥還只用一年的功夫，就從一年級跳到三年級去了，蘇亮考過縣試之後，才將將升到二年級。

「我不緊張，你如果緊張，就深呼吸幾口氣。」劉章對著蘇亮說道。

「嗯。」蘇亮很聽話，馬上在旁邊認真深呼吸。

等了一刻鐘，才輪到劉章他們進場。因著劉章是上一科縣試案首，便將劉章安排到主考官面前第一排。

考試順利進行，十幾天後，平山縣的眾人收到消息，蘇順帶過去的六名學生，全部通過了府試，其中名次最靠前的是劉章，名次最後的是年紀最輕的蘇亮和蘇懷進。

蘇氏族學一下子誕生了六名童生，尤其當中蘇亮和蘇懷進如此年輕，而劉章的情況是如此特殊。應該說，劉章的特殊比蘇亮、蘇懷進的年輕更顯可貴，畢竟年少英才有可能是天資卓越，但劉章天資一般，不然也不會中途放棄科舉跑去經商，這麼大才回來重新科舉。這才過了一年多，劉章已經考中童生了。蘇氏族學開始再一次進入平山縣眾多有心人的眼內，大家開始評估這個族學，應該給予幾分重視？

而蘇氏族學內，蘇明月則受到了更多的關注。本來蘇明月在學堂，已經是萬綠叢中一點紅的存在，但此刻，眾多學子看蘇明月的目光，就像你以為水深千尺，結果某一天你突然發現，水深萬丈。畢竟，因為大家都是讀書人，更知道僅一年多的時間準備，要考中童生有多難。而劉章一路從一年級升到二年級再升到三年級，所有人都知道，是蘇明月一手打造。

面對學生們關注中更多一分敬重的目光，蘇明月表示，感覺很棒！

待到七月底、八月初，能否考中秀才最後一關的院試開始了。

早在秀才試之前，蘇氏族學的童生們已經經過一輪又一輪的模擬考，部分考生們對院試既是心有期待，又是心有恐懼感。畢竟經過了蘇家這麼多秘法，得到了榜眼的教導，如果還是考不中，好像自己都要正視和承認，是自己沒有讀書天分。

蘇氏族學以前累計加今年新增童生，共計十一人下場，這是一個算高的數字了，畢竟，能取得童生資格，也是需要一定功夫的。

八月初八，是院試的日子。今年的院試實在是天公不作美，考到半途，居然在半夜來了一場冷雨。

幸而蘇氏族學的考生對這種情況早有準備，雨來時，一個個迅速的從考籃裡抽出一張油布，抱住考卷，整個人在油布下縮成一團。形象是寒磣了一點，但是勝在安全啊。

尤其當雨勢漸大，不知從考場哪一處，傳來一聲充滿著不可置信和懊惱的痛呼。「我的考卷！」不知是哪個倒楣鬼的卷子被雨水弄污了。

倒楣考生的話音剛過，立刻傳來了嚴厲的呵斥聲。「噤聲！考試期間，不得喧鬧。」而後，這名考生被衙差拖出考間。

蘇氏眾考生抱著自己的考卷，頂著油布，縮得更緊了！

幸而冷雨不久就停了，不過，一場秋雨一場寒，冷雨過後，考場上噴嚏聲此起彼伏，絡繹不絕。蘇氏族學眾人平常每天鍛鍊的優勢便顯示出來了，竟無一人身體不適。眾人就著噴嚏聲背景，下筆更有神了。畢竟，考場上大家都是競爭對手啊，這倒下一個，其餘人說不定排名又更進一步了呢。

三天時間過，蘇氏族學的考生，帶著一種隱晦的暗喜離開考場。

第三十一章

八月十七，是院試放榜的日子。這一年的這天，平山縣的所有人覺得自己好像是姓蘇，應該是要姓蘇，十分想要姓蘇，恨不得馬上就姓蘇。

「恭喜惠和城平山縣劉章劉公子上榜，位列第十。」

「恭喜惠和城平山縣蘇寧蘇公子上榜，位列第二十二。」

「恭喜惠和城平山縣蘇靜致蘇公子上榜，位列第二十九。」

「恭喜惠和城平山縣蘇遠蘇公子上榜，位列第四十五。」

「恭喜惠和城平山縣蘇志蘇公子上榜，位列第五十八。」

「恭喜惠和城平山縣蘇淡蘇公子上榜，位列第七十九。」

「恭喜惠和城平山縣蘇波蘇公子上榜，位列第八十五。」

惠和城平山縣今年前所未有的出了六名秀才，前所未有的大豐收，全部出自蘇氏族學，全部姓蘇。眾人都忍不住心生疑問：莫非這平山縣的文氣都集中在蘇家了？現在改姓還能不能來得及？

哦不，第一位第十名的劉章不姓蘇?!呸，劉章是蘇順的未來女婿，約莫一年多前入的蘇氏族學。他不姓蘇，比姓蘇更代表了蘇順的教學水準。其他學堂的學子們眼睛都要紅到發綠了。怎麼著，一邊是顆粒無收，一邊是前所未有的豐收，十年寒窗，這對比怎麼能讓人接受。

其實，按照真實水準來說，蘇氏族學是突出了一點，但是按照以往的數據，其他學堂每年也是可以出那麼一、兩名秀才的。

但是，誰讓今年天公不作美，考試時下了點雨，其他學堂準備得不夠充分，要不卷子淋了點雨，要不著了點涼，而蘇氏族學就在這個時候脫穎而出。此消彼長，就成了現在這種一面倒的情況了。

不過，個中緣由，大家是不會深究的。現在就是結果論，大家只知道蘇氏族學出了六名秀才。誰家有讀書的小娃娃，不想送到蘇氏族學去？無奈何不能改姓。其實不姓蘇也可以，但凡蘇順再有一個女兒，求娶的人都能從平山縣南大門排到北大門。

外姓人羨慕嫉妒恨，蘇氏族人則笑到嘴巴都瘆了，蘇族長作夢都要笑醒，深覺自己是蘇氏歷任族長裡面數一數二的能幹人。眼看著蘇氏家族要崛起，蘇族長覺得自己的名字一定會在族譜上，留下濃墨重彩的一筆，供後人敬仰。

不過，有開心，也有一點甜蜜的煩惱。

皆因通過七大姑、八大姨、各種豬朋狗友，哦不，志同道合的朋友，找上門想入蘇氏族學的人實在是太多太多了。蘇族長已經受歡迎到，只敢在蘇氏的地盤上抬頭挺胸遛達，但凡出去外邊，見到個人都要上來搭訕家裡有個適齡的學生，想要送到蘇氏族學來。蘇族長負擔不起這種甜蜜的煩惱啊！

不過，有些人可以躲，有些人蘇族長還是很為難的，比如自家小舅子的兒子，生意場上密切相關的合作夥伴，平山縣各大家族的族長。

「什麼？我現在不帶新學生！下個月就是三年一次的鄉試了，我要帶著學生們全力準備這一次的考試。」蘇順聽蘇族長說完，直接拒絕。

蘇族長本來就是礙於面子來說一說，也不是很誠心，現在一聽，鄉試要緊，立馬說道：「應該的，應該的！你專心準備鄉試就可以了，其他的我來處理。」

蘇族長的小兒子也是一名秀才啊！差點耽擱了大事！

蘇族長回到家，義正詞嚴的告訴求情的各位。「順弟只是守孝期間教一教族中子弟，完全沒有擴張學堂的意思。現在鄉試在即，大家不要打擾順弟帶著學生準備鄉試，不然不要怪我翻臉。」

眾人一聽，無奈何，只能暫時打退堂鼓。

九月初七，是三年一次鄉試的日子。因惠和城是大城，距離京城也近，算是直屬，因此惠和城的鄉試是在府城進行的。

這次鄉試，蘇氏族學的眾位秀才由蘇順帶著，統一行動。

「好多秀才啊。」上個月剛剛中了秀才，年紀最小的蘇波感嘆道。他的名次比較靠後，舉人基本無望。但蘇順說了，鄉試三年一次，每個秀才都要來考，起碼多一點考場的經驗，因此，蘇波過來長見識了。

「可不是，怕有上千人了吧？」另一名秀才接話道。平常在平山縣這個小地方，覺得自己這秀才功名受人尊敬。結果來到這裡一看，秀才就像是地裡的大白菜，一棵連一棵，不值錢。

「惠和城有三個大縣，七個中縣，和三十六個小縣城。我們平山縣只是一個中等縣城，歷年累計下來，已有近四十名秀才。各個縣城合起來，可不得有將近千人。」陳二公子緊張的時候，話特別多。

「我們府城每次取多少名舉人？」劉章開口問。

「正榜七十人，副榜十二人。」陳二公子此話一出，周圍瞬間沈默一片。

眾人皆在內心默默計算著，自己能不能在這一千名秀才裡面排名前七十，又或者，什麼時候才能排到前七十。

至於副榜，那是給後門大戶進的。雖然說為了掩飾自己欲蓋彌彰的不公正，偶爾也會有幾名普通秀才入選，但眾人都不指望這個。

平山縣的眾秀才，忍不住偷偷的看向蘇順。此時此刻，更加明白蘇順這個榜眼的分量。而能得這樣一位名師的教導，無形中好像能在黑暗中，給自己一點信心和指引燈光。

「堅守自身，不移我心！」蘇順見眾人心有浮移，呵斥道。

「是，先生！」眾人齊聲應答。

鄉試連考三場，每場三天，合起來就是要考九天。這九天裡，考生在考場裡緊張答題，蘇順在考場外焦心等待。

千呼萬喚中，終於等到了三十號放榜日。

劉家宅院內，蘇順帶著一幫秀才，正在齊聲背誦。是的，因為等結果等得過於心焦，不如背誦課文來轉移注意力。

漫長的一個早上，「砰」的一聲，劉家大門被撞開，劉家的下人衣冠不整的從門口鑽進來。正在朗誦課文的所有人，不約而同停止了背誦，轉過頭來緊張地看著門口的下人。

劉家下人站直腰，大喘氣，吞下一口口水。

「少爺。」下人的眼神複雜難懂，似驚喜又似難過。

「沒有人中嗎？」劉章輕飄飄的發問。

「不，少爺，您在副榜上。」下人回答。

副榜，又稱備榜舉人，享有部分舉人權利，不能參加第二年的會試，但可以參加下一次的鄉試。

劉章緩緩露出了一個笑容，他本就沒想過能參加明年會試，但是，居然能在副榜上，真的是意外之喜啊。

「哎，你這個下人怎麼說話大喘氣啊。還有沒有人中了？」有心急的秀才忍不住發問。

「恭喜陳合陳二公子，您中舉了，第五十四名。恭喜蘇修遠蘇公子，您六十八名。」下人忙回答說，頂著眾人熱切的目光，打擊道：「其他公子就沒有看到了。」

陳二公子、蘇修遠，兩人都是蘇祖父逝世那一年考中的秀才。如今，兩人又同一年考中舉人。兩人臉上的表情如夢似幻，恍若失神。

其餘眾秀才露出失望的神情，雖說安慰自己中舉不是那麼容易，只是還是無法控制的失望。

還是劉章先回過神來。「恭喜合兄！恭喜修遠兄！」

「謝謝章弟，同喜同喜！」陳二公子稍稍回過神來，激動狂喜的說道。

「恭喜合兄，恭喜修遠兄，恭喜章兄！」眾秀才回過神來，他們之中能出兩名舉人，一名副榜舉人，他日其他人未嘗沒有可能。

以三人為中心，眾人圍成一團。

惠和城這邊不提，鄉試的消息傳回平山縣，直接引起地震一樣的反應。平山縣不算是大縣，近十年來，也就出了一個苦熬多年的許進士，一個死了晦氣的何德，一個榜眼蘇順。這一年，一次出了三舉人。雖然劉章只是副榜舉人，但是大家當他的舉人板上釘釘了。覬覦蘇家族學的一眾讀書人再也忍耐不住了，蘇順等人還沒有回來，蘇族長家的門檻已經被踏破。不要再說什麼守孝，也不必再說準備會試為由，平山縣眾讀書人，哪怕只有一個月、一天，都要加入蘇氏族學。

朝聞道，夕死可矣！

不過，一片誇讚之聲中，也有一些不和諧之語。

「你們說，那蘇順是不是藏私啊？你看中了三個舉人，頭尾都是蘇順他女婿。尤其劉章那小子，不是才復學兩年嗎？」

「可不是？人皆有私心，這也太不公平了吧。」

不過這只有零星幾個人私下談論，畢竟現在不宜得罪蘇家。

有心人希望這些言論影響蘇氏族學，不過很遺憾，完全沒有影響。皆因蘇氏族學實行三天一小考，一旬一大考的策略。大家的水準怎樣，各自心裡都有底。陳二公子和蘇修遠是常年位居前三的水準。

至於劉章，哦，劉章是蘇明月的學生。這真的不一樣，求不來。

蘇順從府城回來那一天，蘇家擠滿了前來道喜的人群。其人群密度，跟當年蘇順剛剛中了榜眼的時候相比，也差不多了。肉眼可見的，蘇順比三名新鮮出爐的舉人更受歡迎。濟濟一堂的人群，試圖從七彎八拐、盤根錯節的親戚關係中，得出一個結論，自己跟蘇家是有著歷史情誼的一家人，希望蘇順可以教一教自家子姪。

「各位，各位，大家的訴求我都知道了。只是今日實在天色已晚，家中尚有老母幼兒，待明日我跟族長商量之後，再給大家一個回覆好嗎？」蘇順對著眾人說道。

眾人看著奔波歸來的蘇順，再看看睜著無辜大眼睛的光哥兒，和坐在上首眼睛都要閉上快睡著的蘇祖母，尷尬笑道：「應該的，是我們打擾了。那先休息，我們改日再來拜訪。」

待眾人離去，坐在上首位置的蘇祖母立刻睜開眼睛，光哥兒也蹦蹦跳跳的喊著爹，只有蘇順，滿身疲憊是真的。

「可算是走了。我怕是入土了都要被這些人吵醒。」連日來，拜訪蘇家的人絡繹不絕，蘇祖母從先前為兒子驕傲不已到不耐煩，只用了三天不到的功夫。如果不是為了家中名聲著想，怕被人說傲氣，蘇祖母都要閉門謝客。唉，在一個地方住久了，就是這樣，開門見到個人，往上數五代，都是親戚。

「娘，如何能說這種犯忌諱的話。」蘇順無奈說道。

「哎，我不說了。你回來了，這些事情你看著處理吧。嬤嬤，扶我回房間，讓我耳邊清靜清靜。」蘇祖母伸出手，陳嬤嬤趕緊扶著蘇祖母回房了。

夜晚，蘇順和蘇明月在書房。這族學的事情，實在是不能再拖了。

「爹，您是怎樣想的？」蘇明月問。

「月姐兒，妳說爹守孝完之後，不去復官了，繼續在學堂教書怎樣？」蘇順遲疑說。時人三年孝二十七個月，過了年，蘇順就算是守孝完成了。

「我這性格，其實也不適合官場。上次的事情我也明白了，富貴都是險中求，妳爹我就怕不自覺中招惹風險，反而帶來災禍。這兩年，在家裡教書的日子也挺好的。」蘇順說道。

「爹，我支持您。」蘇明月明白蘇順，人各有志，有時候強迫一個人去追求世俗上的權勢，反而得不償失。蘇順一直教書也挺好的，不是說，不為良相便為良師嗎？桃李滿天下的時候，未嘗不比手握權勢來得好。

「不過，爹，按照您現在受歡迎的程度，一個普通的學堂可能不太夠。」蘇明月笑說。

不知道為什麼，能得到蘇明月的認可，蘇順覺得心頭霎時輕鬆了。也許是這兩年來，蘇明月在學堂的事情上，給了他太多的幫助，讓他可以無後顧之憂的自由自在教學。有時候，比起一個女兒，蘇明月有時候更像一個好幫手，一個志同道合的伙伴。

「這件事情也不是一、兩天可以決定下來的。我回去再跟妳娘商量一下，如果要留下來教書，估計要擴展一下規模。」

「爹，您有沒有想過，直接開一家書院呢？」蘇明月鄭重的問。

「書院啊，這事情真沒有想過，會不會太急了一點？」

「爹，我想要開一家女子學院。」

蘇順被蘇明月的回覆驚住了，好像第一次認識似的看著蘇明月，最後露出恍然大悟、果然如此的神情。「月姐兒，當年妳祖父說得真對。可惜妳不是男兒。妳要是男兒，蘇家真的就復興有望了。」

這種敢想敢做的魄力，也就是身為女子之身限制了蘇明月。如果是男兒之身，蘇明月必定創出一番事業，蘇家復興，指日可待。

「爹，我不是男兒，蘇家的復興就無望了嗎？」蘇明月淡淡一笑，帶著自傲。「功過是非，百年之後，留待後人言說。畢竟，三年一次的進士一輪又一輪，但是善織夫人本朝只得一個。」

蘇順瞪大眼睛，想不到自己的女兒竟有如此大志，半晌之後笑說：「好一個百年之後，是爹目光短淺了。月姐兒，是青出於藍而勝於藍啊。妳這樣，爹也不能差太多，我明天就去跟族長說，在平山縣這個地方，要建個書院還是可以的。但是，月姐兒，妳走在一條前人未曾走過的道路上，妳遇到的風險或許會比妳期望的收穫更多。這女子學院的事情，爹可幫不了妳太多。」

「爹，飯都是一口一口吃的，路是一步一步走出來的。而且，我藉著您的名氣，在旁邊開個女子書院，不就是爹在幫我嗎？」蘇明月偷笑。「還是說，爹您想要把我踢出去。」

「爹如何捨得把月姐兒踢出去。就怕月姐兒不再幫爹的忙，妳那些小師弟們，可捨不得妳。」蘇順笑道，這刻，這個平常性格平和的老好人，竟有著前所未有的疏朗豪爽之氣。

「我琢磨著當初幫爹管族學的時候，妳就有這個心思了，是不是？」

他是真的開始期待女兒的百年之後，會如何被評斷。

「爹，我只是種一顆種子，點一盞燈火，百年之後，長出怎樣的因果，其實也非我所能控制的了。」

「能做到這樣，也不枉此生了。」蘇順嘆道：「人這一生，能為自己活著，本就不易。如果還能留下那麼一星半點的東西，已經稱得上此生無憾。不知道我百年之後，有幾人會記得我的名字，幾筆寫完我這一生。」

兩父女含笑交談半夜，不像父女，更像知己，對未來有豪情萬丈之感。

第二天一早，蘇明月才剛剛起床，沈氏急急忙忙的走進來，擔心的問：「月姐兒，妳爹說妳要開什麼女子學院，這是怎麼一回事？」

昨晚孩子她爹也不知道跟月姐兒談論了什麼，回來之後連說了好幾次生女如此，此生何求，結果一問才知道，兩父女居然要開學院。如果不是夜深，沈氏真的要把蘇明月從床上拉起來問個清楚明白。這不，一大早的，沈氏剛剛洗漱完就過來了。

蘇明月還沒來得及把早上那杯溫開水喝完，聽完沈氏的一段話，慢慢嚥下水，不急不忙的說：「娘，您覺得我替我爹管那族學管得怎樣？」

「挺不錯的。」沈氏明白，丈夫的性子有點讀書人的天真，很多雜事都是蘇明月在管。

「但是這跟開女子學院有什麼關係？」

「有很大的關係。娘，您覺得見過世界的遠大，看過更寬闊的風景之後，我還願意回到宅子裡打轉，一心相夫教子，以夫為天，靠男人的心情喜好而活嗎？」

「章兒不是那種人。」沈氏對劉章這個未來女婿還是有信心的。

「娘，不在於劉章是什麼樣的人，而是在於我是怎樣的人。」蘇明月說道：「不管是劉章，還是張章，又或者是趙章，我都不可能將此生繫於一個男人的良心上。天長日久，人心易變。」

沈氏想起何德何能一家，沈默不語。這女人，終究是天空太窄。

「而且，娘，您想太多了，我也不是想要考科舉呀。只不過是建一個小小的學堂，讓女孩子認一認日常用字，教一教針織刺繡、廚下飲食的技能，學一些管家理事、田頭鋪子的學問。這不都是您日常教我們的嗎？」蘇明月解釋說，再給沈氏畫一畫大餅。「只是，有些女孩子，家裡沒有這麼好的條件，我就把大家聚起來教一教。再請幾位德高望重的夫人，大家一起說一說人情往來、日常交際那些事，這不是挺好的嗎？」

沈氏聽蘇明月這麼一說，細想一下也沒有什麼出格的東西，而且聽起來感覺也挺好的，如果年輕未出嫁前有這麼一座書院，也是一段快樂無憂的好時光。

「真就這樣？」沈氏半信半疑，向蘇明月確認道。

「真就這樣。到時我還得靠娘幫我呢，我一個人可忙活不過來。」

「我能教什麼？」沈氏推辭說。

「娘您莫要推辭了，我們又不是教什麼高深的學問，不過是學些過日子的功夫。娘您那莊子鋪子不是打理得挺好的，到時候跟小姑娘們講一講，出嫁後不也少走許多彎路。」

沈氏想想，好像也對。於是，沈氏急匆匆的來了，又帶著任務回去了。

早飯後，蘇順和蘇明月來到學堂。

「妳是突然想到這樣的嗎？」劉章問。

「也不算是突然吧。其實很久之前我一直思考過類似問題，我其實挺怕在成親之後，就只能相夫教子過一生的，沒有這件事情，可能也會做其他事。」蘇明月沈默了半刻，然後坦白說：「多年前，在你求親的時候，我就說過，我並不想依傍男人而生，其實現在也是這樣。」

對著劉章笑一笑，蘇明月明白自己這個想法，在這個時代，其實有點驚世駭俗了。但不知道為什麼，蘇明月並不想對劉章隱瞞，如果此後餘生的幾十年，都要一直隱瞞，會覺得很累吧。

而且，莫名有種感覺，劉章他其實有很多想法，也跟世俗不一樣，畢竟，即使是走上科舉這條路，也是要在看文章的時候，時時摸著算盤的人啊。

果不出所料，劉章注視蘇明月片刻，然後展開一個笑容。「以後請多指教，蘇院長。」

不要有了新人就忘了舊人，畢竟，我是妳的第一個學生哪。

這天早上，蘇族長也被請到族學中。

「什麼？你說真的？不去復官了？要在平山縣開一座書院？」蘇族長簡直不敢相信自己聽到的話，一大早的，莫非昨天美夢還沒有醒。

「是的，族長，你沒有聽錯。」蘇順說。

「你等一等，我緩一緩。」蘇族長頭痛的撫著額頭說。蘇氏一族最出息的人才啊，就這樣放棄當官了，蘇族長心痛的顫抖。但是，轉念一想，好像也很不錯，順弟一個人在官場單打獨鬥，畢竟勢單力薄，難成大勢。回到平山縣來，相信按照現在的教學水準，不久平山縣肯定會出現一大批人才，到時候，大家相互照應，各處開花，更是穩紮穩打。

蘇族長的腦袋裡，各種各樣的想法飛速流轉，臉色變來變去，內心左右較量。

「族長大伯，您別想了，我爹決定了的事情，您也改變不了的。」蘇明月勸說。

也是喔，族長一想，他糾結個什麼勁，這又不是他能決定的。瞬間放鬆了。

蘇明月瞧著族長終於回過神來，說道：「就是這個開書院的事情，還是要靠德高望重的族長您牽頭。生源應該是不愁的了，這幾天，一直有人來我們家說這事。只是這書院建在哪裡？建多大？怎樣建？還是要族長出面。畢竟，我們原來族學也挺好的，就是大家都太熱情了，個個都想入學，盛情難卻，才想著擴展規模。」

對，就是這樣的。族長心想，這個牽頭的事情，自己是最合適的。要讓那些各個家族的人，個個都出錢出力，以自己為首才行。

「月姪女啊。來，跟大伯說一說，這個書院你們是想怎樣建法。還有妳那個女子書院，我剛剛沒聽清楚，妳想怎樣辦呀？」其實剛剛族長根本就沒放心上，被蘇順放棄當官的事情鎮住了。現在想想，從學堂開始以來，這種統籌管理的事一直是蘇明月在做，不能輕視，必須要細細問清楚。

蘇明月羞澀的笑一笑。「族長，我爹是這樣想的，畢竟是以後長遠的事情，老話說，十年樹木，百年樹人，所以書院還是要挑一個山清水秀的地方，風水好，才好陶冶出文氣。然後，還是要建一座圖書館，最近學生們抄的書是越來越多了，到時候再購進一批書籍，就很好了。其他學生的教室、鍛鍊的地方，按照現在族學擴展一下規模就好了。」

「至於我說的那個女子書院。」蘇明月笑得更羞澀。「只是我一點點不成熟的想法。」蘇明月伸出小指，比劃出一點點的樣子。

「去了京城一趟之後，覺得我善織夫人的牌匾還是有點用處。然後自己在織布上也算是有一點點的心得體會，就想著回報一下平山縣的鄉親們。畢竟，發生了這麼多的事情，都多賴鄉親們的照應。我也沒有什麼好教的，就教小姑娘們認認字，學學織布吧。」

蘇族長心裡抽了抽，但凡對蘇明月熟悉少一點，都差點被她現在這個羞澀的樣子騙了。

蘇族長聽了想一想，蘇明月善織夫人的牌子何止好用，平山縣所有生女兒的人家都妄想這塊牌匾好嗎？敲登聞鼓告御狀的時候，又有多少人發出生女當如蘇明月的感嘆！

跟著月姐兒學一學認字，學一學織布這些功夫，沾點好名聲，嫁到婆家也受益。蘇族長心裡一盤算，立刻把自家的兩個孫女給計劃上了。「月姐兒啊，這是大好事啊，大伯家裡有兩個孫女，剛好年紀到了，大伯到時就把她們交給妳了。」

「族長大伯您放心，我一定好好照顧姪女們的。」蘇明月保證道。

「哈哈哈，有妳這句話我就放心了。妳也放心，女子書院的事情，我一定給妳好好辦。女孩子們就應該這樣，學點本事。」

一老一小兩個老狐狸在談笑間，達成了交易。

蘇族長走後，蘇明月和劉章繼續上課。這些事情的籌備交給蘇族長是再合適不過的了。

蘇族長也不負兩人所望，回去之後馬上召集平山縣各家族的族長，還有一些各行各業的德高望重之輩，只要當時跟他說過想要入蘇氏族學的，都來開小會。

「什麼？蘇順他不去復官了，要建書院？」一人驚呼。

這真是……太好了！

蘇族長斜眼看了一下這個說話的人，嗯，不是姓蘇的，不是他們蘇家人，就不是同一條心，想他剛知道順弟不去復官的時候內心多掙扎啊。

被蘇族長斜看這一眼，說話的人立刻端正了態度，儘量不要讓自己的笑容過於明顯。大家都是平山縣人，穿開襠褲的時候就認識，誰不知道蘇族長這傢伙一直想要帶領家族前進。這蘇順不當官，簡直就是戳了蘇族長的心肝。現在不宜招惹他。

「嗯。所以現在就請大家過來，看看這個書院的事情要怎麼做？」蘇族長淡淡的說：「畢竟，大家都是平山縣有名有姓的人物了，前段時間，大家也表現出家裡的子姪兄弟有多麼的求知若渴。」

「應該的，應該的，這等大事，就應該集眾人之力，好好建一座書院，惠澤後人。」眾人立刻捧場。

「我看我們平山縣大青山前面那塊空地挺好的，山清水秀，地勢開闊，交通也方便。」蘇族長說道。最主要是離蘇家也不遠。

「但那是，黃地主家的地呀。」來人遲疑的說，不過蘇族長一看過來，立刻轉口說：「不過黃地主也是我們平山縣的老人了，我們好好談一談，大家合力，賠償給足，肯定沒有問題的。這地方不錯，各方面都很合適，我贊成，就這裡了。」

蘇族長滿意的點點頭，然後才繼續。「還有，我明月姪女也說了，就是感念各位鄉親，想要在書院旁邊建一個小小的女子書院。不過，如果大家不歡迎，我們蘇氏一族的女孩子上學就可以了，大家不勉強。」心痛，蘇氏家族最出息的兩個人才都要獻出來了。

眾人聽完一愣，這女子書院是什麼情況？不過，一聽到蘇族長說只有蘇氏一族的女孩子能上學，立刻反應過來這老狐狸想獨占的，必然是好東西，馬上接話道：「怎麼可以只有蘇氏一族的女孩子呢？明月姪女也是我們平山縣長大的，我家有小女兒，剛好出嫁前讓她跟明月姪女學點東西。」

來人遲疑的說：「明月姪女準備教點啥？我回去讓孩子她娘準備準備。」

「就教教認字，織布什麼的吧。」蘇族長無可無不可的說。

「老蘇啊，還有我，我家那大孫女特別乖，讓她跟著明月姪女好好學點東西。」

跟蘇榜眼的女兒學認字，跟善織夫人學織布，這賺大發了好嗎！趕緊跟上！

「還有我家小孫女。」

「還有我家小女兒。」

蘇順要開書院的消息，很快就透過各種管道傳出去了。

陳家書房。

「你真的決定不去參加會試，再等三年？」陳老爺問。

「嗯。爹，我已經想過了，我現在的學問，要過鄉試很難。萬一上了，恐怕也是排名靠後，還不如再積累三年，三年後穩妥一點再試。」陳二公子解釋說。其實陳二公子沒有說的是，他還是有點傲氣的，萬一考上同進士，還不如再等三年考個好名次。他現在背靠岳父大人，不愁沒有名師指導。

陳老爺沈吟片刻。「也行。你現在還年輕，步伐穩一點，也挺好。」這個兒子，已經比他這個當爹的更加出息，陳老爺只不過是一個縣城文書，陳二公子未來可期。因此，陳老爺頗支持陳二公子的決定。

於是，陳老爺話音一轉。「你岳父要開書院的事情，你知道了嗎？」

「知道的，先生跟我們說過了。」陳二公子決定三年之後再考，也是有這個考量。

「你大哥想要進那書院，你有沒有什麼辦法？」陳老爺有點尷尬的問。哎，二兒子出息了，大兒子還是個童生，兒女都是父母的債啊。

「爹，」陳二公子沈吟片刻，道：「按照大哥的學問，應該能通過我岳父書院的考試。不過，如果想要考好一點，我那裡還有一些參考資料，待會兒我讓書僮送去給大哥。」

陳大公子就是這樣彆扭，永遠都要通過當爹的來跟自己的弟弟對話。

「好。你拿過來給我吧，我給你大哥。」陳老爺何嘗不知道大兒子的心結，只是當父親的，總不能放棄自己的兒子。「你做得很好，不要拘泥於我們這個小家，到更高更遠的地方去吧。」

「是，爹。」陳二公子恭謹應道。

陳大公子想要進蘇順的書院，彆扭的透過自己的爹來找自己的弟弟想辦法，平山縣的其他學生，也八仙過海各顯神通。平山縣就這麼大，七彎八拐的，大部分人在蘇氏都有那麼一、兩個親友。反正，蘇氏族學的學子，最近借出去的資料卷子特別多。

一個書院的準備，除了硬體之外，更重要的是師資。

原本蘇氏族學三個年級，蘇順一個人還要搭上蘇明月才能運轉。一個書院當然不能只有兩個先生。而且蘇順的書院開起來，可以預見的，其他學堂的學生必然流失，這處理不好，就是砸人家飯碗，是要結怨的。

因此，確定了開書院之後，蘇順去拜訪了平山縣幾家學堂的先生，說明自己開書院的計劃，有合適的也邀請過來書院當先生，當然教學方法要向蘇順的教學方式靠攏。

因為蘇順榜眼的身分，本來就不是在同一個起跑點上的競爭。加上蘇順的態度很友善，因此，有五名秀才願意來書院任教。

不要問為什麼沒有舉人，平山縣唯二的兩名舉人剛剛出爐，還都在蘇氏族學呢。至於進士，許進士在外當官，蘇順開學堂。除這五名秀才外，其他的一些學堂先生，要不是年紀大了，剛好準備含飴弄孫，或者另有計劃，又或者繼續開學堂，畢竟也不是所有的學生，都會去書院的。

過了年，蘇家拜祭了蘇祖父，除了素服，出了孝。

二月二，龍抬頭這天，書院開學了。

第三十二章

這一天，正是青山書院開學的日子。名青山書院，一因其背靠大青山，源自平山縣；二是蘇順認為，青山穩重、寬闊的品格，應是讀書人畢生的追求。

這天一早，平山縣縣令家。

「夫人，來幫我看一看，今天青山書院開學，我穿什麼好？」知縣大人猶豫不決，青山書院開學，邀請縣令大人去做開學演講，如此重要的日子，當然要慎重了。穿官服威嚴有氣勢，但是會顯得有點不夠親民；穿便服親民了，但是又怕不夠突出自己縣太爺的身分。

誰料，縣令夫人根本不搭理。「我在忙著呢，你自己選一選吧。都挺好的。」

「不是，妳在忙什麼呀？」縣令急道，有他這件事情重要嗎？書院辦好了，就是他這個縣太爺的政績呀，上一任縣令就是靠著蘇家拿了三年甲等，去了一個好地方。這還是靠著跟前任稱兄道弟才套來的信息呢，考核升等不比其他事情重要？

「我怎麼就沒有事情要忙了。」縣令夫人對著銅鏡，比劃著今天要簪哪一支簪子，鳳點頭夠氣勢夠隆重，喜鵲登枝好像小家子氣了，嗯，就鳳點頭了。

簪好簪子，再看看跟衣服搭不搭，確定沒有問題了，縣令夫人抬頭挺胸，施施然的走出來。「今天也是女子書院開學的日子，善織夫人請我去做開學演講呢！你自己慢慢選吧。」

說完，縣令夫人不再搭理縣令，搭著丫鬟的手，先走出了房門。

縣令看見自家夫人衣服上華美的光澤，花繁葉茂的刺繡，頭上鳳點頭金簪，折射出刺眼光芒，立刻決定了要穿官服。哼，不能被夫人壓下去。

蘇屠夫家。

懷花已經吃完了早飯，穿好了衣服。

「娘，您幫我看一看，我現在怎樣？」小姑娘忐忑不安的問。

蘇屠夫娘子幫女兒理一理衣服上不存在的皺褶，看一眼自家姑娘。身穿女子書院統一粉色棉服的小姑娘站得板正，明明是普通的衣服，卻透出一股喜氣和蓬勃之意。

「我們懷花真好看。」蘇屠夫娘子滿意的點頭。

「好看。」蘇屠夫也點頭說，多俊啊，他家姑娘。

懷花得到自家爹娘的肯定，終於滿意了，又催起了她哥。「哥，你快一點吃早飯啦，第一天開學，莫要遲到了。」

「好啦，馬上來。」蘇懷進嚥下最後一口炊餅，端起碗把稀飯一飲而盡。「妳才是第一天開學，我可不是。」

說完站起來，揹起書袋。「來，跟哥走，以後哥罩著妳。」

懷花懶得回她哥的話，卻緊緊跟著她哥的步伐。

「爹，娘，我們上學啦！」

「欸。」

平山縣，青山腳下青山書院，成品字形排列著三座連體建築。最中間的那一座，三個龍飛鳳舞的大字寫著「圖書館」。圖書館左右兩邊都有門可以進入，一道密密麻麻的薔薇花牆，男左女右，分開了男女書院。

辰時。

「在座各位學子，代表著平山縣的未來和希望。願大家在青山書院的求學中，秉承『天生我才必有用』的信念，總有一日『直掛雲帆濟滄海』。」這是蘇順對男子書院的致辭。

「各位姑娘，願妳們學會追尋真我，愛惜自身。不管逆境順境，這一生，都不要失去對生活的熱愛和追求，向陽而生，大道而行。相信自己，自珍，自立，我們心底有大力量！」這是蘇明月對女子書院的致辭。

致辭完畢，又請縣長、縣長夫人和各位德高望重的長輩演講。演講完畢，就是正式開學啦。

「各位夫人，月姐兒去上課啦。今天就讓我帶著大家，參觀參觀。」沈氏一身新衣，笑容滿面說道。

「蘇夫人，今天就麻煩妳了。這可是前所未有的新鮮事，可得給我們好好介紹介紹。」讓榜眼夫人、善織夫人母親作陪並介紹，眾位夫人半點不覺失禮，只覺得備受尊重。

「好，今天就讓我陪各位姊妹。」沈氏笑道：「來，我們先來參觀這個學堂。」

「咱們女子書院的課程，主要分為健身課、文化課和勞作課。」沈氏介紹說道：「健身課，顧名思義就是強身健體，會帶大家打一些拳法，做一些活動筋骨的遊戲；文化課，就是認字、詩文鑑賞和算帳知識；勞作課，就是學習日常的織布、廚下、田間勞作等。」

「為什麼要設這個健身課呢？」一位夫人好奇問，時下雖然沒有對女子束縛太深，但是主流還是文靜之美。

「其實還是因為我，當年我生月姐兒的時候難產，後來看了大夫，說這女子身子弱，生育之關不好過。各位姊妹想一想，是不是咱們這些時時刻刻有人服侍的夫人，還不如田間婦人生兒來得容易？所以，月姐兒才開了這門健身課，儘量活動一下筋骨，說身體健康才是一切的基礎。」

沈氏如今兩男兩女，也不忌諱當年之事。隨行的夫人們聽了，都默默點頭稱是。

待眾人行到一間無人的房間外，一名夫人眼明嘴快，說道：「呀，這是織房吧，這麼多織機。我看這織房挺好，又大又光亮，我小時候，就喜歡跟小姊妹一起刺繡什麼的。」

「可不是。」另一位夫人附和，又看到隔壁一個房間。「呀，這是什麼，怎麼這個房間黑乎乎的都是泥巴？」

「這是暖房，種冬菜用的，這些都是勞作課的內容。」沈氏笑著解釋。

「這就是你們冬天弄的那個冬菜呀。哎呀，冬天真的就差那麼一點綠葉菜。」這位夫人笑道：「以後我可有口福了，回家我就佈置一個，今年冬天就讓我閨女給我種，就指望她學會這一手了。」

「哈哈哈，李姊姊，妳閨女還沒學，妳就惦記上了。」

「可不是，她們現在可比我們小時候聰明。」

一行人說說笑笑往前走，突然前面有人比起噤聲的手勢，眾位夫人連忙放輕聲音。

「這是在上課呢。」夫人們探頭往裡看，穿著粉色棉服的小女生們端端正正的坐著，蘇明月正在給她們上課。

「今天這節課，是詩文鑑賞。打開課本，翻到第一頁，我們來學第一篇〈氓〉。」蘇明月在前邊說：「來，跟著我念。」

「于嗟女兮，無與士耽。士之耽兮，猶可說也。女之耽兮，不可說也……」

下面一排的小女孩跟著念。

夫人們靜靜看著這一幕，也不說話。過了約一刻鐘，沈氏輕聲打斷眾人的沈思說：「我們走吧，不要在旁邊打擾她們。」

「對對。」一位夫人回過神來，連聲附和，眾人跟著沈氏離開。「沈妹妹，女子書院就月姐兒一個先生，能忙活得過來不？」

「基本還行，現在學生還不多。平常的話，我也會給她們講一講，管家理事、日常走禮這門功課。」說到這兒，沈氏有點含蓄的驕傲，又說：「咱這女子書院，還缺先生，各位夫人如果有興趣，樂意的話，也可以過來給她們講一、兩節課。」

「咱們能說什麼呀？也不懂什麼學問。」

「什麼叫學問呢？月姐兒說過一句話，我這個當娘的是十分贊同的，不光是書本上的學問，如何把日子過好，更是一門學問。」沈氏笑說：「咱們女子，就需要這點把日子過好的學問，這點學問，在座的各位姊姊妹妹，可不比裡面的學生們好。」

「哈哈哈，這倒也是，不能讓年歲空長。」今天能到場的各位夫人，皆是平山縣有名的夫人，誰家過日子沒有一點心得體會？

說說笑笑間，一天的時間又過去了。

傍晚，蘇屠夫家。

「懷花呀，妳今天學了什麼？」蘇屠夫娘子問。

「學了認大字，還有詩文賞識。」懷花說：「下午還跟著先生學了織布。」

蘇屠夫娘子手上煮菜的動作停了停，出神了一瞬間，然後動作又快起來。「那妳可要認認真真學呀。」

「嗯，我知道了，娘。」懷花點頭認真說道。

「來，再跟娘細細說一說今天的事情。」

縣令家。

「哎，妳這是在搗鼓什麼？」縣令見自家夫人從書院回來後，就一直滿屋子來來去去，心下疑問。

「我跟女子書院那邊說好了，咱們甜姐兒明天就插班去上學，這什麼都沒準備呢。」

「不是吧？」縣令驚呆了。「妳不是說回娘家請嬤嬤過來教她嗎？怎麼去一趟書院回來就變了。」

「我改主意了，我覺得去書院挺好的。」

女人，可真是善變。縣令大人心下感慨。

女子書院這邊一切都有序的運行著，慢慢步入正軌。男子書院這邊，就出現了點麻煩。以前在蘇氏族學還好，畢竟是蘇順一言堂，然後又是族親，蘇明月也不用避諱，直接給一、二年級的小學生們上課也可以。

來到書院就不行了，一是書院的學生比較混雜，本朝雖然男女大防不算嚴，但也是有避諱的；二是書院的其他先生不太服氣，畢竟他們也是教低年級，如此一來，蘇明月豈不是跟他們一樣了？蘇明月還是隔壁女子書院的院長和先生，這樣算起來，壓他們這些秀才一頭。

於是，便有一些老古板認為，蘇明月還是回到女子書院那邊去吧。

但是，原先蘇氏族學的小學生們不願意啊。明月師姐學問好，人也耐心，比那些老古板的先生好一百倍，憑什麼不讓明月師姐教。

兩邊衝突越來越強烈。

最後，還是蘇明月提出一個方法，讓蘇明月繼續教原來蘇氏族學的小學生們，其他的學生就交給其他先生教。這樣，才算是稍稍平息了一點衝突。

當然，先生們還是不滿意的，不過他們認為這是他們取得的第一步勝利，相信過不了多久，蘇明月會發現自己不是這方面的人才，最終會退回女子書院那邊，教教織布，讓女學生認兩、三個大字就可以了。

而面對蘇明月難得退讓，讓沈氏既憂心又疑惑，按照她對自己女兒的了解，月姐兒不是這麼輕易妥協的人啊。「月姐兒，妳不是說，邁出了步伐，就不會退回去了嗎？」

蘇明月輕輕嗤笑一聲。「娘，您就等著看吧。我要把他們的臉都搧腫了，不然我都不姓蘇。」

「說什麼混話，妳不姓蘇姓什麼？」沈氏斥道，不過女兒這樣有信心，她的心也放下來了。哼，這幫老秀才，居然敢看低她的女兒。就像月姐兒說的，要把他們的臉都搧腫了。

從前，蘇氏族學實行三天一小考，一旬一大考的政策，而且仿效科舉排名，每次考試都有排名的。這一套，也被完整的搬到書院裡來。

第一旬大考，蘇明月教的小學生們以微弱的優勢領先。秀才先生們覺得有點尷尬，但是也不是不能解釋，蘇氏族學以前是蘇順教的，底子打得比較好。當然，他們選擇性的忽視了，在書院開學後，蘇順曾經按照學生們的水準，重新分過班的。

第二旬大考，蘇姓小學生們開始大幅度領先。秀才先生們有點慌張了，但這只不過是一次考試，蘇明月只不過是運氣好。

不用等到第三旬大考，接下來的小考，學生家長們就撐不住了，紛紛祭出了竹板夾肉、藤條燉肉大餐。

「小兔崽子，當時老子花了這麼多心力送你們去書院，結果你的排名越來越差，說，是不是在書院裡面偷懶了？」

小學生們當然是哭嚎，喊冤。「不怪自己，都是先生們教得太差。」

家長怒罵。「還敢狡辯，隔壁那個誰誰誰，人家就進步了多少名，還有另外一個誰誰誰，也進步了多少名。」

小學生們哭天喊地，嗚嗚嗚，他們都姓蘇，跟咱們不是同一個先生教的。

家長們一聽，還有這內情，歧視我們不是姓蘇的！太過分了！

結果，一了解情況，尷尬了。當時衝突的時候，家長們也是知道的，但是內心就默認蘇明月畢竟是一個丫頭，學問這事，當然是考上秀才的先生們好了。因此，自己的小孩子由秀才老師教，自己還覺得占了大便宜呢。

現在才發現，唉，原來搞反了，沒有占到便宜，吃虧了。就是，現在應該怎麼辦？

幾個頭腦靈活的家長，私底下碰了碰頭，最終商量出一個法子。

這天，蘇順在書院裡接待了來訪的學生家長代表。

「院長啊，以前咱們都不知道，原來居然有流言說月姐兒要避諱，要守男女大防，只教蘇氏一族的小學生們的事。」一隻字不提自己曾經懷疑過蘇明月學問，偷偷暗喜自己的孩子由秀才教一事。「我回去翻了翻族譜，發現了一件大事。」

「什麼大事，馮大哥？」蘇順問。

「原來呀，你妹妹的丈夫的堂弟是我的叔公的兒子，算起來，明月閨女還是我家孩子他表姊呢，咱一家人，不必避諱這個，讓月姐兒也教教我家孩子吧。」

啊？蘇順滿頭問號。

這時，旁邊另一名家長也插話了。「還有我，還有我，我娘說了，跟你娘的大舅的二兒子的親家是兄弟，算起來，我孫子剛好叫月姐兒小姑媽。咱也不用避諱那個。」

「還有我。」說話的是一個彪形大漢，滿臉絡腮鬍，卻露出不好意思的笑容。「按照我爹那邊的論法，那啥，月姐兒是我孫女輩的，咱們也不用忌諱。」

蘇順的眉頭都要皺成川字了，旁邊的家長投來極其不贊成的眼光。兄弟，你怎麼回事，按著輩分，合著你想當蘇榜眼他爹？平山縣就這麼大，沾親帶故的，你就不能扯一條旁的親戚線！

絡腮鬍大漢看著蘇順皺著的眉頭心驚膽戰，連忙補救說：「當然，咱們各論各的。主要是，不用忌諱。」

「好了，我知道大家的意思了。這事情我回去想想，後天再給大家一個處理方案吧。」家長們連忙站起來告辭，連聲說：「好的，好的，咱主要是為孩子們好對吧？院長您好好想想啊。」

晚上，蘇家書房。

「說吧，妳現在想怎麼辦？」蘇順無奈的問道，當時就應該想到，自己這個女兒怎麼可能這麼輕易就退讓了，原來等在這裡呢。

蘇明月翹起自己塗了鳳仙花汁的指甲，翻來覆去的細細欣賞一番。「還能怎麼辦。按照原來的方法，一起上課唄。」

「妳這促狹鬼。」蘇順無奈，唯有這樣了，不然家長們不同意啊。

「爹，我跟您說。」蘇明月正色道：「如果他們還是不服氣，我可以讓他們來聽我講一次課，我讓他們更加心服口服。」搧完左臉搧右臉，打到服氣為止。

「好好好。」蘇順無語。

於是，從第三天開始，教課的先生調整，書院的學生們又開始享受同樣的師資力量了。學生們再也沒有藉口，家長們放心了，秀才先生們聽完公開課之後也不再搞事，回去默默提升教學水準。

就像江流入海，縱然有波折，但是不會停頓，只會一路往前。

書院步入正軌，蘇明月和劉章的婚事也馬不停蹄的提上日程。三年守孝，蘇明月和劉章都算得上大齡。但是，因為沈氏夫妻被當初難產之事嚇到，兩個女兒都千叮囑萬叮嚀的晚一點再生娃，因此，現在這個時間也不算很晚。

五月初五，是劉、蘇兩家結親的日子。

作為本地父母官，縣太爺受邀到蘇府喝喜酒。只是剛吃完早飯，縣太爺就看見自己夫人收拾整齊準備出門。

「不是，妳去哪裡呀，今天說好了去蘇家喝喜酒，妳忘記了嗎？」現在這個時間點，出門去蘇家也太早了吧，如果有事要辦，回來又太晚，自己夫人不是這麼不靠譜的人呀。縣太爺納悶了。

縣太爺夫人壓抑不了嘴角的笑意。「今天月姐兒大婚，她託我代她上一節課，講一講朝廷誥命夫人的等級。等會兒我直接去蘇府，你不用等我。」

哎呀，月姐兒真是太客氣了，說什麼整個平山縣她最懂這個了，結婚這天的大日子，一定讓她去代課才放心。縣令夫人現在想起當時月姐兒說的話，心頭都不好意思，不過想想，整個平山縣，好像也的確只有自己這個縣令夫人最有資格講朝廷誥命了。想到這裡，縣令夫人的頭抬得更高了。

「不是，妳講什麼課呀？妳從來就沒有講過課，萬一講不好丟臉。」

縣令夫人狠狠瞪了縣令一眼，嚇得縣令下面的「還是不要去了吧」都不敢說出口。

「娘，您準備好了沒？我們該出發了。」縣令閨女甜姐兒進來催促道。她已經跟學堂的小姊妹說了，今天會由她娘給大家講課。多新鮮、多驕傲，可千萬不能遲到了。

「好了，現在就走。」縣令夫人丟給縣太爺一個今天「老娘有事要忙，先放你一馬」的表情，然後快步走出房門。

蘇府，現在已經是張燈結彩，紅綢掛滿屋簷，喜氣洋洋一片。

蘇明媚回娘家陪著蘇明月。堂屋裡，蘇順、沈氏坐在上首，相較於沈氏臉上喜笑顏開，蘇順臉上是一片不快。怎麼一看這表情，不像是辦喜事，像是家裡遭了賊。

「開心點。今天大喜的日子，你拉著臉幹什麼？」沈氏勸道。

「開心不起來。兩個閨女都被臭小子娶走了。」這不就是遭了賊嗎！

「想開一點，兒女大了，都是要成家立業的。而且，你想媚姐兒嫁得本來就近，月姐兒嫁得更近，你天天去書院，還能見到她。除了晚上沒有在家裡睡，跟在家裡有什麼區別。章兒和合兒還在你書院裡讀書，有什麼你不會看著他們？天底下，沒有一個岳父，管得像你這麼多的了。」

蘇順聽沈氏所說，才稍稍緩和了臉色。

這邊，蘇明媚陪著蘇明月在房中。

「當年妳還笑話我緊張，我現在看妳緊張不？」蘇明媚笑道。

「我不緊張。」蘇明月對著銅鏡細細改著新娘妝，喜娘的手太重，她喜歡那種更自然一點的妝感，稍稍把眉毛擦一擦，畫得更自然一點，然後腮紅減一減，嘴唇很好，就是要這種正紅。

「唉，妳別亂動這妝，小心弄花了。」蘇明媚見蘇明月的手在臉上動了動去，忙勸道。

「好了。」蘇明月停下手來。

「我看看。」蘇明媚忙走過來細看。「哦，妳這樣還挺好看的。」

「那當然，我就說，妳們平常化得太死板。」

兩人正說著話，余嬤嬤推開房門，端著兩碗湯圓過來。「哎呀，姑娘們，做好了，別亂動，弄花了新娘妝和嫁衣就不好了。」

「嬤嬤，妳看我好看不？」蘇明月問。

「不知羞，哪有新娘子問自己好不好看的。」余嬤嬤笑道。

「嬤嬤～～」

「好看，好看。」余嬤嬤笑道：「我們月姐兒最好看了。」當初一個小小的糰子，差點生不出來，生出來又遭了大難，如今也長成大姑娘了。余嬤嬤眼底添了一點濕意，笑說：「快了，趁熱吃一點湯圓，待會兒新郎官就要過來接人了。」

「好，我最喜歡嬤嬤的手藝了。」

「喜歡就多吃點。以後常回來，嬤嬤做給妳吃。」

劉家。

「章兒，章兒，你準備好了沒有？莫要誤了時辰。」章氏一身暗紅衣裳，風風火火的喊道。

劉章最後看一眼銅鏡，很好。「兄弟們，走了。今天下午就看兄弟們的了，拿出大家最好的文才來。」劉家人口簡單，在平山縣兄弟之輩甚少，因此今天跟著劉章去蘇家迎親的都是書院同窗。劉章也知道自己在詩文方面不算專長，特地選了詩文好手過來。

一行人浩浩蕩蕩的從劉家出門，往蘇家去。

街上行人看了連呼。「哎呀，已經到結親的時候了。快，看新娘去。」

今天是劉、蘇兩家辦喜事的日子，平山縣沒有人不知道的，但是見到迎親隊伍出門，才發現已經快到吉時了。

「看新娘子去嘍，看新娘子去嘍！」一幫四、五歲的流鼻涕小娃娃跟著起鬨，人群哈哈大笑。

迎親隊伍來到蘇家。嚯，好傢伙，攔門的也是書院同窗，全是蘇氏族人。亮哥兒還是個少年，光哥兒更別說，才剛啟蒙認字，可不全靠族兄弟了。

劉章看著打頭陣的蘇修遠，跟在後面的蘇寧、蘇靜致、蘇遠、蘇志、蘇淡、蘇波，舉人開頭，秀才主力，童生都沒有姓名。劉章的冷汗都要出來了，這新娘，不好帶走啊。

亮哥兒作為親弟弟，一馬當先，開口便道：「荷花莖藕蓮蓬華。」哼，他想了好久的，劉大哥別想輕易帶走二姊。

劉章立馬感受到了小舅子的怒意，連忙對道：「芙蓉芍藥蕊芬芳。」

眾人一片喊好，新郎官有急才。

「哼。」蘇亮一般滿意，不情不願的退下了。

身後蘇波挺身而出，他是最年輕的秀才，性子活潑，張嘴便道：「鳳落梧桐梧落鳳。」

劉章的眉頭皺起來了，這是一對迴文聯，就是正著讀可以，倒著讀也可以。劉章身後的同窗們皺眉思索，有一秀才挺身而出。「天連水尾水連天。」

「不夠工整。」蘇家這邊起鬨道。

劉章身後又有一同窗回道：「珠聯璧合璧聯珠。」

「好，這回可以了。」蘇家這邊方才滿意。

劉章剛剛鬆了一口氣，卻見蘇修遠微微一笑，站出來了。「望江樓，望江流，望江樓下望江流，江樓千古，江流千古。」

此上聯一出，眾人皆齊聲喊好，實屬今日最難。

劉章這邊的迎親隊伍腦袋都要抱著燒了，這如何是好。

劉章眉頭緊皺，內心卻大喜：兄弟，不枉費我平日給你們帶這麼多的書，原來你前兩日抓住我對對子是有原因的。佯裝思索半晌，劉章回道：「印月井，印月影，印月井中印月影，月井萬年，月影萬年。」

此話一出，劉家這邊的隊伍一哄而上，蘇家這邊的守門隊伍意思意思一下，兩波人流匯成了一波。

房間裡，蘇明媚對著門框偷看，見迎親隊伍進來了，連忙說：「快，快，新郎官來了，快坐好。」

蘇明月連忙端正坐好，門馬上被呼啦啦進來的人群推開。

「接新娘子了。」

一直覺得自己不緊張的蘇明月，忽然覺得自己的心跳得好激烈。好像全世界，只剩下自己的心跳聲和劉章走過來的腳步聲。

我來娶妳了，我的姑娘。劉章笑著伸出手。

「唉唉唉，新郎不能這麼心急，還沒有念卻扇詩。」喜婆喊道。

人群又是一陣哄堂大笑。

待劉章好不容易念出早準備好的卻扇詩，喜婆才放人，讓劉章牽著蘇明月去拜別父母。

蘇順的臉還是一直拉著，早上說著要開心的沈氏卻眼淚都要掉出來了。

「孝敬公婆，夫妻恩愛。」

沈氏的淚終於掉下來，落在蘇明月的手上，瞬間打開了蘇明月的淚閥。怎麼會不緊張，怎麼會不傷心，離開自己的家，離開最愛自己的父母，到一個陌生的地方去，重新開始。一直說著不緊張的蘇明月，眼淚都快要忍不住了。

「永結同心，百年好合。」

劉章根本不懼蘇順的冷臉，笑著猛點頭。

拜別了父母，便要上花轎。在這裡又遇到了問題，一直很開心的光哥兒，好像在這個時候才發現，是他二姊要嫁出去，臨出門前哭得超大聲，哇哇叫。「二姊，妳不要走，不要走。」

小男孩尖銳的哭聲，還有那掙扎的力道，十幾歲的亮哥兒整個人抱著都制不住他。

還是蘇明月最後出聲。「乖，光哥兒別哭，先去練大字，等後天二姊就回來，檢查你課業。」

此話一出，不僅光哥兒，抱著光哥兒的亮哥兒，後面跟著的一群蘇氏子弟，都忽然呼吸一窒。這熟悉的，被課業籠罩的恐懼。

只有劉章，依然笑得像個傻子。

花轎遠去，帶走伊人。

新婚蜜月，自是快樂無比。

第三天，劉章和蘇明月早早吃完早飯，小倆口回門去了。

劉父見章氏吃完早飯，竟然已收拾好自己，準備出門了，疑問道：「今天月姐兒三朝回門，妳不在家，準備去幹麼？」

章氏動作不停，回道：「今天沈妹妹沒有空，月姐兒託了我去學堂給女學生們講一講如何管理鋪子。不用等我吃中午飯，你自己吃吧。」這好不容易從眾多姊妹中搶過來的機會，學生們，妳們的章先生來了。

婆媳矛盾，不存在的。

「哎，不是吧，那家裡就剩我一個人了。」

這邊章氏匆匆忙忙趕去代課，留下劉父一個人空寂寥。

那邊，劉章和蘇明月兩小夫妻雙雙把手，三朝回門。

沈氏和蘇順早已經在家等候多時，雖然劉家是相熟人家，但沈氏和蘇順還是擔心不已。小年輕，剛剛成親，在父母心中，猶如小兒學步，沒親眼看過，如何能放下心來。

蘇祖母坐在大堂，貌似鎮定的對著蘇順和沈氏說：「小倆口必先吃過早飯才回來，你們這麼著急幹什麼？中午的菜單叫廚房備好了嗎？」

嬤嬤在身後抿抿嘴，內心暗笑，您老人家如果沒有一直端著茶盞從不喝裝鎮定，這句話就更有說服力了。

沈氏與婆母磨合多年，自然是了解婆母，回覆道：「昨日已經吩咐下去了。廚房裡早早備下了大草魚，已經養了三日，吐盡了土腥，今日正好殺了，清蒸一個魚頭，再做一個鮮嫩嫩的魚丸湯。還有那小河蝦，也早早的買回來了，活蹦亂跳正放在水盤裡養著呢，待會兒加點韭菜，大火爆炒了。」

「嗯，妳辦事我放心。雖說劉家肯定什麼都有，但月姐兒就好這一口。這人的口味啊，是最戀舊不過的。」

最小的光哥兒，最沈不住氣，從早上睜開眼到現在一直不停的念叨。「二姊何時回來？二姊何時回來？」難得蘇家沒有一個人嫌他聒噪。

談話間，蘇明月和劉章攜手歸來，一時之間，蘇家這一池水，似是活過來了。

一家人親親熱熱的坐著，丫鬟奉上熱騰騰的杏仁茶。

沈氏見兩小夫妻身體自然靠近，時不時眼神交會，眼帶笑意，放下了一半的心。

過了半晌，蘇順把劉章帶到書房，考校一下課業，沈氏則帶著蘇明月回房，說一點母女間的私房話。

沈氏牽著蘇明月的手，輕輕拍兩下，蘇家不是大富大貴，但也不是貧寒人家，但蘇明月的雙手也有那幾處繭子。

其一是長期握筆寫字右手留下來的筆繭，其二是鑽研織布機留下來的繭子。

多不容易啊，從當初那一個小小的肉團子，長到如今這大人的模樣。沈氏關切的問：「妳公公婆婆怎樣？有沒有給妳立規矩？」

蘇明月淡淡一笑。「公公婆婆都很好，也沒有給我立規矩，今日婆婆代我去書院上課去了。」

「就妳滑頭。」把婆婆跟自己拉成一派的，自然看兒媳婦就順眼了。「那妳跟章兒，那個，和不和諧？」

饒是冷靜如蘇明月，都不禁頓一頓，耳根子悄悄一紅，跟閨密說還好，跟自己親娘說，反而好像有那麼一點尷尬。「就……挺好的。」

沈氏輕咳一聲。「這夫妻敦倫之事，乃是天理人倫，有什麼害羞的。」沈氏雖如此說，但還是轉移了話題，不再追著問。「你們趁著現在感情好，剛好乘機懷上。」

因為之前波折，蘇明月成親的年紀已經是略大的了。

來了，來了，免不了被催生的話題，蘇明月抿抿嘴。「我想過了，現在懷孕生娃，還是有點早了，我有點怕。」

後世最佳生育年齡可是二十五到三十五呢。

沈氏想到自己當年難產，也是心有餘悸，月姐兒說晚一點就晚一點吧。「那妳打算何時生？」

「再過兩年吧。兩年之後，書院穩定了，到時再說。」蘇明月說道，先立業再生娃娃。

「那妳可要跟章兒好好溝通。」

「娘，生娃是我在生，劉章他能有什麼意見。」

「要死。」沈氏一點蘇明月額頭。「我知道是妳在生，但章兒難道沒有分啊，妳好好說話。」

「我知道，我知道，這不是在您面前才這樣嘛。我跟他商量過了，他沒有意見的。」蘇明月拉拉沈氏的手，撒嬌道。

「穩重點，妳現在可是書院裡的先生了，妳那課堂怎樣？」沈氏又問。

「挺好的，我準備明天回去上課。」

「累不累，要不要歇一歇？」

「不累，已經歇夠了。」上班的人恨不能天天帶薪放假，搞自己事業的人滿心滿腦都是工作。「書院剛開學不久，我還是得認真盯著，等過兩年上了正軌才放心。」

「妳不會是因為這樣才推遲懷孕的吧？」沈氏狐疑的問。

「有一部分是這樣。」蘇明月低聲說道：「娘，我並不排斥懷孕生子，但人生漫長，每一段時間都有每一段時間的安排，在此時此刻這個時機裡，我認為自己不管從身體還是從心理都沒有做好當母親的準備，所以我想要先準備好。」

「妳從小就很有主意，如今妳長大了，娘相信妳可以處理好。」

「謝謝娘。」蘇明月展顏一笑，能得到沈氏的支持，她心裡無形中多了更多的力量。

母女倆又竊竊私語好一陣，沈氏恨不得將多年過日子的智慧，如何跟婆母相處，如何處理好夫妻之間的關係，如何經營好自己的小家庭……統統塞進蘇明月的腦子裡。

待到夕陽西斜，蘇明月和劉章方依依不捨的離去。

次日一早，蘇明月早早起床，綰了一個婦人髮髻。

銅鏡裡，同一張臉龐恍惚未曾改變，又恍惚多了其他的變化。明明只是一個髮髻的改變，但人生似乎從一個階段，跳到另一個階段。

不管哪一個階段，都是我自己的人生。

蘇明月對鏡扶一扶髮簪，展顏一笑。

來到書院，一如往常，看著底下一雙雙單純興奮的眼睛，蘇明月恍惚有無窮的力量。

「今日，我們來學一下〈氓〉這一篇的釋義。這一篇，講述了一個女子，從戀愛到婚變到決裂的一生。我們女子的一生，無非就是為人女、為人妻、為人母，但不管在哪個人生角色裡，都不要迷失了自己。要有追逐幸福的嚮往和能力，也要有修正錯誤的勇氣和決斷。

「妳們今日所學習的每一分知識、每一份技能，內心得到的每一點成長，都會慢慢豐滿自己。在以後漫長的人生裡，相信自己，自珍、自愛、自立，我們心底有大力量。」

「是，先生。」

清脆有力的女聲和懵懂稚嫩的童聲，慢慢飄遠，飄向更遠的地方，飄向時間深處。

據說一隻蝴蝶輕輕搧動幾下翅膀，連鎖反應下，可以在幾百里外捲起一場龍捲風。

如今一個小小的青山書院，悄悄的撒下種子，在漫長的時間長河裡，長成了參天大樹。

百年後，有很多傳說。

「故事啊，要從很久很久以前說起，在大魏朝平山縣，有一個叫青山書院的地方，有一位叫蘇明月的女先生，她邁出了很小的一步，又邁出了很大的一步……」

番外 青山書院

二十年後。

又是二月二龍抬頭開學日。

當年的懷花已經為人妻、為人母，為兒女整新裝去上學。

「娘，您看我怎樣？」七、八歲的小姑娘身穿粉色書院棉服，臉蛋紅撲撲，抿著嘴巴轉了一個圈，忐忑問道。

懷花看著一臉忐忑又滿臉喜悅的女兒，好像當年時光重演，含笑說道：「我們平姐兒最好看了。」

小姑娘得到了母親的肯定，忍不住露出一個笑容，臉邊的酒窩若隱若現。

「東西都準備好了嗎？書袋有沒有帶？今天第一天開學，娘送妳去書院，現在差不多該出發了。」

小姑娘聽說時間到，急忙牽起娘的手，說：「娘，走吧。」

大手牽著小手，一起出門。

「娘，前兩天在街上遇到明月先生，您為什麼也叫她先生啊？」

「因為她也是娘的先生啊。」懷花語帶尊敬和懷念。「娘比妳大一點點的時候，也在書院讀過書呢。」

「呀，那我豈不是跟娘同一個先生。」小姑娘咯咯笑。

「是呀。所以去到書院要尊敬先生，好好學習，不然娘會揍妳的喔。」

「娘，您揍人一點都不痛。」小姑娘一點也不怕，昂頭說：「不過，我一定會好好學習的。外祖母說過，我生在了好時候，她小的時候，女孩子都沒有辦法讀書呢，所以我一定會好好珍惜的。」

「那妳記得自己說的話喔。」懷花把自家女兒送到書院，卻沒有轉頭回家，而是去了街上一間小院子。

院子裡，已經有幾個同齡的少婦在等著了。她們的穿戴各異，有的荊釵布裙，也有的渾身綾羅、滿頭珠釵，相同的都是臉上的神情都是氣憤又憂心。

懷花是最後一個到的，忙問道：「不好意思，我送女兒去書院遲了，慧姊姊怎樣？」

「昨晚喝了大夫的藥，好不容易睡個安穩覺，現在還沒醒呢。」一個年輕美婦人咬牙切齒說道：「這個該死的黃大山，當年求娶慧姊姊的時候，表現得多麼癡心、多麼誠懇。結果慧姊姊家裡一出事，就原形畢露了。喝了兩盞黃湯，居然敢打人。」

「可不是，我昨晚看到慧姊姊身上的傷，可憐的，都不知道挨了多少日子，終於挨不住才逃出來。」又一中年美婦落淚道。

「必定饒不了那惡人。」帶頭說話的中年美婦狠狠揮著拳頭說。

「這件事還是等慧姊姊醒來之後，問問她的意見，再從長計議。」另一個穩重點的中年婦人出聲說道。

「還從長計議什麼？我們就衝到黃家去，狠狠把黃大山揍一頓，帶走慧姊姊的嫁妝。」中年美婦亮亮胳膊，當年她的拳法可不是白練，她們人多，肯定能把那黃大山揍到認不出人形。

「過了這麼多年，娟娘妳的性子還是這麼急。我的意思是，這麼多年了，慧姊姊的嫁妝估計已被那黃大山敗壞得差不多了，要錢肯定得耗著日子，看到底是速戰速決還是跟黃大山耗到底。還有不能這樣子就走，肯定要拿到和離書才行。妳這樣子一股腦兒衝上去，氣是解了，慧姊姊以後的日子怎麼辦？」

沈穩女子低聲勸道，名叫娟娘的中年美婦才氣哼哼的不出聲。

「各位姊姊、妹妹，妳們的話我都聽到了。」這時一個柔順的女聲從身後響起，一個身形消瘦、臉色蠟黃、面容憔悴，看起來約莫三、四十歲的女子從房中走出來。「都怪我以前太軟弱，現在才逃出來。嫁妝一事，年歲已久，恐怕也被他敗壞得差不多了。我也不願多爭，只想快點和離，以後自己一人過日子，再怎樣也比現在好。」

「慧姊姊妳有這個決心就行。妳立起來了，就沒有人能欺妳。」沈穩女子勸說道：「和離書咱們一定得拿到的，嫁妝也不能這樣便宜那惡人，妳當年的嫁妝單子還在不？」

「我逃出來的時候，帶出來了。」慧娘從懷中掏出一張泛黃的紙。

「行，有這張紙，咱們就立得住腳了。」穩重女子說道：「走，趁著現在姊妹都在，妳有心，咱們就速戰速決，把那姓黃的解決了。」

「走！」

一行婦人怒氣沖沖的來到黃家大門前。

「姓黃的，你給我出來。」

「出來！出來！」

一個臉色浮腫，身材臃腫的中年男人打開門出來，看見這群女子身後的慧娘，先是臉色惱怒，然後又努力板正，裝作不解的問：「慧娘，妳這是做什麼？」

「別裝傻，今天咱們不說廢話，簽了和離書，把嫁妝還回來，慧姊姊不跟你這個惡人過了。」名叫娟娘的急性子先開口說道。

男子臉色霎時暴怒，但又裝著可憐的說：「慧娘，夫妻過日子，哪能沒有點磕磕絆絆，我向妳道歉，保證以後好好待妳。回來吧，我知道錯了，咱們以後好好過日子。」

慧娘堅決搖頭。「你這話都說多少遍了，我以前就是太傻的相信你。黃大山，夫妻一場，你簽了和離書，把嫁妝還回來。」

「什麼和離書，我不簽。慧娘啊，我這次一定改，保證滴酒不沾，妳給我一次機會吧，咱以後和和美美的過日子。」黃大山哭嚎道。

「別鬼吼鬼叫的，趕緊的，簽了這和離書。」脾氣急的娟娘忍不住，拿出一張紙說道。

「我不簽，妳是誰，幹麼插手我們夫妻之間的事！」黃大山怒目圓睜。

「我劉娟娘，行不改名坐不改姓，縣衙大門，有本事你找我。」娟娘喊道：「來人，按著他的手給我簽了。我這暴脾氣，真是一刻都受不了。按這嫁妝單子，給我抬走。」

一大群的壯漢聞言蜂擁而入，黃大山拚命阻止。「你們幹什麼？幹什麼？我要告你們，擅闖民宅！」

沈穩女子揚聲說：「去吧，現任縣太爺是我夫君。不要找錯人。」

「還有我，南大街五號陳宅，蘇屠夫是我爹，不要走錯門。」懷花上前說道。

「還有我。」

「還有我。」

黃大山聞聲一窒，剛剛來不及細看，現在一看，這一幫娘子軍，有幾人十分眼熟，縣太爺夫人、進士之妻、富豪之女，立馬慫了，又虛張聲勢喊道：「我告訴妳，石慧娘，是我休了妳，是我休了妳！」

「休想。好好簽了這和離書，不然我告你。」劉娟娘高聲道。

黃大山正不服，忽然見下人抬著嫁妝出來，忙起身撲過去。「做什麼，做什麼？這是我家的東西！」

下人們不搭理，那沈穩的縣令夫人一個眼神，一個抬著案桌的下人忽的一個轉身，案桌重重的把黃大山撞倒，抬著花瓶的下人一個驚嚇，花瓶脫手而出，把黃大山砸個正著。

「啊啊啊啊，我要告你們！我要告你們！」黃大山躺倒在地上，碎瓷片劃出血痕，痛得他鬼哭狼號。

一番吵鬧之後，終於結束這一場鬧劇。

「可惡，嫁妝還是少了很多。」劉娟娘恨聲道。

「算了。那個家已經被他敗得差不多了，剩下一間破房子。能和離我已經心滿意足。」石慧娘說道。

「那妳以後怎麼辦？」

「我賃一個小院子，以後關起門來過日子。」

「就怕那黃大山以後沒錢了，還來糾纏妳。咱們雖然一時鎮住了他，但畢竟不能時時刻刻看著，有夠噁心。」沈穩女子說道。

「要不？找先生看看？」對先生十分崇拜的懷花說道。

「對對對，找先生看看。」眾女子狠狠贊同。

「如何好去麻煩先生？我不去。」石慧娘拒絕。

「輪不到妳拒絕。咱們也好久沒拜訪先生了，就今天了。」眾女子拖著石慧娘，往前走去。

青山女子書院，蘇明月辦公處。

剛剛氣勢囂張的一幫美婦人個個垂手而立，乖乖的站成一排，只有石慧娘滿臉羞愧的站在前頭。

二十年歲月，蘇明月似乎只是添了一點成熟之色，歲月更增其魅力。「所以，就是這麼一回事？石慧娘，我們女子書院的訓誡是什麼？」

乍一看，面容憔悴的石慧娘似乎比蘇明月還大一輪，但是在蘇明月面前，彷彿還是當年那個小學生，面容恭敬。「自珍，自立，我們心底有大力量。」

「妳還記得啊，我懷疑妳都忘記了。」蘇明月涼涼的道。

明明蘇明月沒有大聲斥責，石慧娘卻像犯了大錯一樣，頭垂得更低了。「先生，是慧娘的錯。慧娘沒有做到。」

身後一幫娘子軍半點聲音都不敢出。

看見她們這個樣子，蘇明月方繼續說道：「我當時還教妳們，人生在世，要有一項立身的本事。石慧娘，我記得妳當時刺繡最好，丟下了沒？」

「先生，沒敢丟。」石慧娘苦澀的說，也就是這一手刺繡的本事能掙錢，那黃大山再醉都不敢下死手，怕斷了財路。

蘇明月停了一會兒。「書院裡面，刺繡課還缺一名助教，妳去找棉花試試，看妳還剩下幾分手藝。」

石慧娘驚喜的抬起頭來，不敢置信。

身後懷花輕輕踢了她一下腳後跟，石慧娘方連忙回答。「是，先生。」

「還不快去。」

石慧娘走後，剩下一排站後面的娘子軍。

蘇明月起身動手收拾書本。「雖然妳們都畢業了，但是既然還叫我一聲先生，我就再給妳們佈置一次課業。不要弄髒自己，也不要落人口舌，不要留一點隱患，動動腦子，急事宜緩辦，順水推舟，明白了嗎？」

「明白了。」一幫娘子軍齊聲道。

蘇明月拿起書本，出門上課。

待蘇明月走後，一幫娘子軍方敢喘大氣，劉娟娘說：「先生給我們佈置功課，是什麼意思？」

「就是妳想的那個意思。」懷花笑道。

身後遠處，課室裡有童稚的聲音齊聲跟著讀。「于嗟女兮，無與士耽。士之耽兮，猶可說也。女之耽兮，不可說也……」

次年冬天，黃大山因沒有娘子家人管束，越發酗酒。臘月因酗酒過度，人事不知，凍死在自家門口。

青山女子書院，成立於大魏皇朝元泰五年，而後各地開設分院。書院總院有一圈薔薇花牆，各地分院均仿效，因此女子書院別稱薔薇書院。大魏皇朝女子流行入書院讀書，上自皇宮貴族，下至平民百姓，皆以入書院讀書為榮。大魏朝文繡大家石慧娘、才德兼備的玉成公主、智勇雙全的女將田萌萌等人，均是青山女子書院畢業生。

春三月，楊柳岸，草長鶯啼，薔薇待放。

猶記得憶當年，蘇明月挑眉淡笑。「爹，功過是非，百年之後，留待後人言說。」

——全書完

2022年7月出版

佳釀小千金

文創風 1085~1086

「本王至今未娶，妳可知為何？」

明明今生她與王爺素昧平生，這是何出此言？

難道……他發現了她的秘密?!

食來運轉，妙筆生花／以微

若要論天下第一美食，皇城第一樓可說是當之無愧，
尤其那遠近馳名的桃花酒，更是只有其東家之女才釀得出來！
只可惜這位佳釀千金卻遭人妒恨，毒害身亡，第一樓也關門大吉……
孰料，曾經廚藝精湛的嬌女，竟重生為孤女尹十歌，
如今不但頂著皮包骨的身子，整日忍饑受凍，與哥哥相依為命，
再瞧瞧這破敗的屋舍與空空的灶房，巧婦也難為無米炊，
就連兄妹倆辛苦得來一點點銀錢，都要招來惡鄰覬覦……
與其把積蓄留在身邊反被巧取強奪，倒不如實行致富的花錢計畫——
如今世道，鹽可是貴重之物，尋常百姓根本食用不起，
偏偏她豪氣購入大批鹽巴，決定來製作最拿手的——醃鹹菜！
這出其不意的一招果然奏效，鄰里間吃過的都難以忘懷，
不但有人為了搶購鹹菜大打出手，還引來豪華酒樓想要高價收購，
名與利突如其來，看來不愁吃穿的小日子指日可待～～

2022年7月出版

分家後財源滾滾

文創風 1083～1084

生意做得好好的，卻突現危機，
說是富紳家千金看她不順眼？
哼！誰怕誰呀？別想擋她的發財路！

自立不黏膩，幸福小情意／圓小辰

於末世生存，身懷異能的唐書瑤已經習慣當個女強人，
原以為要在這和平的古代當小女子很容易，孰不知這才是難點……
她身為一個普通農家女娃，上山打獵可是會把家人給嚇壞的，
這世的家人雖有懶惰的毛病，可十分疼愛原主，她不願辜負這份情。
被迫分家後，她只能耐心引導，讓散漫習慣的爹娘願意努力做營生。
所幸她有的不只是異能，還有上輩子末世前資訊爆炸的一些點子，
吃食營生做得十分順利，從包子攤車到在店裡涮串串香，生意興隆，
連新搬到對街的鄰居貴公子都聞香而至，當天就派人上門作客。
可貴人就是與眾不同，串串香得就著滾燙的高湯涮才好吃，
偏偏他們不坐大堂，也不要包廂，卻是提出了要外帶？
她不禁懷疑這是哪間同行僱的人，特意過來找麻煩的。
如今她這間店人力有限，若開了外帶的先例，那可要亂成一團了！
但來人客客氣氣，她只得在心裡祈求這貴客不是什麼奧客，
然後大著膽子講出難處，再提出解決方案——
「這樣吧，你們跟我從後門將這些鍋啊、串啊搬過去如何？」

2022年7月出版

文創風 1081~1082

廢柴夫君是個寶

原本夫君就是個紈袴，成天耍廢沒啥出息，
她是不期不待沒有傷害，誰知世事難料，
這人當不成世子後，下鄉「不務正業」還挺在行的，
跟莊稼一打交道，本領大到連皇帝都關注……

機智夫妻生活，趣味開心農場／寒山乍暖

什麼——新郎官揭了蓋頭人就跑啦？簡直離譜！
想她顧筠論相貌、才華都是拔尖的，唯獨庶女出身低了點，
沒想到，在外經營多年的好名聲，於新婚之夜毀於一旦。
只能怪自己期望太高，眾所皆知她的夫君就是個紈袴子弟，
空有一副好皮囊、好家世，成天吃喝玩樂、遊手好閒，
做學問連個八歲小孩都不如，還是廢到出名的那種。
這人隔日歸來，也不知哪根筋不對勁，一改浪蕩子的形象，
向她誠心表示會改過向善，且不再踏入酒樓、賭坊半步。
即使浪子回頭金不換，可過往積欠的賭債還是得還啊，
一看不得了，竟欠下七千多兩，這敗家程度也是沒得比了！
雖然她拿出嫁妝先替他償還了，但做夫妻還是得明算帳，
白紙黑字寫下欠條後，從此她既是他的妻子，也是他的債主，
他可沒有耍廢的本錢，自然得努力上進，好好掙錢啊！

2022年6月出版

九流女太醫

文創風 1073～1074

他背負著痛苦和失敗重生，潛身翰林院圖謀大事；
她是半調子醫女，進宮不求出人頭地，只求有個鐵飯碗混口飯吃。
相逢並非偶然，命定的聯繫讓他們亦敵亦友，剪不斷理還亂……

冤家路窄，手到情來／閑冬

莫名穿到古代小說中成為反派死士，這人設背景讓蘭亭亭頭疼得很！
她生平無大志只求平凡度日，壓根兒不想碰任何高風險職業，
何況結局已知，她將為了救腹黑主子而死，草草結束炮灰配角的短命人生……
思來想去活命要緊，既已回到故事起點，誰規定得重演相同的劇情？
雖說來到太醫院是和反派主子成雲開相遇的契機，但反派難為，她得另作打算，
索性認真備考當女醫，走上安穩的「公職」之路才是王道～～
豈料難得發憤圖強，從藏書閣「借書」惡補之舉，反讓自己更快被盯上？!
他不愧聰明絕頂，不僅貴為攝政王門生，還是掌管太醫院招考的翰林院學士，
利眼注意到她行徑詭異、對醫術一竅不通，更涉及偷走珍貴醫書，
姑娘她即使裝不認識也難逃其手掌心，只能臨機應變見招拆招！
這男人心思詭譎太危險，她務必得在他徹底黑化、攪亂政局前撇清關係才好，
哪知人算不如天算，自己開外掛卻陰差陽錯得到太醫院長肯定，被欽點成首席女醫，
入宮履職後恐將更擺脫不了成雲開的質疑糾纏，這孽緣看來沒完沒了啊……

文創風
1096

全能女夫子 下

國家圖書館出版品預行編目資料

全能女夫子 / 滄海月明著. --
初版. -- 臺北市 : 狗屋出版社有限公司, 2022.09
冊 ; 公分. --（文創風 ; 1095-1096）
ISBN 978-986-509-355-6（下冊 : 平裝）. --

857.7　　111012470

著作者	滄海月明
編輯	黃暄尹
校對	黃薇霓
發行所	狗屋出版社有限公司
地址	台北市104中山區龍江路71巷15號1樓
電話	02-2776-5889～0
發行字號	局版台業字845號
法律顧問	蕭雄淋律師
總經銷	知遠文化事業有限公司
電話	02-2664-8800
初版	2022年9月
國際書碼	ISBN-13　978-986-509-355-6

本著作物由北京晉江原創網絡科技有限公司授權出版

定價260元
狗屋劃撥帳號：19001626
網址：love.doghouse.com.tw　E-mail：love@doghouse.com.tw

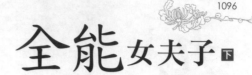